Cressida Cowell

Drachenzähmen leicht gemacht

Flammendes Drachenherz

In der Reihe »Drachenzähmen leicht gemacht« von Cressida Cowell
sind im Arena Verlag erschienen:
Band 1 *Drachenzähmen leicht gemacht*
Band 2 *Drachenzähmen leicht gemacht. Wilde Piraten voraus!*
Band 3 *Drachenzähmen leicht gemacht. Strenggeheimes Drachenflüstern*
Band 4 *Drachenzähmen leicht gemacht. Mörderische Drachenflüche*
Band 5 *Drachenzähmen leicht gemacht. Brandgefährliche Feuerspeier*
Band 6 *Drachenzähmen leicht gemacht. Handbuch für echte Helden*
Band 7 *Drachenzähmen leicht gemacht. Im Auge des Drachensturms*
Band 8 *Drachenzähmen leicht gemacht. Flammendes Drachenherz*

www.drachenzähmen.de

Hicks der Hartnäckige vom Hauenstein der Dritte
war ein Furcht einflößender Schwertkämpfer, ein Drachenflüsterer und überhaupt der größte Wikingerheld, der jemals lebte. Doch Hicks' Memoiren entführen dich in die Zeit, als er noch ein ganz gewöhnlicher Junge war und sich überhaupt nicht vorstellen konnte, dass aus ihm mal ein Held werden würde.

Cressida Cowell
verbrachte ihre Kindheit in London sowie auf einer unbewohnten Insel an der schottischen Westküste. Sie war überzeugt, dass es dort nur so vor Drachen wimmelte, und ist seither von ihnen fasziniert. Neben den Aufzeichnungen von Hicks' Memoiren hat sie mehrere Bilderbücher geschrieben und illustriert. Sie lebt mit ihrem Mann und drei Kindern im englischen Hammersmith.

Clara Vath
liebte es schon als Kind, bunten und verrückten Fantasiewesen eine Gestalt zu geben. Dass ihr dabei auch der ein oder andere Drache begegnet ist, kam ihr bei der Arbeit an Hicks' Memoiren sehr gelegen. Seit 2012 arbeitet sie als freie Illustratorin für verschiedene Unternehmen.

Cressida Cowell

Drachenzähmen leicht gemacht

Flammendes Drachenherz

Aus dem Englischen
von Karlheinz Dürr

Mit Illustrationen
von Clara Vath

Arena

Dieses Buch widme ich meinen Eltern, Michael und Marina.

WARNUNG

Sämtliche Bezüge zu historischen Tatsachen sind natürlich vollkommen zufällig. Sag bloß nicht, man hätte DICH NICHT GEWARNT!

Die Originalausgabe erschien erstmals 2009 unter dem Titel »How to Break a Dragon's Heart« bei Hodder Children's Books, London.

FSC
www.fsc.org
MIX
Papier aus verantwortungsvollen Quellen
FSC® C110508

1. Auflage 2016

Aus dem Englischen von Karlheinz Dürr
Covergestaltung: Veronika Wunderer
Innenillustration und Satz: Clara Vath
Gesamtherstellung: Westermann Druck Zwickau GmbH
ISBN 978-3-401-60124-3

Besuche uns unter:
www.arena-verlag.de
www.twitter.com/arenaverlag
www.facebook.com/arenaverlagfans

Bärbeißer
Hicks
Grobian
Fischbein
Der Berserker-Häuptling

*Jeder Drache wird mit Punkten von 0-10 bewertet.

Drachennasen-
Halbinsel
Verhexte Bucht des G
Dicker Tölpel
Hier geht's zur
InselWattnbengel
Die Karte zeigt, wie schwierig
es ist, hier einen perfekten
Lagerplatz zu finden
Östlicher
Insel Be
Ewig Jamernd
Vorsicht
Haiwürmer
Die
Irren
Wirr-
meere
Sommerstrom
Flammend

DAS LAND DER
HENEN HERZENS
SEL DES
TILLEN
LEBENS
RCHIPEL
RK
ALD
ALD
Noch mehr gefährliche Felsenriffe
Gefährliche Felsenriffe
Thors Donnerbalkenschlucht
HASSSCHLÄGER
Unbefugte werden (grausam aber barmherzig-schnell, wenn sie Glück haben) getötet
DRACHEN-
BRUTSTÄTTE IN
DER BLUTERGUSS-
BUCHT

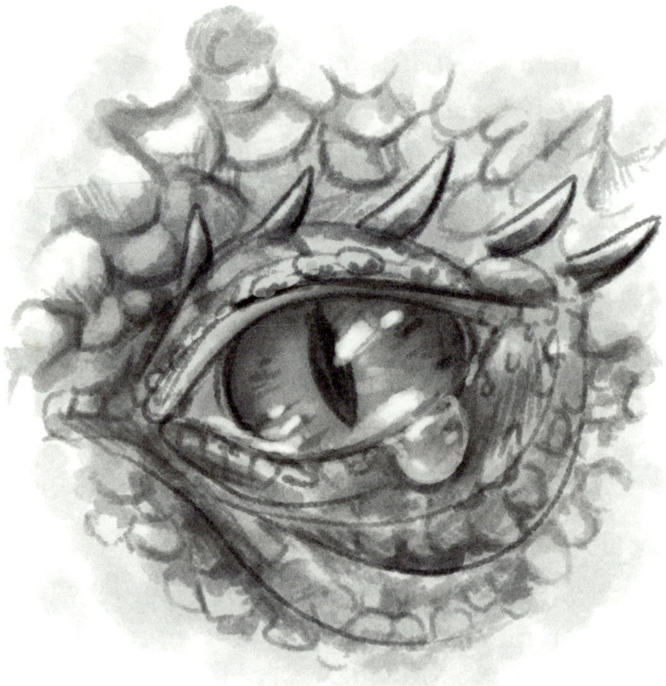

PROLOG

Die Geschichte der Menschen ist eigentlich eine Gespenstergeschichte.

Meine Kindheit zum Beispiel ist längst Geschichte geworden und die Geister, die ich damals kannte, waren die Geister von Helden, Drachen, Berserkern und Hexen. Leider glaubt heutzutage kein Mensch mehr an solche Sachen.

Aber ich glaube daran. Weil ich dabei war.

Und nur weil DU, lieber Leser oder liebe Leserin, noch nie einen Drachen oder eine Hexe oder ein Gespenst zu sehen bekommen hast, heißt das noch lange nicht, dass es sie nicht gibt.

Dieses Buch ist die Geschichte des wichtigsten Augenblicks meines Lebens. Bisher jedenfalls.

Zum ersten Mal erfuhr ich, dass die Namen auf der flachen Karte des Archipels, wie zum Beispiel die Bucht des Gebrochenen Herzens, nicht einfach frei erfundene Fantasienamen waren, sondern mit Menschen zu tun hatten. Mit wirklichen Menschen aus Knochen und Fleisch und Blut, die einmal gelebt und unglaubliche Dinge erlebt hatten. Und all das spukte noch an den Orten herum, an denen ich meine Kindheit verbrachte.

Das ist es, was *ich* meine, wenn ich von Geistern rede.

DER VERLORENE THRON VON WILDERWEST

Schroff ragt die Insel aus dem grauen, trostlosen Meer. Reckt sich trotzig gegen endlos tosende Wogen wie der narbige, raue Rücken eines uralten Wals. Und hoch oben, mitten im windzerzausten, zerrissenen Gras, wo der Sturm heulend am verkrüppelten Heidekraut zerrt, wo die Bäume schief und krumm vor dem Wind flüchten, ragen zwei starke, steinerne Stümpfe aus hartem Gestein, auf denen einst stand ein gewaltiger marmorner Thron: der ewig fortwährende Thron der Könige von Wilderwest.

HIER saß Grimmbart der Abscheuliche, Letzter der Großen Könige, blickte über die Dächer seiner geschäftigen Wikingerstadt und streichelte sein berühmtes Schwert Sturmklinge. Und HIER, wo die Möwen schrill kreischend kreisten, hier, wo die Wölfe den bleichen glänzenden Mond anheulten und in Rudeln über die trostlose Steppe jagten, lag einst ein großer Hafen für die hundert Schiffe, auf denen Grimmbart in alle Himmelsrichtungen fuhr und Schätze plünderte und Tausende Sklaven raubte, wie es sich für einen echten Wikinger geziemt.

HIER stand er einst, ballte die starke Faust und rief über das Land: »FORTAN SOLLST DU HEISSEN LAND DES NEUEN MORGENS! DENN DU WIRST BESTEHEN FÜR IMMERDAR UND EWIG!« Und jubelnd hoben Tausende Krieger die Speere. Zustimmend scholl ihr Ruf über das Meer und die Drachen blinzelten wissend mit uralten Augen und sprachen: »Haben wir alles schon mal gehört …«

HIER geschah der Verrat durch sein eigen Fleisch und Blut, während er bar aller Ahnung beim Schachspiele saß. HIER war es, wo er das Blut vergoss, das Blut seines eigenen Sohnes, das verrann auf weißem königlichem Marmor. HIER war es, wo Flammen züngelten gen Himmel und die Stadt in der Feuersbrunst versank wie eine Million Kerzen …

HIER ertönte der helle, klare Klang stählerner Schwerter im Kampfe. HIER färbte sich der Hafen mit dem Blut Hunderter Leichen … HIER blickte der besiegte Kriegerkönig zurück und er sah seine Träume, in ihrer unendlichen Zahl, die für viele seinesgleichen ausgereicht hätten, und sah sie in Schall und Rauch und Flammen verblassen. Und er bestieg sein Schiff, gleich einem verwundeten Wolf, und fuhr hinaus zur Insel der Ewigen Verzweiflung.

Und dies war das Ende der Könige von Wilderwest. Der Thron ging verloren, die Schachfiguren verstreut in Sand und Meer, das Schwert Sturmklinge vergraben. Das Königreich wieder zerschlagen in Hunderte einander bekriegende Stämme. Und Grimmbart segelte nach Westen und wurde nie mehr gesehen.

Doch HIER war es, wo sich alles ereignete. HIER, wo sich Adler kühn in die Lüfte schwingen, hoch über dem wuchernden Dornengestrüpp. Und unendlich schallt die Brandung aus den hohlen Höhlen der Klippen, fahles Echo des Schmerzes unmenschlicher Stimmen.

MITTSOMMERSTURM

Unzählige Stürme waren schon über den Barbarenarchipel gebraust. Aber *dieser* war der größte, wildeste Sturm seit über hundert Jahren. Er kam ohne Vorwarnung, mitten im Hochsommer.

Drei Tage lang tobte er ohne Unterlass, heulte wie ein Gott mit Zahnschmerzen, fegte Dächer von den Häusern und wirbelte Hütten und Scheunen in die Luft. Er riss Bäume um, schleuderte Schiffe über die Wellen, als seien sie nichts als Treibholz, und scherte sich den Teufel um die winzigen Siedlungen der Menschen, die sich klein wie Ameisen an die kahlen, wilden Felsen der Insel klammerten und von diesem gewaltigen Sturm hinweggefegt wurden, als seien sie nichts.

In einem derart mächtigen Sturm gehen viele Dinge verloren. Und nach dem Sturm werden viele Dinge gefunden.

So manches Boot wird von einem gewaltigen Sturm ins nasse Grab gerissen. Und so mancher seltsame, längst vergessene Gegenstand wird von den Tiefen des Ozeans an die Oberfläche gezerrt und zusammen mit riesigen Mengen Treibholz auf irgendeinen einsamen Strand geworfen.

Bei diesem mächtigen Sturm ging etwas verloren.

Kamikazzi – einzige Tochter der Prallbusigen Berta,

des Häuptlings der Sumpfdiebe, ein kleines, absolut furchtloses Mädchen mit wirrem Strubbelkopf, befand sich mutterseelenallein mit ihrem Boot *Stürmische Sturmschwalbe** weit draußen auf dem Meer, als der Sturm über sie herfiel.

Der Sturm war noch nicht einmal abgezogen, als sich die Sumpfdiebe schon auf die Suche nach Kamikazzi machten. Doch dann ließ der Wind endlich nach. Überall im Archipel machten sich die Stämme daran, die Zerstörungen zu begutachten – plattgemachte Kuhställe, umgerissene Obstbäume, eingestürzte Mauern, abgedeckte Häuser. Nur die Boote der Sumpfdiebe kreuzten mit ihren schwarzen Segeln überall auf dem Meer herum und durchsuchten jeden Winkel, fuhren in jede noch so winzige Bucht und umschifften jedes noch so kleine Inselchen. Unablässig schrien sie: »Kaaa-aaa-miii-kaaa-aaa-ziii-iiiiiiii!« – »Kaaa-aaa-miii-kaaa-aaa-ziii-iiiiiiii!« – »Kaaa-aaa-miii-kaaa-aaa-ziii-iiiiiiii!«

Aber es kam keine Antwort.

* Die Kleine Sturmschwalbe gehört zu den Sturmvögeln; sie war in Wikingerzeiten weit verbreitet. Sturmvögel wurden von den frühen Seefahrern so genannt, weil sie glaubten, dass die Vögel sie vor aufziehenden Stürmen warnen würden. Das taten die Vögel aber nur, wenn sie gerade gut drauf waren.

KAAAAM!

1. VERMISST!

Und so kam es, dass zwei Raufbold-Schiffe eines Sommerabends immer und immer wieder um die kleine Insel des Stillen Lebens im Östlichen Archipel kreisten.

Es war höchst ungewöhnlich, dass sich Raufbold-Schiffe im Östlichen Archipel blicken ließen, denn dieser Teil der Welt ist extrem gefährlich; kein Wikinger würde jemals freiwillig dorthin fahren.

Alle wussten, dass im Östlichen Archipel die entsetzlichsten Dinge geschahen. Auch die Raufbolde kreuzten dort nur aus dem einen Grund auf: Berta der Prallbusigen bei der Suche nach ihrer vermissten Tochter zu helfen. Aber nun wurde es Abend und auf ihrer Suche nach dem vermissten Kind hatten sie sich weit und immer weiter von ihrem Zuhause, der gemütlichen kleinen Insel Wattnbengel, entfernt. Und jetzt war es zu spät für die Rückfahrt. Sie würden die Nacht im Östlichen Archipel verbringen müssen. Das war nicht gerade eine Aussicht, die sie in frohe Stimmung versetzte, denn nun stellte sich eine ganz besonders schwierige Frage: Wo sollten sie ihr Nachtlager aufschlagen?

Hier gehörte alles Land, jedes noch so winzige Inselchen im Norden und Osten des Archipels, dem wilden Stamm der Hassschläger. Die Hassschläger waren Sklavenhalter und so ziemlich die bösesten und fiesesten

Piraten in der gesamten Barbarenwelt. Und sie hatten die unschöne Angewohnheit, ungeladene Besucher auf der Stelle totzuschlagen, ohne sie erst um Erlaubnis zu fragen. Außerdem spukte es an vielen Stränden ihres Gebiets.

Und dann gab es da auch noch die Insel Berserk.

Auch dort war es nicht ganz ungefährlich: Die dort hausenden Berserker waren ohnehin schon ein bisschen irre, aber bei Vollmond rasteten sie total aus. Dann heulten sie wie Wölfe, steckten unerwünschte Besucher in große Käfigkörbe und verfütterten sie an irgendein namenloses Ungeheuer, das im tiefsten Urwald ihrer Insel hauste.

Damit blieb eigentlich nur noch die Insel des Stillen Lebens – der einzige Ort im ganzen Östlichen Archipel, an dem es die kleine Kamikazzi-Suchflotte wagen konnte, das Nachtlager aufzuschlagen.

Und so kreisten die Raufbolde nun schon seit eineinhalb Stunden um die kleine Insel und suchten nach dem *perfekten* Campingplatz.

»HALT!«, donnerte plötzlich Bärbeißer der Gewaltige, Häuptling des Stammes der Räuberischen Raufbolde, eine eindrucksvolle Gestalt mit prächtigem rotem Bart, der wie eine von Verrückten frisierte Löwenmähne aussah. »HÖRT MAL AUF ZU RUDERN!«

Bärbeißer drehte sich zu seinem Sohn um, Hicks der Hartnäckige vom Hauenstein der Dritte, der neben ihm auf dem Deck des Kommandoschiffs *Fetter Tölpel* stand. Hicks schirmte die Augen gegen die tief stehende Sonne und spähte ängstlich zur Insel hinüber.

Dass Hicks der Erbe und die Hoffnung des Stammes der Räuberischen Raufbolde war, wurde auf den ersten Blick nicht so recht deutlich. Er sah wie ein ganz normaler Junge aus, mit roten Haaren, langen dünnen Armen und Beinen und genau dem immer ein bisschen ängstlich wirkenden sommersprossigen Allerweltsgesicht, das man in einer Menschenmenge jederzeit übersehen würde.

»Jetzt, Hicks«, verkündete Bärbeißer wichtigtuerisch, »will ich, dass du genau aufpasst, was ich tue. Als Häuptling muss ich dafür sorgen, dass der Platz für das Nachtlager ABSOLUT SICHER ist. Das Wohlergehen des *gesamten* Stammes hängt davon ab, dass ich den PERFEKTEN Lagerplatz finde!«

»Kann ja sein, aber wir suchen jetzt schon ewig danach!«, wandte Hicks ein. »Und wir sind gerade erst an einem Platz vorbeigefahren, der ganz nett aussah.«

»Zu ungeschützt!«, erklärte Bärbeißer gewichtig. »Der *perfekte* Lagerplatz muss gegen den Wind und plötzliche Stürme geschützt sein.«

»Ja, Vater, aber wir sind alle ziemlich müde und es wird gleich dunkel und nachts ist der Östliche Archipel besonders gefährlich«, sagte Hicks. »Was war mit all den anderen Stellen, die wir gesehen haben?«

»Zu sumpfig. Zu viele Quallen. Nicht genug Platz für die Zelte. Kein hoher Aussichtspunkt für die Nachtwache ...«, winkte Bärbeißer verächtlich ab. »Du musst nach dem PERFEKTEN Platz suchen, Hicks!« Väterlich tätschelte er Hicks' Schulter. »Das ist der Grund, warum *ich* der Kapitän bin, mein Sohn. Schau mir zu und lerne, mein Junge, schau mir zu und lerne.«

Bärbeißer stolzierte begeistert davon, um nach anderen geeigneten Stellen zu suchen, während seine Ruderer müde die Arme sinken ließen und ein Murren laut wurde, das an Meuterei grenzte. Ein paar knurrten, dass Bärbeißer gerne mal das Rudern übernehmen dürfe, wenn er so scharf darauf war, den *perfekten* Lagerplatz zu finden.

Aber das sagten sie so leise, dass Bärbeißer es nicht hören konnte.

»Ich *hasse* Camping«, jammerte Fischbein, Hicks' bester Freund. »Mein Asthma wird dabei immer viel schlimmer.« Fischbein war ein bohnenstangendünner Junge und er hatte nicht nur Asthma, sondern auch Pickel und war allergisch gegen Weizen und alles, was mit Milch zu tun hatte. Und erst recht gegen Drachen.

»Daran bist nur du schuld, Nutzlos*«, zischte Hicks' Vetter Rotznase. Der große, fiese Halbstarke war über und über mit Totenköpfen und Skeletten tätowiert und hielt sich für den geborenen Anführer. Verächtlich spuckte er

* Hicks der Nutzlose war Rotznases Schimpfname für Hicks.

ins Meer. »Wir müssten nicht hier draußen herumkreuzen und nach einer verlausten kleinen Sumpfdiebin suchen, wenn du deinen Vater nicht in einen verweichlichten Waschlappen verwandelt hättest, der sich ständig mit hoffnungslos versumpften Sumpfdiebinnen verbündet«, schimpfte Rotznase weiter. »Bevor du angefangen hast, mit der kleinen Sumpfdiebin rumzumachen, galt bei uns Raufbolden immer der Spruch ›Nur ein toter Sumpfdieb ist ein guter Sumpfdieb‹. Ich sag dir mal was: Wenn morgen früh ihre eklige kleine Sumpfdiebleiche in der Bucht dort drüben angeschwemmt wird, werde ich keine einzige Träne in meinen Kakao heulen.«

»Ha, ha, ha«, schnaubte Stinker der Dussel, Rotznases bester Kumpel, ein genauso fieser Schlägertyp wie Rotznase.

»Du bist ein richtiger Charmebolzen, Rotznase«, blaffte Hicks wütend. »Kein Wunder, dass du so beliebt bist.«

»Aber im Ernst«, sagte Rotznase lässig, »schau dich doch nur mal um, du Loser. Du und dein Alter, ihr habt uns hier wirklich in Gefahr gebracht. Wir sind ins Gebiet der HASSSCHLÄGER abgedriftet, Mann! Und siehst du die Insel dort drüben?« Rotznase deutete auf einen düster am Horizont brütenden Landstrich, von dem ein

unheimliches, dröhnendes Trommeln herüberscholl. »Willst du wissen, was das für eine Insel ist? Das ist die BERSERKER-Insel! Und die Bucht, in die wir gerade einlaufen? Das ist die Bucht des Gebrochenen Herzens …«

Stinker der Dussel hatte Rotznases gesamte Rede mit ständigem Kichern und Grunzen begleitet, aber jetzt hörte er abrupt auf zu grinsen. Sein Gesicht nahm eine eklige grüne Färbung an. »D-d-die B-Bucht des Gebrochenen Herzens?«, stotterte er. »A-aber die ist doch … verhext???«

»Klar ist sie das«, erwiderte Rotznase grinsend.

»Verhext???«, quiekte Fischbein entsetzt.

Rotznase riss unheilvoll die Augen auf, beugte sich ganz nahe zu Fischbeins blassem Gesicht hinunter und flüsterte geheimnisvoll: »Stimmt, verhext, du Pissblumenstängel. Man sagt, dass es in der Bucht des Gebrochenen Herzens spukt – der Geist einer Frau in einem Geisterschiff … und sie sucht immerdar nach ihrem verlorenen toten Kind … und wenn sie stattdessen DICH findet … dann …« – Rotznase machte eine Pause, um die Sache noch spannender zu machen – »dann bohrt sie ihre grausam langen, spitzen Fingernägel in deine Brust …« – Fischbein und Hicks hielten abwehrend die Hände vor die Brust – »… und reißt dir bei lebendigem Leib das Herz heraus … und nimmt es mit sich zurück in die Geisterwelt«, vollendete Rotznase genüsslich die schauderhafte Geschichte.

Stinker hatte so viel Angst bekommen, dass ihm der Dolch aus der zitternden Hand fiel. Die Spitze bohrte sich direkt in seinen großen Zeh. »AUUUUAAAA!!!«

»Das ist doch totaler QUATSCH, Rotznase«, sagte Hicks laut. »Nichts als ein Ammenmärchen. Das kommt alles nur davon, weil im Moor hinter dem Strand ein seltener Vogel brütet, der Nimmervogel genannt wird. Sein Krächzen klingt so ähnlich wie ein heulender Geist.«

Rotznase richtete sich wieder zu voller Größe auf und verschränkte lässig die völlig tätowierten Arme vor der Brust. »Ach ja, das ist totaler Quatsch? Wir sind hier vielleicht in Lebensgefahr! Und alles nur wegen einer verrotzten, dreckigen kleinen Sumpfdiebschlampe, die mit dem Stamm der Räuberischen Raufbolde rein gar nichts zu tun hat! Wie gesagt: Es ist alles nur deine Schuld, du Nullnummer!«

Genau in diesem Moment kehrte Hicks' Jagddrache Zahnlos auf die *Fetter Tölpel* zurück. Er hatte einen kleinen Erkundungsflug unternommen und landete jetzt ziemlich ungeschickt auf Hicks' Helm.

Hicks hatte Zahnlos zur Insel geschickt; er sollte die Höhlen und Nischen in den Felsen und Klippen auskundschaften, in die ein mächtiger Sturm ein kleines Boot vielleicht geworfen haben könnte.

So wie Hicks ein sehr unscheinbarer Stammeserbe war, war Zahnlos der unscheinbarste Jagddrache, den ein unscheinbarer Stammeserbe nur haben konnte. Zahnlos war ein Felddrache, die häufigste Drachenart (obwohl er ständig behauptete, viel exotischer als die übrigen Gemeinen Drachen zu sein) und war grade mal halb so groß wie die Jagddrachen der anderen jungen Stammeskrieger. Er hatte keine Waffen (oder wenigstens konnte man keine an ihm sehen) und, wie sein Name sagt, auch keine Zähne.

Eigentlich hatte er gerade ziemlich große Angst. Aber die ganze dramatische Suche und dass es so spät am Abend war und dass er, Zahnlos, bei dieser Suche das wichtigste Lebewesen überhaupt war, hatte aus dem normalerweise immer aufgeregten Zahnlos einen total, echt, hoffnungslos *überdrehten* Zahnlos gemacht.

Er war so aufgedreht wie ein Kapuzineräffchen, das ein paar Liter extrastarken Kaffee mit einem Kilo Zucker getrunken hatte.

Zahnlos stotterte immer ein bisschen, aber jetzt brachte er vor lauter Aufregung überhaupt kein Wort mehr heraus, gestottert oder nicht. Er hüpfte wie besessen auf Hicks' Helm auf und ab und deutete mit den aufgeregt schlagenden Flügeln immer wieder zum Strand des Gebrochenen Herzens hinüber.

»Was ist los, Zahnlos? Was hast du denn?«, fragte Hicks.* Bärbeißer starrte angestrengt zum Ufer hinüber und diskutierte mit seinem Stellvertreter, welche Stelle

* Hicks war einer der wenigen Wikinger, die die Drachensprache Drachenesisch verstehen und sprechen konnten, also die Sprache, in der sich die Drachen untereinander verständigten.

der Insel am besten für das Nachtlager geeignet sei. Als er Zahnlos aufgeregt auf das Ufer deuten sah, schwenkte er sein Fernrohr auf die Stelle, auf die Zahnlos deutete – das Ufer des Gebrochenen Herzens.

»Na, das ist aber kein geeigneter Lagerplatz«, grunzte Bärbeißer, doch dann sagte er plötzlich. »Warte mal … was ist das denn? DA IST ETWAS AM STRAND DORT DRÜBEN!«

2. DAS ETWAS AM STRAND

Der arme Fischbein fuhr fast aus seiner Haut, weil er glaubte, das Etwas sei eine Geisterdame.

Aber das Etwas war etwas Großes, etwas Schweres, und es steckte im weißen Sand des Strands des Gebrochenen Herzens.

»Vielleicht ist es Kamikazzis Boot?«, rief Hicks hoffnungsvoll und spähte angestrengt zum Ufer hinüber. »Vielleicht hat sie Schiffbruch erlitten und jetzt steckt ihr Boot irgendwie mit dem Kiel aus dem Sand …«

»WIKINGER!«, bellte Bärbeißer, »WIR WERDEN NACHSCHAUEN, WAS DORT DRÜBEN AM UFER LIEGT, BEVOR WIR WEITER NACH DEM PERFEKTEN LAGERPLATZ SUCHEN! ES KÖNNTE DAS VERMISSTE KIND SEIN!«

Die Krieger waren nicht besonders begeistert, um es mal milde auszudrücken.

Inzwischen versank die Sonne schnell hinter dem Horizont, in einem wunderbaren, rot-rosa-goldenen Farbenspiel. Aber niemand war in der Stimmung, den prächtigen Sonnenuntergang zu bewundern. Bildeten sie sich das nur ein oder wurde das Trommeln, das von der Berserker-Insel zu hören war, tatsächlich immer lauter?

»Aber, Boss«, wandte Hobber Hirnlos ein, »der Strand dort drüben ist nicht nur verhext, sondern er gehört auch zum Gebiet von Häuptling UG Ugglitugg dem Hassschläger.«

Und UG Ugglitugg der Hassschläger mochte keine Besucher.

»Ja, aber wir gehen ja nicht an Land oder so was«, bellte Bärbeißer. »Wir schauen nur mal schnell nach … und überhaupt: Wieso stellst du solche Fragen, wenn ich etwas befehle? ICH BIN AUF DIESEM SCHIFF DER KAPITÄN UND DULDE KEINEN WIDERSPRUCH!«

Murrend ruderten die müden Männer zu dem ETWAS hinüber, das am Strand lag.

»Oh Nutzlos! Du bist wirklich ein sooo toller Typ, ich würde dir am liebsten den nutzlosen Schädel einschlagen!«, blaffte Rotznase Hicks an. »Würde ich tatsächlich sofort machen, wenn ich nicht zu müde und zu hungrig wäre!«

Aber als sie dem Ufer näher kamen und im seichten Wasser durch ein dichtes Gewirr von Treibholz ruderten, das der Sturm in die Bucht getrieben hatte, wurde ihnen klar, dass das Etwas auf dem Strand kein Boot war.

»Zu viereckig für ein Boot«, sagte Fischbein.

Was konnte es denn sonst sein?

Gerade als Fischbein der Gedanke durch den Kopf schoss, dass es vielleicht ein SARG sein könnte, war ein lautes KNIRSCH!! vom Bootskiel zu hören und das Boot kam abrupt zum Stillstand.

»IHR HIRNAMPUTIERTEN VOLLIDIOTEN!!!«, brüllte

Bärbeißer voller Wut. »IHR SEID AUF EIN RIFF AUFGELAUFEN!«

»Du hast nicht befohlen, dass wir vor dem Riff anhalten oder ihm ausweichen sollen«, widersprach Hobber Hirnlos und damit hatte er nicht mal unrecht. *»Du* bist doch der Kapitän! Und *wir* sollen doch nur deine Befehle befolgen, oder nicht?«

Sie waren tatsächlich auf einen Felsen aufgelaufen. Und nicht nur das, sondern das Boot war dabei leckgeschlagen.

Wasser schoss durch das Leck auf der Steuerbordseite ins Boot.

Und die *Fetter Tölpel* sank tiefer, bettete ihren fetten Bauch in den Schlick vor dem Strand und rührte sich nicht mehr vom Fleck.

Für Wikinger ist es eine echt peinliche Sache, das eigene Schiff auf Grund zu setzen.

Vor allem, wenn das Meer an der Unglücksstelle grade mal knietief war.

Es gehörte zwar zum Berufsrisiko. Aber peinlich war es trotzdem.

Und es hätte zu keinem schlechteren Zeitpunkt passieren können.

Die Wikinger stiegen aus. Das Wasser war tatsächlich nur knietief. Aber so taktvoll, wie sie waren, sagte keiner etwas.

»BEI DEN STINKENDEN ACHSELHÖHLEN DES GROS-

SEN GOTTES THOR!!!«, brüllte Bärbeißer der Gewaltige, knallrot im Gesicht und so wütend, dass ihm fast die Fellhose platzte. Er schüttelte die Faust zum Himmel hinauf, gerade in dem Moment, in dem die Sonne den allerletzten Strahl auf den Strand schickte, bevor sie hinter dem Horizont verschwand. Und da waren sie nun, die Wikinger, gestrandet auf dem Strand des Gebrochenen Herzens, und allen war klar, dass sie das Leck erst am nächsten Morgen abdichten konnten.

»SEI'S DRUM!!!«, donnerte Bärbeißer der Gewaltige. »Ich denke, wir müssen uns mit dem Strand hier als Nachtlagerplatz zufriedengeben.«

Die Raufbolde im zweiten Boot waren von der Idee nicht begeistert, die Nacht ebenfalls am Ufer verbringen zu müssen. »Unser Boot ist in Ordnung«, rief Sackasch der Bierbauch herüber. »Wir könnten doch im Boot schlafen ...?«

»WASSOLLDASHEISSEN?«, röhrte Bärbeißer der Gewaltige. »RAUFBOLDE HALTEN ZUSAMMEN! IHR STEIGT SOFORT AUS UND KOMMT AN LAND!«

Es war nicht gerade der beste Nachtlagerplatz. Aber was blieb ihnen denn anderes übrig?

Die Sonne war untergegangen.

Das Boot ebenfalls.

Dafür ging der Mond auf. Schon schwirrten die ersten Glühwürmchen in der stillen Abendluft herum und beleuchteten die Szene.

Die Raufbolde waren zu müde, um weiter miteinander zu streiten. Das zweite Boot ging dort, wo es gerade war, vor Anker, die Besatzung warf ihre Tierfelldecken über die Schulter und watete zum Ufer.

Aber wenigstens entdeckten sie jetzt, was das Etwas am Strand war.

Es war ein Thron.

Ein riesiger, leerer THRON.

Der Thron war aus einem einzigen massiven Marmorblock gehauen worden. Offensichtlich kam er direkt aus dem Meer, denn er war noch vollkommen mit einer grünen Algenschicht und dicht mit Seepocken bedeckt, als seien sie Edelsteine. An den muschelverkrusteten Armlehnen hingen lange Seetangfäden herab.

Der Thron war wirklich enorm groß und er stand so sicher und fest auf dem Strand, als säße immer noch ein unsichtbarer Riesengott darauf und starrte still und stumm auf das Meer hinaus.

»Seltsam, seltsam«, murmelte Bärbeißer der Gewaltige in seinen verfilzten Bart. »Was meint ihr, woher dieses … Ding kommt?« Bärbeißer ging langsam um den Thron herum und betrachtete ihn von allen Seiten. »Und er hat sogar das Wappenschild des Raufbold-Stammes auf der Rückenlehne! Dieser Thron muss UNS gehören … Seltsam, höchst seltsam! In meinem ganzen Leben hab ich noch nie so einen Thron gesehen! Und was, in Thors Namen, hat ein Thron des Raufbold-Stammes hier draußen zu suchen, einsam und verlassen, mitten im Hassschlägerland? Das ist wirklich mist... mister... Wie heißt das noch mal, Hicks?«

»Mysteriös«, sagte Hicks, während er den Thron sehr misstrauisch beäugte.

Bärbeißer nickte. »Sag ich doch.«

Der Thron hatte etwas an sich, das Hicks einen Schauder nach dem anderen über den Rücken jagte.

Vielleicht lag es an dem Blutfleck auf der Rückseite. Der Blutfleck war offenbar über längere Zeit vom Meereswasser halb weggewaschen worden, aber immer noch ziemlich deutlich zu sehen. Er sah aus wie eine rotbraune Blume, eine Erinnerung an einen uralten, gemeinen Verrat.

»Ich glaube, er ist von dem schweren Sturm an Land gespült worden, genau wie die anderen Sachen hier«, sagte Hicks und deutete auf das Treibholz, die alten Flaschen und Tonkrüge, leere Muschelschalen, Tierskelette und eine halbe Fischkiste, die in kleinen Wasserlachen den halben Strand bedeckten.

»Aber was für ein Schatz!«, keuchte Bärbeißer fast atemlos. Inzwischen hatte sich seine Laune enorm verbessert. »Und er gehört UNS! Der war bestimmt vor langer, langer Zeit der Thron eines Raufbold-Häuptlings!«

Prima, prima, prima! Der Schatz war sogar das Leck in der *Fetter Tölpel* wert. Bärbeißer rieb sich aufgeregt die massigen Pranken.

Hicks hatte ein ungutes Gefühl, als er den Thron betrachtete – er kam ihm wie eine bösartige Kreatur vor, die versuchte, ihn zu verschlingen.

Bärbeißers eigener Thron zu Hause auf der Insel Wattnbengel war nicht mehr ganz so prächtig, wie er früher gewesen war – weil ihn Zahnlos vor ein paar Monaten versehentlich teilweise abgefackelt hatte.*

Es ist nämlich nicht leicht, eindrucksvoll zu wirken, wenn der Thron nur drei Beine hat.

»Okay, Krieger!«, bellte Bärbeißer. »Schleppt das Ding weiter von der Wasserlinie weg – bis über die Flutlinie. Und dann macht ihr das Abendessen – heute machen wir früher Schluss!«

Bärbeißer wandte sich an seinen Sohn. »Und du, Hicks, kannst jetzt gleich mal lernen, wie man das *Beste aus allem macht*. Das ist eine alte Tugend des Raufbold-Stammes. Das hier ist vielleicht doch nicht der schlechteste Nachtlagerplatz. Schau dich um – keine Quallen zu sehen. Windgeschützt! Jede Menge hoher Felsen für den Ausguck! DORT DRÜBEN BEI DEN FELSEN MIT DEN RUNEN SCHLAGEN WIR DAS LAGER AUF, MÄNNER!«

Bärbeißer stapfte durch den Sand zu einem großen Felsen, der über und über mit Hassschläger-Runen bedeckt war.

»Was steht da, Hicks?«, fragte Fischbein mit zitternder Stimme.

Hicks kniete vor dem Felsen nieder und studierte die Runen genau. »Hier steht: ›Zutritt verboten! Unbefugte

* Wie das passiert ist, willst du wissen? In Ordnung – du kannst es nachlesen in »Drachenzähmen leicht gemacht. Handbuch für echte Helden«.

werden getötet – grausam, aber barmherzig-schnell, wenn sie Glück haben!‹ Oder so ungefähr. Hassschläger-Runen sind nämlich sehr schwer zu entziffern.«

»PAH!«, röhrte Bärbeißer und warf eine Armladung Treibholz für das Lagerfeuer in den Sand. »Wegen diesem ganzen, du weißt schon, Geisterquatsch kommen die Hassschläger nur ganz selten hier in die Bucht. So gesehen könnte es sogar der *perfekte* Nachtlagerplatz sein! Hier werden sie uns nie und nimmer entdecken!«

Die Räuberischen Raufbolde schleppten den Thron weiter den Strand hinauf, dann bauten sie auf einem Haufen Treibholz und Steinen ein großes Lagerfeuer und grillten ein paar Makrelen als Abendessen. Danach legten sie sich rings um das Lagerfeuer nieder, rollten sich in ihre Bärenfelle ein, mit ihren Jagddrachen neben sich, und versuchten zu schlafen.

Was aber nicht ganz so leicht war.

Denn während der Nacht wurde den Raufbolden allmählich klar, dass es vielleicht noch einen anderen Grund gab, warum sich die Hassschläger nicht sehr oft am Strand des Gebrochenen Herzens blicken ließen. Das leise Summen und Trommeln, das sie am Abend von der Berserker-Insel gehört hatten, wurde immer lauter, als es Nacht wurde und die Sterne herauskamen. Es steigerte sich zu einem richtig lauten, wilden, angriffslustigen Kriegstrommeln, genau im Rhythmus mit Hicks' immer schneller klopfendem Herzen.

Und als der Mond hoch am Himmel stand, stieg plötzlich ein grausiger, entsetzlicher, unirdischer Schrei von der Berserker-Insel auf …

Man kann es nur als garstig-grausig-gespenstisches HEULEN beschreiben, so ähnlich wie das Heulen halb ausgehungerter Wölfe. Aber dieser Schrei konnte nur aus einer menschlichen Kehle stammen oder jedenfalls aus einer halbwegs menschlichen Kehle.

Der grauenhafte Schrei lief Hicks wie eiskaltes Wasser über den Rücken.

»Diese Berserker …«, kam Bärbeißers tiefe Stimme von der anderen Seite des Lagerfeuers. Er klickte missbilligend mit der Zunge. »Diese Leute sind immer noch ganz versessen auf ihre Menschenopfer, fürchte ich. Das ist so was von altmodisch! Da fällt mir noch was ein: Mein Vater hat mir mal zwei Ratschläge gegeben. Der erste: ›Falle niemals am Winteranfang in ein Land ein, das größer ist als deins.‹ Und der zweite war noch wichtiger: ›Wage dich NIEMALS auf die Berserker-Insel.‹ Kannst auch du dir gleich mal gut merken, Hicks«, fügte Bärbeißer wichtigtuerisch hinzu. »Das ist nämlich ein ganz prächtiger väterlicher Rat, mein Sohn.«

»Oh, keine Sorge, den vergesse ich nicht«, flüsterte Hicks.

»Ich weiß, ich sollte deinen Vater eigentlich nicht kritisieren«, stöhnte Fischbein leise, »aber das hier ist definitiv NICHT der perfekte Nachtlagerplatz.« Fischbein lag zitternd unter seiner Bärenfelldecke neben Hicks. »Wir kampieren auf einem verwunschenen Strand, sind unerlaubt in fremdes Land eingedrungen … das ausgerechnet dem brutalsten und misstrauischsten Häuptling der gesamten Barbarenwelt gehört, und auf der nächsten Insel feiert eine ganze Bande von total durchgeknallten Typen irgendwelche Zeremonien mit Menschenopfern. Ich hab sowieso nicht viel übrig dafür, im Freien zu schlafen, aber das hier ist nun wirklich das Allerletzte, das ich mir vorstellen kann.«

Aber irgendwann schliefen die Raufbolde dann doch ein. Hicks war der Letzte, nachdem er lange zum Sternenhimmel emporgestarrt hatte. Das Lagerfeuer flackerte nur noch schwach und verlosch allmählich. Hicks fragte sich, wo Kamikazzi wohl sein mochte. Er selbst hatte auch ziemlich viel Angst, aber wenigstens war er nicht allein.

Vier Stunden später fuhr er aus dem Schlaf hoch, als ein durchdringender Schrei über den Strand gellte.

»Berserker«, murmelte Bärbeißer, drehte sich stöhnend auf die andere Seite und zog das Bärenfell bis über die Ohren hoch. »Lästig, aber bei dieser Entfernung keine Gefahr …«

Und sämtliche Raufbolde, die sich bei dem schrillen Schrei aufrecht gesetzt hatten, ließen sich wieder in den Sand sinken und schnarchten weiter.

Nur Hicks nicht. Sein Blick hing gebannt an … etwas.

Hinter dem flackernden Schein des sterbenden Lagerfeuers stand der unheimliche Thron still in der Dunkelheit.

Oh ihr rasend irren Berserker, ihr verrückten Geisterfrauen!, stöhnte Hicks unhörbar. *Etwas SITZT auf dem Thron!*

3. EIN NICHT GANZ PERFEKTER LAGERPLATZ

Hicks fielen drei Erklärungen ein, wer die unheimliche Gestalt auf dem Thron sein mochte.

Vielleicht die geisterhafte Dame, die am Strand des Gebrochenen Herzens herumspukte und nun gekommen war, um jedem einzelnen Eindringling das Herz aus der Brust zu reißen?

Oder ein Berserker, der ziemlich dringend ein Menschenopfer brauchte?

Oder aber ein Hassschläger, der sie alle grausam, aber (wenn sie Glück hatten) barmherzig-schnell töten wollte?

Alle drei Möglichkeiten waren es wert, die anderen mit einem richtig guten Gänsehautschrei aus dem Schlaf zu reißen, und Hicks riss auch schon den Mund auf und hätte genau diesen Schrei ausgestoßen …

… wenn sich nicht eine riesige haarige Hand auf seinen Mund gepresst hätte.

Hicks konnte nur noch zuschauen – mit vor Entsetzen weit aufgerissenen und hervorquellenden Augen –, als schattenhafte dunkle Gestalten plötzlich vom Meer her über den Stand stürmten und sich direkt hinter die Köpfe der schlafenden Raufbolde stellten.

Die Gestalt auf dem Thron saß immer noch still da,

gehüllt in Schweigen und Dunkelheit. Aber Hicks konnte das gewaltige, prächtige Hirschgeweih sehen, das aus ihrem Helm herausragte und sich vor dem Nachthimmel abzeichnete. Die Hirschgeweihgestalt rauchte eine Zigarre*, deren Spitze rot im Mondlicht glühte. Nun machte sie eine lässige Handbewegung, woraufhin sämtliche Raufbolde am Strand durch eine kalte Messerklinge an der Kehle aus dem Schlaf gerissen wurde.

Sämtliche Raufbolde – mit einer Ausnahme: Bärbeißer.

Bärbeißer schnarchte einfach weiter.

Die Gestalt erhob sich vom Thron, schlenderte zu Bärbeißer hinüber und kickte ihn in die Seite.

Bärbeißer der Gewaltige zuckte zusammen, riss sich die Bärenfelldecke vom Kopf und setzte sich auf. »Wassis? Werisda?«, rief er wütend. Und griff langsam und verschlafen nach seiner Streitaxt.

Der Gehörnte machte wieder eine kleine Handbewegung und ein paar Schattengestalten schleppten den Thron näher ans Feuer.

»UG Ugglitugg der Hassschläger! Was machst DU denn hier?«, stieß Bärbeißer der Gewaltige keuchend hervor. Vor Entsetzen glitt ihm die Streitaxt aus der Hand, als er sah, dass all seine Krieger einen Dolch an der Kehle hatten.

---

* Rauchen war damals in Amerika schon recht weit verbreitet, galt aber bei den Wikingern immer noch als ziemlich snobistische Gewohnheit. In »Im Auge des Drachensturms« kannst du nachlesen, welche Beziehung die Wikinger mit Amerika hatten.

Bärbeißer der Gewaltige war schon immer nicht der Schnellste gewesen, aber selbst er begriff jetzt, dass die Dinge für die Raufbolde nicht sehr gut standen.

Sie waren unbefugt in das Gebiet der Hassschläger eingedrungen. Und als Beweis lagen die abgenagten Gräten von Makrelen, die eigentlich den Hassschlägern gehörten, rings um das Lagerfeuer im Sand verstreut.

»Ach, weißt du, Bärbeißer«, schnurrte UG Ugglitugg sanft, während er ihn angrinste wie ein Tiger, der ein bisschen freundlich sein wollte, »ich komme hier ab und zu vorbei – es ist nämlich MEIN Strand …«

Die meisten Wikingerhäuptlinge, denen Hicks schon begegnet war, waren raue Burschen, aber geistig ein bisschen beschränkt.

UG Ugglitugg dagegen war Furcht einflößend, nicht nur, weil er der mächtigste und brutalste Stammeshäuptling der gesamten Barbarenwelt war (sein Herrschaftsgebiet erstreckte sich weiter, als ein Drache in einer Woche nach Osten fliegen konnte), sondern auch, weil er ausgesprochen clever war.

»Ich kann dir das erklären, UG!«, keuchte Bärbeißer der Gewaltige hastig.

»Leben und leben lassen, ist meine Philosophie, Bärbeißer«, lächelte UG Ugglitugg. »Ihr Häuptlinge drüben im wilden Westarchipel seid Diebe, samt und sonders. Mische ich mich etwa ein, wenn ihr euch gegenseitig ausraubt, übereinander herfallt, einander die Kehlen durchschneidet? Nein, tue ich nicht. Ihr seid mir egal – aber nur solange ihr nicht versucht, MICH zu beklauen«, sagte UG, dessen Lächeln schlagartig verschwunden war und der nun laut und mit furchtbarer, drohender Stimme sprach. »Denn dann geht es mich etwas an. Und wenn jemand versucht, MICH zu bestehlen, dann …« UG sprach den Satz nicht zu Ende, aber das war auch gar nicht nötig.

»… dann tötest du den Dieb grausam«, vollendete Bärbeißer den Satz eifrig, sehr zufrieden mit sich selbst, weil er gewusst hatte, was UG sagen wollte, »aber barmherzig-schnell, wenn er Glück hat. Ja, das weiß ich doch, UG …«

»Gut gemacht, Bärbeißer, gut gemacht«, lobte UG. »Freut mich, das zu hören. Aber, verstehst du, Bärbeißer, meine Spiondrachen haben mir doch tatsächlich berichtet, dass du hier eingetroffen bist. Niemand hat dich dazu eingeladen. Du bist mitten in der Nacht angekommen. Mit deiner Flotte und deinem gesamten Heer …« UG deutete mit der Zigarre auf Bärbeißers Boote und Krieger. »Ein misstrauischer Mensch könnte nun vermuten, dass du deinen Thron auf meinen Strand gestellt hast, um Besitzanspruch zu erheben. Und manche Leute würden meinen, dass das nicht besonders freundlich war …«

»Nein, nein, UG, so ist es doch gar nicht!«, stieß Bärbeißer der Gewaltige hastig hervor. »Das … das ist nicht *mein* Thron! Wir haben ihn gefunden, ehrlich, er stand schon auf dem Strand, als wir ankamen!«

UG Ugglitugg lächelte, aber es war kein besonders erfreulicher Anblick. »Du bist ein alter Kumpel, Bärbeißer«, sagte UG, doch nun klang seine Stimme so hart und kalt wie Eis, »aber selbst deine besten Freunde sagen von dir, dass du nicht gerade der hellste Barbar im Barbarenarchipel bist. Wenn das hier nicht dein Thron ist, warum prangt dann dein Wappen groß und breit auf der Rückenlehne, frage ich dich?«

UG Ugglitugg setzte sich wieder auf den Thron, lehnte sich lässig zurück und rammte die Zigarre zwischen die Zähne. Er hob die Hand, zur Faust geballt. Hicks sah, dass sämtliche Hassschläger, die ihre Dolche immer noch an die Kehlen der Raufbold-Krieger pressten, auf UGs Faust starrten und auf ein Zeichen warteten. Wenn UG den Daumen nach unten reckte, würden sie allen Raufbolden auf der Stelle die Kehle durchsäbeln.

Hicks biss dem Brutalo, der ihm den Mund zuhielt, in einen Finger, und als der Mann vor Schmerzen die Hand wegriss, brüllte Hicks: »DIE PRALLBUSIGE BERTA WEISS, DASS WIR HIER SIND!«

UG Ugglitugg ließ die Faust langsam sinken und nahm nachdenklich die Zigarre aus dem Mund. »Lass den Knaben sprechen«, befahl er.

Der Hassschläger ließ Hicks los, aber so plötzlich, dass Hicks in den Sand fiel.

»Ei, ei, ei«, sagte UG leise, »wen haben wir denn hier?«

»Das ist mein Sohn und Erbe, Hicks der Hartnäckige vom Hauenstein der Dritte«, sagte Bärbeißer der Gewaltige hastig.

»Ein sehr langer Name für einen sehr kurzen Erben«, stellte UG fest. »Und was hast du uns zu sagen, Hicks der Hartnäckige vom Hauenstein?«

»Dass das hier kein Überfall ist. Wir sind auf der Suche nach Bertas Tochter, die seit dem Sturm verschollen ist«, erklärte Hicks. »Und der Thron lag seit mindestens hundert Jahren unter Wasser; wenn Ihr ihn genau anschaut, seht Ihr es. Er muss einem unserer Vorfahren gehört haben und wurde wahrscheinlich vom Sturm ans Ufer gespült. Und Berta die Prallbusige wird bestimmt ganz genau wissen wollen, was passiert ist, wenn der gesamte Raufbold-Stamm verschwindet, während er auf einer völlig friedlichen Mission im Hassschlägergebiet unterwegs war.«

UG Ugglitugg betrachtete Hicks nachdenklich.

»Ich erkläre ihr einfach, dass es ein tragischer Unfall war«, sagte er schließlich und strich sich über den Bart.

»Trotzdem – es würden Fragen gestellt werden«, wiederholte Hicks mit fester Stimme. »Man würde Euch verdächtigen. Und so viele Leichen sind schwer zu verstecken.«

»Ein cleverer kleiner Raufbold«, murmelte UG nachdenklich. »Ein richtiger kleiner Politiker, scheint mir. Im

Raufbold-Stamm! Wer hätte das gedacht! Nun gut, es ist jedenfalls eine interessante Entwicklung.«

Ein paar Augenblicke lang schmauchte er still seine Zigarre in der Dunkelheit. Dann breitete die Arme aus, stand auf und schüttelte Bärbeißer herzlich und kräftig die Hand. »Weißt du, was, Bärbeißer?«, rief er. »Ich glaube dir!«

Woraufhin die Hassschläger die Messer von den Kehlen der Raufbolde nahmen und ein bisschen zurückwichen. Aber sie blieben wachsam.

»Wirklich?«, sagte Bärbeißer der Gewaltige und seufzte vor Erleichterung tief auf, obwohl ihm UGs plötzliche Meinungsänderung ein bisschen seltsam vorkam.

»ABER SICHER!«, lachte UG überlaut. »ICH WOLLTE DICH DOCH GAR NICHT UMBRINGEN! WAR DOCH ALLES NUR EIN KLEINER SCHERZ!«

»Ein … Scherz?«, wiederholte Bärbeißer der Gewaltige.

»HA HA HA HA HA!«, brüllte UG vor Lachen.

»Ha ha ha«, stimmte Bärbeißer der Gewaltige ein, aber viel leiser.

»HA HA HA HA HA«, röhrten die Hassschläger und die Raufbolde im Chor, allerdings die einen weniger begeistert als die anderen.

»ICH HAB NÄMLICH EINEN GANZ ANDEREN GRUND, HERZUKOMMEN UND MIT DIR ZU REDEN!«, lachte UG Ugglitugg.

»Irre komisch«, sagte Bärbeißer verlegen. »Äh … und welchen Grund hattest du denn, UG?«

»Na ja, eigentlich ist es eine sehr ernste Angelegenheit«, erklärte UG, als er sich von seinem Lachanfall wieder erholt hatte. »Ich hoffe, wir beide finden eine Lösung, ohne Blut vergießen zu müssen. Aber ich bezweifle es.«

Bärbeißer der Gewaltige schluckte. »Oh mein Thor. Das klingt ja wirklich wie eine ernste Angelegenheit.«

»Sie betrifft die Ehre meiner Tochter«, fuhr UG fort, jetzt mit *sehr* ernster Stimme. »Jemand vom Stamm der Raufbolde hat ihr einen *Liebesbrief* geschickt.«

Bärbeißers Herz wäre ihm in die Stiefel gerutscht, wenn er welche angehabt hätte.

Jemandem einen Liebesbrief zu schicken, war damals, in jenen alten, dunklen Zeiten, eine:

Sehr.

Ernste.

Und.

Tödliche.

Angelegenheit.

ABSOLUT TÖDLICH.

»Was meinst du, Bärbeißer: Sollten wir das Problem nicht bei einer Tasse Tee besprechen?«, fragte UG lächelnd.

4. TEE MIT UG UGGLITUGG

»Tee?«, fragte Bärbeißer der Gewaltige und schüttelte leicht benommen den Kopf. »Aber es ist doch mitten in der Nacht!«

»Aaalsooo«, antwortete UG Ugglitugg gedehnt, »nach dem Lärm, den die Berserker machen, würde ich sagen, es ist ungefähr drei Uhr morgens. Die fangen nämlich normalerweise mit ihrer Mitten-in-der-Nacht-Zeremonie nicht vor zwei Uhr an. Übrigens hast du dir da einen sehr interessanten Lagerplatz ausgesucht, Bärbeißer.«

»Na ja, *perfekt* ist er ja nicht gerade …«, gab Bärbeißer düster zu.

Das entsetzliche Heulen, das von der Berserker-Insel zu hören war, steigerte sich immer weiter, bis es so schrill war, dass sämtliche Raufbolde eine Gänsehaut auf den Armen bekamen, als würden sie mit Brennnesseln gestreichelt werden. Und jedes einzelne Haar auf Nacken und Rücken stellte sich senkrecht auf wie die Stacheln eines stacheligen Seeigels.

»Na, vielleicht eher zehn vor drei«, verbesserte sich UG Ugglitugg, nachdem er mit schräg gelegtem Kopf ein paar Augenblicke lang dem Lärm gelauscht hatte.

»Egal«, sagte Bärbeißer, »für Tee ist es jedenfalls zu spät. Und außerdem habe ich schon gegessen.«

»Kann sein, aber ich bestehe darauf«, lächelte UG

Ugglitugg liebenswürdig. »Nur ein kleines Picknick, verstehst du, Bärbeißer. Ein kleiner Zehn-vor-drei-Imbiss, um dich und deine Männer hier im Land der Hassschläger willkommen zu heißen. Beim Essen lassen sich auch die schwierigsten Gespräche leichter führen, meinst du nicht auch?« Ohne eine Antwort abzuwarten, klatschte UG in die Hände.

UGs Boot lag neben der leck geschlagenen *Fetter Tölpel* vor Anker. Die Hassschläger luden nun Teller und Messer und Becher aus, Fässer mit Met und riesige Stücke Rentierbraten, gegrillte Fische und Milch und Brot und überhaupt alles, was man für einen kleinen Zehn-vor-drei-Snack am frühen Morgen so brauchte.

Zahnlos hatte beim Abendessen nicht mitgegessen, weil er einfach zu müde gewesen war, schließlich hatte er zwei seiner normalen Schläfchen verpasst. Er war *während des Essens* eingeschlafen, der arme Zahnlos, wobei ihm der Kopf einfach in einen Teller Erbsensuppe gefallen war. Hicks hatte ihm das Gesicht gewaschen und ihn unter sein Wams gesteckt, ohne ihn aufzuwecken. Und dort hatte er nicht nur durch den entsetzlichen Lärm geschlafen, den die Berserker bei ihrer Mitten-in-der-Nacht-Zeremonie veranstalteten, sondern hatte auch den Angriff der Hassschläger verpasst.

Aber jetzt stieg ihm der Geruch von Essen in die Nüstern. Er schob schnüffelnd die Schnauze aus Hicks' Wams und öffnete verschlafen die kleinen Augen.

»E-E-Essen!«, stieß er mit aufgeregten Jauchzern hervor und fing sofort an zu sabbern, so hungrig war er. »Zahnlos ist hu-hu-hungrig!«

»Langsam, Zahnlos, ganz langsam«, sagte Hicks warnend und hielt ihm einen Schellfisch auf einem Löffel vor die Schnauze. »Ich weiß, dass du hungrig bist, aber friss nicht alles auf einmal ... davon kriegst du immer Bauchweh ... langsam, Zahnlos, ganz kleine Häppchen ... laaangsaaam ... ZAHNLOS!«

Aber es war schon zu spät.

Zahnlos war so gierig und so hungrig, nachdem er in sämtliche Höhlen und Nischen an der Felsenküste geflogen war und nach Kamikazzi gesucht hatte, dass er den gesamten Fisch in einem einzigen Happs verschlang …

… mitsamt dem Löffel.

»Oh nein, Zahnlos!«, seufzte Hicks entnervt, kam aber nicht mehr dazu, ihn auszuschimpfen, denn in diesem Moment stieg auch UGs Tochter aus dem Boot, um am Zehn-vor-drei-Imbiss teilzunehmen.

Hicks hatte sie schon einmal gesehen, als sie bei den Großen Jahresspielen, umrundet von ihrer Leibwache, als Zuschauerin teilgenommen hatte.

»Das ist meine liebliche kleine Tochter Tussinella O'UGerly«, stellte sie UG Ugglitugg vor.

Tussinella war ungefähr sechs Fuß und zwei Zoll groß und überragte sogar den mächtigen Bärbeißer um einen halben Kopf. Sie hatte einen prächtigen feuerroten

Haarschopf und grüne Augen. Ein wunderschöner roter Schlingdrache hatte sich auf ihrem Kopf eingenistet und wurde von ihr mit Eicheln gefüttert.

Sie war eine spektakuläre Schönheit – im Moment allerdings auch spektakulär zickig.

»Oh, um Thors willen«, quiekte Fischbein, der bei ihrem Anblick knallrot angelaufen war. »Sie schaut uns an … sie lächelt uns zu … sie winkt uns …! Bleib bloß cool, Fischbein, total cool … bloß keine Panik … «

Fischbeins Gesichtsfarbe wechselte ständig von Knallrot zu Leichenblass. So überwältigt war er von diesem Ansturm der Gefühle, dass er auf der Stelle ohnmächtig von der Sitzbank kippte.

»Ja, total cool, Fischbein«, sagte Hicks und half seinem Freund wieder auf die Bank. »Und so clever! So ein kleiner OHNMACHTSANFALL beeindruckt solche Wikingeramazonen am allermeisten. Das muss ich dir lassen, Kumpel – du weißt, wie man diese zarten Geschöpfe anbaggert. In zwei oder drei Jahren wirst du eine breite Spur gebrochener Wikingerinnenherzen hinter dir herziehen.«

»Schaut sie immer noch herüber?«, flüsterte Fischbein mit bebenden Lippen und presste die Augen noch fester zu.

»Warte mal kurz … lass die Augen zu … Sie lacht immer noch … und deutet herüber …«, sagte Hicks. »Nein, jetzt hat sie aufgehört. Sie bohrt ein bisschen in der

Nase, jetzt redet sie mit ihrem Tischnachbarn. Alles klar, du kannst die Augen wieder aufmachen.«

»Aber sie hat mich angeschaut …«, seufzte Fischbein und legte sich die Hand aufs Herz. »Tussinella O'UGerly hat mich angeschaut … und mich angelächelt … und mir zugewinkt … Sie ist ein Engel! Eine Göttin!«

Hicks starrte seinen Freund an, der offenbar gerade durchgeknallt war. »Was ist bloß los mit dir, Fischbein? Drehst du durch, oder was?« Hicks hob eines von Fischbeins Augenlidern hoch, um zu schauen, ob sich Anzeichen für einen Berserkeranfall zeigten. Denn seine Augen wurden immer rosarot, wenn Fischbein einen seiner Berserkeranfälle bekam. »Und wo hast du UGs Tochter überhaupt schon mal gesehen?«

»Bei den Wikingerspielen«, murmelte Fischbein.

»Meine Tochter ist mein Ein und Alles, Bärbeißer«, verkündete UG laut und mit drohendem Unterton. »Die Sache ist eine Frage der Ehre und natürlich geht es dabei auch um die Verhaltensregeln unter uns Barbaren. Du kennst ja die Regeln, Bärbeißer. Wenn ein Kerl einer Tochter ohne Erlaubnis ihres Vaters Liebesbriefe schreibt, muss er bei ihm sofort um ihre Hand anhalten, denn sonst wäre es eine unerträgliche Beleidigung für *sie* und für ihren *gesamten* Stamm.«

Im Barbarenarchipel galt nämlich das höchst eigenartige Gesetz, dass es nichts Gefährlicheres gab, als sich zu VERLIEBEN. Seltsamerweise war das viel riskanter, als zum Beispiel auf einem Drachen zu reiten, mit dem Schwert auf Leben und Tod zu kämpfen oder irgendein anderes der vielen potenziell tödlichen Hobbys auszuüben, die bei jungen Wikingern so beliebt waren.

»Aber es gibt noch eine *weitere* Regel«, fuhr UG fort. »WENN nämlich der Schreiber der Liebesbriefe von königlichem Geblüt ist, kann er versuchen, die Hand meiner Tochter zu gewinnen, indem er eine einzige Aufgabe erfüllt, nämlich die Unmögliche Aufgabe, die ich ihm stelle.«

»Und was ist, wenn der Briefeschreiber *nicht* von königlichem Adel ist?«, erkundigte sich Hicks.

»In diesem Fall hätte er die Ehre des Stammes besudelt und ich würde ihn auf der Stelle töten lassen«, lächelte UG Ugglitugg. »Und wenn der Briefeschreiber zu feige ist, es zuzugeben, lasse ich *sämtliche* ledigen jungen Männer im Raufbold-Stamm töten – logisch, denn einer von ihnen muss es ja gewesen sein. Du siehst, Bärbeißer, ich lege meine Karten offen auf den Tisch und halte mich streng an den Barbarischen Verhaltenskodex. Da bleibt keine Frage offen. Kein misstrauischer Finger wird auf mich deuten. Alles läuft im Rahmen meiner Rechte ab.«

»Schlimme Sache, dieses ganze LIEBESZEUG«, murmelte Bärbeißer und schüttelte erschüttert den Kopf. »Ganz arg schlimme Sache.«

»Aber Ihr habt noch einen kleinen, aber wichtigen Punkt vergessen, Häuptling UG«, mischte sich Hicks wieder ein. »Nämlich den, dass Ihr gar nicht beweisen könnt, dass einer *von uns* den Liebesbrief geschickt hat.«

»Das ist sogar ziemlich unwahrscheinlich«, ergänzte Bärbeißer voller Stolz, »weil die meisten von uns Raufbolden nämlich gar nicht schreiben können.«

UG lächelte, rammte sich die Zigarre zwischen die Lippen und stand auf. »Dann lese ich euch mal einen der Briefe vor, vielleicht kurbelt das die Erinnerung von euch Burschen wieder an.«

Der mächtige Barbarenhäuptling stellte sich auf einen Felsbrocken.

Die wunderbar poetische Sprache des Liebesbriefes wurde allerdings ein wenig verdorben, weil das Gedicht von einem der brutalsten und grausamsten Stammeshäuptlinge der gesamten Barbarenwelt vorgetragen wurde, dem jeder Sinn für die poetische Sprache abging, der dabei auf einem großen Zigarrenstummel kaute und dessen fiese Augen bösartig funkelten.

Die Raufbolde hielten sich lachend die Bäuche.

»Lachen sie etwa über meine Tochter?«, fragte UG gefährlich milde.

»RUHE!«, donnerte Bärbeißer der Gewaltige. Sofort kehrte am Strand wieder Stille ein, von gelegentlichem kleinem Kichern abgesehen, das aber schnell unterdrückt wurde. Tussinella O'UGerly warf sich verächtlich die rosenroten Haare über die Schultern und bewunderte ihr Spiegelbild in einem goldenen Becher.

»Ich erwarte, dass einer von euch bekennt, den Brief geschrieben zu haben«, sagte UG Ugglitugg. Hicks wollte gerade Fischbein etwas zuflüstern, als ihm auffiel, dass Fischbein schon wieder knallrot angelaufen war, höchst unruhig und nervös auf der Sitzbank hin und her rutschte und Hicks nicht in die Augen sehen konnte. Ein entsetzlicher Verdacht schoss Hicks durch den Kopf.

UG lächelte noch immer sein unglaublich fieses Lächeln. »Dem Brief lag eine gepresste Rose bei … ziemlich romantisch, findet ihr nicht auch? Und so süß …«, fügte er leise hinzu und schüttelte den Brief ein wenig, sodass die getrocknete Blume in seine Hand fiel. »Hier ist sie – eine echte Sumpfdotterrose, die bekanntlich nur auf der Insel Wattnbengel vorkommt.«

Die Wattnbengel-Sumpfdotterrose war eher braun als rot, ziemlich stachelig und roch leider ein bisschen … streng, um es milde auszudrücken, jedenfalls nicht sehr angenehm. Aber sie war extrem selten, so selten, dass sie nur an einem einzigen Ort auf der Welt wuchs: im sumpfigsten Sumpf der Insel Wattnbengel. Und deshalb war sie die Wappenblume des Stammes der Raufbolde.

UG setzte sich wieder. »Ich überlasse es euch, die Sache untereinander zu klären.«

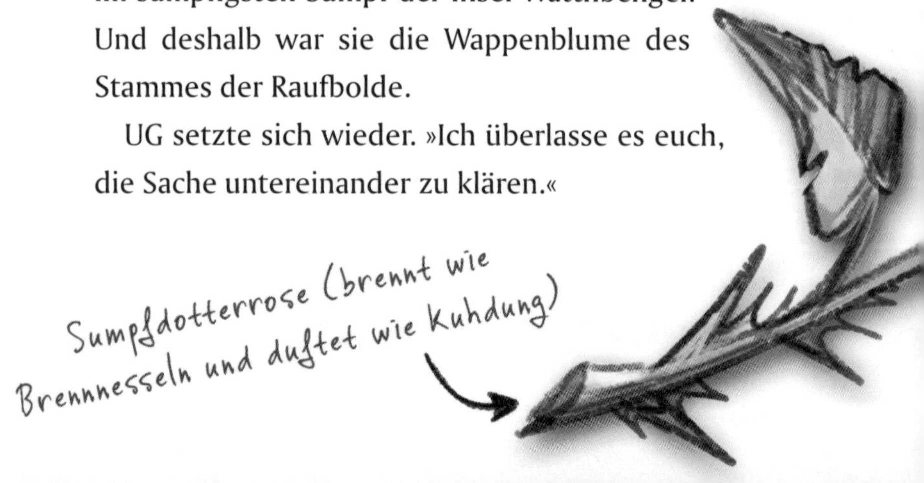

Liebste Tussinella O'UGerly!

Deine Augen sind von sumpfigem Grün,
deine Haare wie rote Rosen erblüh'n.
Deine Schenkel sind dick und absolut ~~stämmig~~ ~~haarig~~ prächtig,

wenn ich dich seh, werd ich sets ohnmächtig.
Meine Liebe zu Dir ist unendlich groß!
Ach! Dürft' ich doch sitzen auf deinem
Schoß!

In still rostender Liebe

5. DER ZWÖLFTE VERLOBTE DER TUSSINELLA O'UGERLY

Hicks starrte Fischbein voller Entsetzen an.

»Das warst doch nicht … *du,* oder?«, zischte er seinem Freund verzweifelt zu.

Aber natürlich konnte das nicht sein … Fischbein war doch grade mal dreizehneinviertel Jahre alt! Also *viel* zu jung, um Liebesbriefe an eine schöne, zickige Prinzessin zu schicken, die einen mordlustigen Irren zum Vater hatte …

Nur war Fischbein inzwischen röter im Gesicht als der prächtigste Sonnenuntergang. Er schob sich die Brille höher auf die Nase und murmelte so leise, dass Hicks ihn kaum verstehen konnte: »Äh, hm … Hab das Gedicht nur zur Übung gedichtet, verstehst du? Ist doch ziemlich gut geworden, findest du nicht?« Fischbein war offenbar sehr stolz auf seine Dichtkunst, obwohl sie ihn momentan ziemlich in Gefahr brachte. »Nur das Wort Schenkel ist nicht sehr poetisch … hatte eine Menge Probleme, was Passendes zu finden. Poesie ist nicht mal halb so leicht, wie es aussieht …«

»Wovon faselst du denn jetzt wieder, du Idiot?«, fauchte Hicks. »Es ist doch scheißegal, ob es ein gutes Gedicht ist oder nicht! Die Hassschläger interessiert das nicht die Bohne! Die sind nur daran interessiert, den

Leuten die Köpfe abzuschneiden! Es geht doch jetzt nur um eine einzige Frage: Warum, um Thors willen, hast du ihr dieses grässliche Gedicht geschickt?«

Fischbeins Gesicht war inzwischen weißer als ein Blatt Papier. »Ich … ich … sie kam mir ziemlich hübsch vor und deshalb hat sie mich zum Dichten inspiriert«, erklärte er. »Es ist nämlich so: Dieses ganze Wikingergedöns mit Schwertern und Streitäxten und Grunzen und Stöhnen und Hauen und Stechen spricht mich nicht so recht an, verstehst du? Ich steh da nicht so drauf. Und deshalb dachte ich, wenn ich schon die Abschlussprüfung im Piratenausbildungsprogramm vergeige – und du wirst zugeben, dass das ziemlich wahrscheinlich ist –, kann ich wenigstens Dichter werden … Vielleicht ziehe ich später als fahrender Minnesänger durch das Archipel und nenne mich Fischbein von der Drachenweide oder so …«

»Sicher keine völlig bescheuerte Idee, Fischbein, dagegen sag ich doch gar nichts«, antwortete Hicks. »Aber über deine Karrierepläne können wir später noch reden. Im Moment haben wir nämlich ein *viel größeres* Problem.«

»Tut mir leid, Hicks«, murmelte Fischbein. Er nahm die Brille ab und setzte sie wieder auf, was er immer tat, wenn er sehr verlegen war. Und schluckte heftig.

»Was … was wird er mit mir machen, was glaubst du?«, flüsterte er schließlich.

»Ohne Witz? Er wird dich töten«, sagte Hicks geduldig. »Grausam, aber barmherzig-schnell, wenn du Glück hast.«

»Glaubst du wirklich?«, fragte Fischbein, zitternd vor Angst.

»Ich glaube es nicht nur, Fischbein – ich *weiß* es«, antwortete Hicks unerbittlich. »Um überhaupt Tussinellas Verlobter werden zu können, musst du von KÖNIGLICHEM GEBLÜT sein. Heutzutage haben die Leute eben eine Menge Vorurteile – als ob jemand von königlichem Geblüt ein besserer Mensch wäre! Für dich jedenfalls bedeutet das den sicheren und sofortigen Tod.«

»OKAY, LEUTE«, lächelte UG, »wenn sich niemand freiwillig meldet, müssen wir die Sache eben ein bisschen vorantreiben. Ich fordere den Schuldigen auf, sich zu melden, und zähle bis fünf. Eins … zwei … drei …«

»Ich muss es zugeben«, flüsterte Fischbein voller Angst und Entsetzen. »Sonst werden wir ALLE getötet. War nett, dich gekannt zu haben, Hicks.«

»… vier …«, sagte UG in warnendem Tonfall.

Fischbein stand unsicher auf, wischte die beschlagenen Brillengläser am Hemd ab und rammte sie mit plötzlicher Entschlossenheit auf die Nase zurück.

»Warte!«, flüsterte Hicks ihm zu. »Vielleicht fällt mir noch ein Plan ein!«

»Müsste aber ein verdammt *cleverer* Plan sein«, flüsterte Fischbein verzweifelt, aber doch ein bisschen hoffnungsvoll zurück.

»*Clever?* Du bist ja ganz schön anspruchsvoll«, fauchte Hicks, dann brüllte er plötzlich: »HALT!«

Alle drehten sich um und starrten ihn verblüfft an.

Oh verdammt. Die Sache würde furchtbar peinlich werden.

Es herrschte völlige Stille.

»*Ich* habe das Gedicht geschrieben«, verkündete Hicks.

Die Stille wurde noch stiller.

Hicks wagte es nicht, zu Rotznase oder Stinker dem Dussel hinüberzuschauen, die schon anfingen, sich vor lauter Schadenfreude die muffigen Achselhöhlen zu kratzen.

»DEIN ERBE hat das Gedicht geschrieben, Bärbeißer?«, lachte UG Ugglitugg dröhnend, lehnte sich auf dem Thron zurück, zog lange und genüsslich an der Zigarre und paffte große Rauchringe in den Nachthimmel. »WUSSTE ich doch, dass die Sache noch ein glückliches Ende finden würde!«

»Hicks!«, stöhnte Bärbeißer der Gewaltige fassungslos. »DU hast das Gedicht doch nicht wirklich geschrieben, oder?«

»Ich fürchte, doch, Vater«, log Hicks.

SCHNAUB, KICHER, PRUST war von Rotznase und Stinker zu hören.

»Was … was soll das heißen?«, fragte Bärbeißer der Gewaltige, der immer noch nicht völlig begriffen hatte, was los war.

»Es heißt«, erklärte UG Ugglitugg gedehnt und sehr, sehr, sehr zufrieden mit sich selbst, »dass *dein* Sohn, Hicks der Hartnäckige vom Hauenstein der Dritte, von königlichem Geblüt ist und daher nach unseren Barbarischen Gesetzen das ungeheure Glück hat, der neueste Verlobte meines geliebten Töchterchens Tussinella O'UGerly zu werden.«

»Aber, aber …«, stotterte Bärbeißer der Gewaltige und versuchte verzweifelt, sich wenigstens einen vernünftigen Grund einfallen zu lassen, warum das eine schlechte, brechreizerregend miserable Idee war. »Was … was ist mit … äh … dem Altersunterschied?«

»Nun, ich denke, dass wir uns über den Altersunterschied nicht groß Gedanken machen sollten«, beruhigte ihn UG Ugglitugg mit breitem Grinsen. »Denn bevor er mein reizendes Töchterchen tatsächlich HEIRATEN darf, muss er erst noch die Unmögliche Aufgabe ausführen, die ich ihm stelle.«

»Äh, Häuptling … Was meint Ihr mit ›neuester Verlobter‹?«, warf Hicks ein. »Wie viele Verlobte hattet Ihr denn schon VOR MIR, Prinzessin Tussinella?«

Prinzessin Tussinella warf die Haare über die Schulter. »Elf«, sagte sie kühl und warf ihrem Vater einen so wütenden Blick zu, dass sein Bart eigentlich sofort hätte Feuer fangen müssen. »Und dabei zähle ich auch den Verlobten-vor-dem-Zweitletzten-Verlobten mit. Nur ihn liebe ich und nur ihn werde ich heiraten …«

»Liebe!«, schnaubte UG Ugglitugg verächtlich. »Eine Prinzessin darf nicht aus LIEBE heiraten! Außerdem: Wie oft muss ich dir noch erklären, dass der Verlobte-vor-dem-Zweitletzten-Verlobten nicht mitgezählt werden darf, weil ich überzeugt bin, dass er uns bezüglich seiner königlichen Abstammung belogen hat?«

»Ich werde niemanden heiraten, nur weil er von königlichem Geblüt ist und immer zu Hause hockt, Vater!«, keifte Tussinella los. »Ich hab genug von Schlössern und Mauern und Leibwächtern und Juwelen! Ich will einen HELDEN als Mann! Und ich werde meinen Helden heiraten und mit ihm in den Sonnenuntergang segeln und unter dem Sternenhimmel schlafen und wir werden Seite an Seite mit den Schwertern kämpfen. Wir werden uns mit unserem Schiff treiben lassen, wohin der Wind uns weht. Ich werde den Verlobten-vor-dem-Zweitletzten-Verlobten heiraten, weil ich nur ihn liebe und sonst keinen!«

»Ja, nur haben wir da ein klitzekleines Problem, nicht wahr, Tussinella?«, sagte UG Ugglitugg mit einem milden Lächeln. »Dein *Held* ist nämlich von der Unmöglichen Aufgabe nicht zurückgekehrt ... Ein *echter* Held wäre doch bestimmt schon längst wieder da!«

»Er wird zurückkommen ...«, sagte Tussinella stur, warf wieder ihre schönen Haare zurück und verschränkte die Arme. »Er wird zurückkommen! Ich warte auf ihn.«

»Du kannst natürlich auf ihn warten, Tussinella, meine

Ich werde niemanden heiraten, nur weil er von königlichem Geblüt ist!
UGs liebliche kleine Tochter Tussinella O'UGerly

Liebe. Aber möglicherweise musst du lange auf ihn warten. Oder vielleicht für immer und ewig.«

»Ich kann *sehr* lange warten«, erklärte Tussinella. »Wenn es sein muss, auch für immer und ewig.«

»Na gut, dann warte eben weiter«, sagte UG Ugglitugg missbilligend. »Ich kann dich nicht daran hindern. Aber mittlerweile«, wandte er sich an Bärbeißer, »regeln wir beide diese Angelegenheit. Meine einzige Bedingung für die Hand meiner Tochter ist, dass der Bewerber königlichen Geblüts sein muss …«

»HA!«, schnaubte Tussinella verächtlich und warf ihr Haar zurück.

»… und dass mir der Verlobte ein Fass Met für den Honigmond* liefern muss.«

Bärbeißers Gesicht hellte sich blitzartig auf. »DAS soll eine *Unmögliche* Aufgabe sein? Die Unmögliche Aufgabe, die ich erfüllen musste, als ich um die Hand meiner Geliebten anhielt, war viel schwieriger! Ich musste den Feuerstein vom Vulkan auf der Lavaboldinsel holen, und das war ungeheuer schwierig, kann ich dir flüstern! Dazu gehörten große Kraft, Beweglichkeit, Schnelligkeit, riesige Muskeln, echte Heldenqualitäten! EIN Fass Met – das ist doch ein REINES Honigschlecken! So leicht wie … wie … nur irgendwas!«

---

* Das Wort »Honigmond« stammt aus dem Nordischen, der Sprache der Wikinger. Bei ihnen war es üblich, dass eine Hochzeit einen Mond (also einen vollen Monat) lang mit Met gefeiert wurde, und Met wurde bekanntlich aus Honig gegoren. Das Wort wird bis heute im Englischen (»honeymoon«) verwendet.

»Ich bin ziemlich sicher, dass da noch ein Haken dabei ist«, sagte Hicks. »Sonst hätten die anderen elf Verlobten dabei wohl nicht versagt, oder?«

»Kein Haken.« UG zuckte gleichmütig die Schultern. »Aber natürlich ist für uns Hassschläger nur das Beste gut genug. Deshalb darf es nur Met sein, der mit dem besten Honig der Welt gegoren wurde. Und der beste Honig wird nur von einer einzigen Bienenart auf der Welt erzeugt ...«

UG Ugglitugg machte eine kleine Kunstpause, um die Wirkung dramatisch zu steigern.

»... nämlich von den Bienen der BERSERKER.«

Daraufhin herrschte rund ums Lagerfeuer am Strand des Gebrochenen Herzens Totenstille.

Der lange Pfad des Mondlichts glitzerte und funkelte auf den Wellen, die leise das Ufer leckten, und die Spiegelungen der verankerten Boote und der Sterne tanzten miteinander auf dem Wasser.

Und im Moor hinter den Dünen stießen die Nimmervögel ihren unheimlichen Schrei aus, der so ähnlich klang wie »Wooo bist duuu? Wooo bist duuu?«.

Und alle, die um das Lagerfeuer saßen, drehten die Köpfe in die Richtung der großen schwarzen, düsteren Silhouette der Insel Berserk, die sich im Süden vor dem Horizont abzeichnete. Wie ein tief zum tödlichen Sprung gedducktes schwarzes Ungeheuer sah sie aus, brütend lauerte sie, voller Sehnsucht, sich auf ihr nächstes Opfer zu stürzen. Und wie auf den Befehl eines unsichtbaren Todesgottes steigerten sich die Gesänge der Mitten-in-der-Nacht-Zeremonie zu einem einzigen ohrenbetäubenden Finale, einem Heulen, Jammern und Wehklagen wie von tausend Furien mit Zahnweh. Die hoch aufragenden dunklen Bäume auf der Berserker-Insel schwankten wie Schilfrohre – nur gab es eigentlich keinen Wind, der sie hätte bewegen können.

Was PASSIERTE dort drüben?

Hicks war nicht gerade scharf darauf, es herauszufinden, ganz bestimmt nicht, auf gar keinen Fall.

Bärbeißer der Gewaltige richtete sich zu seiner ganzen eindrucksvollen Größe auf, legte Hicks die väterliche Pranke auf die Schulter und verkündete: »MEIN SOHN wird den Honig von den Berserkern holen – oder bei dem Versuch STERBEN! Stimmt doch, oder nicht, Hicks?«

»Äh, ja … stimmt«, murmelte Hicks und schluckte heftig.

»Genau das wollte ich hören!«, röhrte UG Ugglitugg. »Wie wäre der Tag der Mittsommernacht als Hochzeitstermin? Dann hättest du genug Zeit zu ster… äh, den Honig zu holen, jede Menge Honig! Wir sind uns einig, nicht wahr? Ich erwarte dich am Morgen des Mittsommertags, auf die Minute genau um fünf Uhr, mit, äh … na, sagen wir mal, fünf Töpfen Berserkerhonig? IN ORDNUNG?« UG rieb sich zufrieden die Hände. »Ich denke, wir hätten damit alles Notwendige besprochen. Es macht dir doch nichts aus, wenn ich diesen Thron mitnehme, Bärbeißer? Was auf diesem Strand angetrieben wird, gehört MIR.«

Aber bevor die Hassschläger wieder in See stachen, hatte Hicks noch eine Frage, die er seinem zukünftigen Schwiegervater unbedingt stellen musste.

»Kamikazzi«, sagte er, »die kleine Sumpfdiebin, nach der wir suchen. Habt Ihr Sie vielleicht irgendwo gesehen, Eure Gehässigkeit?«

»Nun«, antwortete UG, »ist Kamikazzi ein kleines blondes Mädchen, ungefähr so groß« – er hielt die Hand in Gürtelhöhe – »mit Haaren, die dringend gekämmt werden müssten, und der grässlichen Angewohnheit, unbefugt mein Land zu betreten und meine wunderbaren, extrem seltenen Kapriziösdrachen zu klauen, die ihr gar nicht gehören? Nur UG Ugglitugg darf einen Kapriziösdrachen besitzen, und wer auch immer mir einen solchen Drachen stiehlt, dem werde ich eine grausame Lektion erteilen. Dieses Mädchen meinst du?«

»Ja, ganz genau«, sagte Hicks, hatte aber schon wieder ein ziemlich ungutes Gefühl im Magen.

»Dieses Mädchen habe ich nie gesehen«, sagte UG mit einem besonders grimmigen Lächeln. »Und nun leb wohl, Hicks der Hartnäckige vom Hauenstein der Dritte.«

6. EINSAM UND ALLEIN

Irgendwo, aber nicht sehr weit entfernt, saß Kamikazzi in völliger Dunkelheit und sang vor sich hin.

Sie sang nur, um nicht den Mut zu verlieren.

Denn Kamikazzi gehörte ganz bestimmt nicht zu den Kindern, die in einer schwierigen Situation sofort durchdrehten.

Und das war auch besser so, weil sie nun schon seit einer Woche in völliger Dunkelheit gefangen war, in der erstickenden Enge eines hohlen Baumstamms. Die Baumhöhle war so schmal und eng, dass sie im Sitzen alle Seiten berühren konnte.

Die Gittertür war nur mit einem einzigen Schloss gesichert, aber sie hatte längst herausgefunden, dass sie es nicht knacken konnte. Und sie konnte auch keinen Fluchttunnel graben, weil es nirgendwo eine Stelle gab, an der sie hätte graben können, und sie auch nichts hatte, *womit* sie hätte graben können.

Aber sie hatte keine Angst, redete sie sich immer wieder ein. Sie hatte nur Angst um ihren Drachen, Sturmfliege. Dieser grausame Mann hatte ihr Sturmfliege weggenommen; wer weiß, wohin er sie gebracht hatte? Kamikazzi hoffte, dass Sturmfliege nicht auch eingesperrt worden war, denn Sturmfliege würde eine Gefangenschaft nicht lange überleben.

Aber sie selbst, sie, Kamikazzi, hatte keine Angst.

Obwohl niemand, der sie liebte, auch nur die geringste Ahnung hatte, wo sie war. Der Baum, in dem sie gefangen saß, stand mitten in einem Wald. Und von außen unterschied sich dieser Baum durch rein gar nichts von den anderen 35672 Bäumen, die um ihn herum standen.

Und selbst wenn sie mit ihrem winzigen Boot, der *Stürmischen Sturmschwalbe,* am rabenschwarzen Himmel durch einen Orkan gesegelt und in ein schwarzes Loch gefallen wäre, hätte sie sich nicht so unbegreiflich einsam, so wahnsinnig verloren fühlen können wie hier in dieser Baumhöhle.

Aber eigentlich bin ich doch gar nicht richtig verloren, sagte sie sich, *weil es doch keine so große Rolle spielt, WO man ist, solange man weiß, WER man ist.* Und das wusste Kamikazzi genau: Sie war eine Sumpfdiebin und einen echten Sumpfdieb konnte man nicht so leicht in Angst und Verzweiflung stürzen.

Das war der Grund, warum Kamikazzi vor sich hin sang. Sie sang die Stammeshymne der Sumpfdiebe – nein, sie sang sie nicht, sondern sie schmetterte sie, so laut sie nur konnte, in die lange schwarze Höhle hinauf, in der die Hymne tausendfach wiederhallte.

WIR SUMPFDIEBE KENNEN NICHT ANGST NOCH PEIN,
DENN UNSERE HERZEN SIND STÄRKER ALS STEIN!
SELBST WENN WIR IM TIEFSTEN KERKER VERROTTEN,
WERDEN WIR TROTZIG UNSRE FEINDE VERSPOTTEN!
KEIN SCHIFF IST VERLOREN, SOLANGE ES SCHWIMMT,
UND IN UNS EIN FUNKE DER HOFFNUNG GLIMMT!

So laut und trotzig klangen die Worte und die Melodie hallte durch den hohlen Baum, sodass ihr Echo sogar Kamikazzi selbst beruhigte und ihr neuen Mut und neue Hoffnung gab.

Aber draußen, außerhalb des gewaltigen Baums …

Na ja, draußen, außerhalb des Baums, da war davon leider rein gar nichts zu hören.

7. MORGEN FRÜH HEIRATE ICH

Die Raufbolde dichteten die Lecks der *Dicker Tölpel* ab und suchten noch einen Tag oder so nach der vermissten Kamikazzi, wobei sie allerdings sorgfältig darauf achteten, nur auf der Insel des Stillen Lebens zu kampieren, wo sie weder mit einer Qualleninvasion noch mit herzkranken Geistern, durchgeknallten Berserkern oder mordlustigen Hassschlägern rechnen mussten.

Bärbeißer der Gewaltige schickte einen Kurier zu Berta der Prallbusigen, der ihr die traurige Nachricht überbrachte, dass die Raufbolde Kamikazzi nicht hatten finden können. Dann nahmen die Raufbolde Kurs auf ihre Heimatinsel Wattnbengel.

UG Ugglitugg der Hassschläger hatte nicht gesagt, dass Hicks den Honig ganz allein holen musste, weshalb Bärbeißer glaubte, dass sich Hicks' Chancen bei seiner Mission zur Berserker-Insel drastisch verbessern würden, wenn er von sämtlichen Raufbold-Kriegern unterstützt würde. Daher beschloss Bärbeißer, mit seiner Drachenkavallerie die Berserker-Insel um Mitternacht zu überfallen.

Und so versammelten sich am nächsten Abend sämtliche zwölf Wikinger des Piratenausbildungsprogramms vor dem düsteren Beinah-Wald, der sich am Abhang des Riesigen Hügels erstreckte, der höchsten Erhebung auf der Insel. Nach einigen Rempeleien schafften sie es, sich mehr oder weniger in Reih und Glied und in Habachtstellung vor Grobian dem Rülpser zu formieren, dem Ausbildungsleiter auf der Insel Wattnbengel. Alle hatten nachtschwarze Tarnflugkleider angezogen.

»REISST EURE OHRENSCHMALZVERSTOPFTEN LÖFFEL AUF, JUNGS!«, brüllte Grobian der Rülpser. »Unser Kamerad Hicks hier ist ja nun mal der Verlobte ...«

Da ertönten Jubelrufe und schmatzende Geräusche von der Reihe. »Hicks und Tussinella auf Wolke sieben ... BUSSI, BUSSI, SCHMATZI, SCHMATZI!«, spottete Planlos, ein völlig planloser Halbwüchsiger mit Segelohren, die wie Henkel von einem Krug abstanden, und schmatzte seine dreckige Hand so leidenschaftlich ab, dass der Speichel spritzte.

»He, Hicks, wie fühlt man sich denn so, wenn man verliii-hiii-hiiiebt ist ...?«, krähte Taubnuss Junior.

»›Deine Augen sind von sumpfigem Grün, deine Haare wie rote Rosen erblüh'n‹«, zitierte Fausti im Singsang.

»HA HA HA HA HA!«, brüllten alle außer zweien vor Lachen los, während Hicks knallrot anlief und Fischbein am liebsten im felsigen Boden versunken wäre.

»Was ich nicht kapier, ist, warum wir ALLE unser Leben aufs Spiel setzen müssen, nur weil sich Hicks der Nutzlose in eine Tussi verknallt hat?«, schnaubte Rotznase. »Der Liebesbrief ist so furchtbar schmalzig, er sollte sich schämen!«

»RUHE!«, brüllte Grobian. »Das ist eine gute Gelegenheit, euer Geschick im Drachenreiten zu verbessern, Rotznase! Hört zu, ihr verlausten Napfschleimschnecken: Die Berserker-Insel ist einer der gefährlichsten Orte im ganzen Archipel, und warum? Weil die Berserker die grausamsten Krieger auf der Welt sind. Ihr müsst also unter allen Umständen vermeiden, ihnen in die Hände zu fallen. Deshalb reitet ihr eure Drachen mit HÖCHSTGESCHWINDIGKEIT, müsst aber trotzdem versuchen, in völliger Dunkelheit den Bäumen auszuweichen. Das ist nicht so einfach, wie es klingt.«

Die Jungkrieger hatten erst vor Kurzem den Drachenreiterschein erworben. Sie hatten also noch keine große Flugerfahrung.

Drachenreiten ist schwierig und erfordert höchste Geschicklichkeit, die man nur schrittweise erwirbt. Man muss lernen, den Drachen nicht nur nach rechts und links, sondern auch nach oben und unten, diagonal und antidiagonal zu lenken, und das alles bei extrem hoher Geschwindigkeit. Drachen sind fantastische Flieger, deshalb braucht man Jahre, bis man lernt, sich bei den komplizierten Flugfiguren auf ihrem Rücken zu halten: Gleiten, Sturzflug, Wikinger-Acht, Looping rückwärts, Rolle vorwärts, Rückenflug, Formationsflug, Doppellooping einzeln, Doppellooping doppelt ... und überhaupt alle abgedrehten Kunstflugfiguren, die einem Drachen spontan in den Sinn kommen.

»AUFGEPASST!«, röhrte Grobian. »DAS HIER IST DAS LETZTE TRAINING VOR DEM EINSATZ! Ich habe hohle Kürbisse an die Bäume gehängt – sie stellen die Honigtöpfe dar, die ihr einsammeln sollt. Ihr müsst also zwischen den Bäumen hindurchwedeln, so viel Honig sammeln, wie ihr nur könnt, und hier zur Ziellinie zurückfliegen. Und ICH tarne mich als GIFTPFEILSPUCKER-TODESÄNGSTIGER-BERSERKER*, alles in einer Person.«

»Super Tarnung, Sir«, sagte Fischbein.

»Danke, Fischbein«, sagte Grobian.

Grobians Tarnung bestand aus Kriegsbemalung an den wenigen Stellen im Gesicht, die nicht von Bart oder Haaren bedeckt waren (eigentlich nur die Augenlider), und

* Giftpfeilspucker und Todesängstiger waren sehr gefährliche Drachenarten, die nur in den Wäldern auf der Berserkerinsel vorkamen.

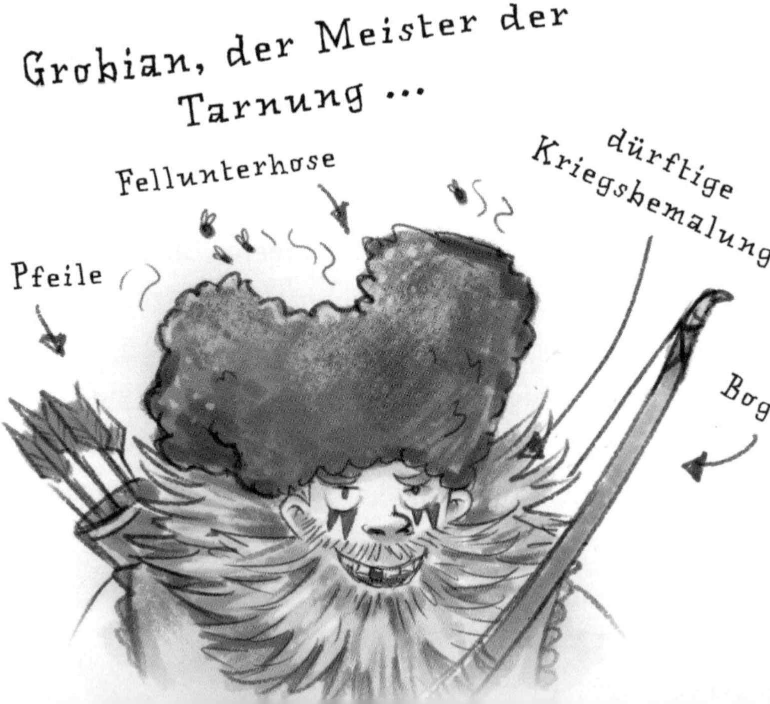

einer seiner riesigen Fellunterhosen, die er sich über den Kopf gestülpt hatte. Außerdem hatte er einen Bogen umgehängt und zeigte ihnen die Pfeile, deren Spitzen er mit Blütengewächsen blau eingefärbt hatte.

»Also«, erklärte Grober und runzelte drohend die Stirn, »wenn einer von euch von mir gefangen oder von einem meiner Pfeile erwischt wird, dann muss ihm klar sein: Wenn er in einer echten Honigsammelaktion von einem Berserker erwischt würde, wäre er jetzt tot, toter geht's nicht.« Grobian räusperte sich geräuschvoll, dann brüllte er: »AUF DIE DRACHEN, IHR SCHLEIMQUALLEN!«

Hicks' Reitdrache war ein ängstlicher, ungepflegter Espenlaubler mit halb abgerissenen Ohren und noch stärker zerfetzten Flügeln.

»Zahnlos hat B-b-bauchweh«, jammerte Zahnlos. Und tatsächlich sah er im Gesicht noch grüner aus, als er normalerweise schon war, aber das war natürlich schwer zu beurteilen, weil er normalerweise so grün wie saftiges Gras war und weil er gerade fünf Saltos in der Luft geschlagen hatte und weil ihm von der ganzen Rederei ein bisschen langweilig geworden war.

»Dann hör auf, Saltos zu schlagen«, empfahl ihm Hicks.

»LOS!!!«, brüllte Grobian und blies in sein Horn.

Hicks hatte mit der Übung keine großen Probleme. Sein Espenlaubler war zwar ein bisschen schwerfällig, flog aber schnell und geschickt zwischen den Bäumen hindurch.

Der arme Fischbein hatte mehr Schwierigkeiten. Sein Reitdrache war ein Windpockler, ein furchtbar schlecht gelauntes kleines Ding, das ständig bockte und versuchte, Fischbein abzuwerfen. Ganz abgesehen davon, dass Fischbein gegen Windpockler allergisch war und deshalb ständig niesen musste.

Und dann kam auch noch Grobian, der bei der Sache riesigen Spaß hatte und wie eine Furie zwischen den Bäumen umherzischte, wobei sein knallrotes Gesicht unter der Fellunterhose besonders grauenvoll aussah. Grobian flog leise von hinten an Fischbein heran und stieß plötzlich ein so entsetzliches, trommelfellzerreißendes HEULEN aus, dass jeder ECHTE Giftpfeilspucker, Todesängstiger oder Berserker vor Neid erblasst wäre.

»Aiiiiiiiiiiiiiiiiiiieeeeeeeeeeeeeeee!!!«, kreischte Fischbein und sein Windpockler schnaubte wie ein wütendes Shetlandpony, kam augenblicklich aus dem Flugrhythmus, verlor die Kontrolle und stürzte im Zickzack durch den gesamten Beinah-Wald, pflügte durch Äste und Zweige, wich mit knapper Not einem Stachelbeerbaum aus und brachte einen zarten, jungen Ebereschenbaum zu Fall, der den letzten großen Sturm nur mit knappster Not überstanden hatte. Und dann KRACHTE er schließlich wie ein lebensmüdes Rhinozeros mit dem Kopf voraus in den Stamm einer recht stämmigen Eiche.

Glücklicherweise waren die Schädel von Windpocklern hart wie Sturzhelme; der Drache sah also nur ein paar Sterne, aber sonst passierte ihm gar nichts.

Fischbein kam nicht so glimpflich davon. Er schoss über den Kopf seines Drachen hinweg, krachte gegen den Baumstamm und blieb mit dem Kopf nach unten am Sicherheitssteigbügel seines Drachensattels hängen, während der Windpockler benommen wie ein betrunkener Nachtfalter durch die Luft taumelte.

Grobian der Rülpser schoss heran und brüllte triumphierend. Aber statt sich damit zufriedenzugeben, dass er Fischbein kampfunfähig gemacht hatte, versuchte er auf seine taktvolle Art, ihn auch noch zu blamieren: Er beschoss ihn von Kopf bis Fuß mit blau gefärbten Pfeilen, die alle an ihm kleben blieben.

»Wenn ich richtig zähle, Fischbein, bist du achtzehn Mal getroffen worden«, grölte Grobian fröhlich. »Wenn es ernst wird, solltest du dir schon ein bisschen mehr Mühe geben, mein Junge!« Damit riss er seinen Flugdrachen herum und jagte Taubnuss Junior hinterher, der aber viel flinker als Fischbein war und geschickt wie ein Slalomfahrer zwischen ein paar Erlen hindurchwedelte.

Giftpfeilspucker

Wikingerdrachen und ihre Merkmale

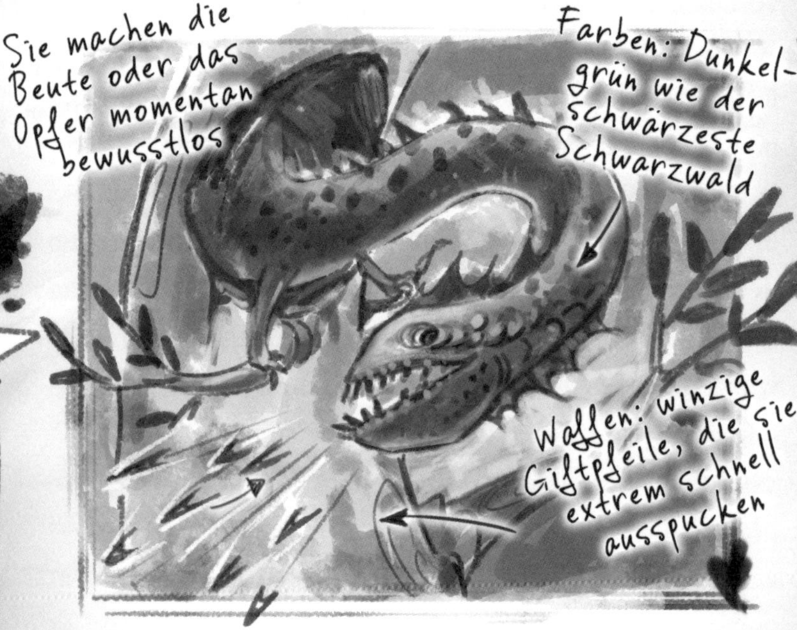

Giftpfeilspucker schießen winzige Giftpfeile aus dem Rachen. Das Gift kann kleinere Beutetiere töten; größere Opfer werden für kurze Zeit bewusstlos. Die Giftpfeilspucker leben in hohlen Bäumen, kommen aber nur in den wildesten Wäldern des Archipels vor.

Bewertung nach Punkten 0-10

9 8 7 9 7

»HA HA HA HA HA HA HA HA!« Ein paar nicht sehr taktvolle Kameraden vom Ausbildungsprogramm hielten sich die Bäuche vor Lachen, während Fischbein verzweifelt strampelte, um wieder in den Sattel zu kommen.

Natürlich war die Sache irre komisch, aber weil Fischbein in fast zehn Metern Höhe mit dem Kopf nach unten an seinem Drachen baumelte, war sie auch nicht ganz ungefährlich. Deshalb zog Hicks kurz am Zügel und lenkte seinen Espenlaubler zu Fischbein hinunter. Er konnte ihn gerade noch auffangen, bevor Fischbeins Fuß aus der Fußschleife rutschte.

Hicks setzte Fischbein auf dem Boden ab, wo er in Sicherheit war.

Allerdings hatte Fischbein eine kleine Eigenart, die normalerweise tief in seinem Innern schlummerte, aber immer dann hervorbrach, wenn er *wütend* war: Er rastete aus wie ein Berserker. Und im Moment war Fischbein nicht einfach nur wütend, sondern *richtig* wütend. Der Schlag auf den Kopf, als er gegen den Baum gekracht war, verstärkte das Problem noch weiter: Er rastete nicht nur ein bisschen aus, sondern *richtig*.

Statt sich bei Hicks zu bedanken, lief Fischbeins Gesicht puterrot an. Er sprang schon aus einem Meter Höhe ab und schleuderte, zitternd vor Wut, die wildesten, gemeinsten Beleidigungen zu den anderen Jungen hinauf, die auf ihren Drachen über ihm kreisten und sich vor Lachen kaum noch in den Sätteln halten konnten.

Was deren Gelächter natürlich nur noch weiter steigerte.

Besorgt stieg Hicks von seinem Espenlaubler, nahm Fischbein am Arm und redete beruhigend auf ihn ein. »Beruhige dich, Fischbein, es ist doch –«

Das war ein Fehler, denn nun wirbelte Fischbein zu ihm herum, schüttelte Hicks' Hand ab und brüllte ihn, außer sich vor Wut, an: »MISCH DICH NICHT EIN!!«

»Ich hab mich nur eingemischt«, sagte Hicks so ruhig wie möglich, »damit du nicht aus zehn Metern Höhe auf den Kopf –«

»Du mischst dich IMMER ein!«, schrie Fischbein. »Du hast dich auch bei der Sache mit dem Gedicht EINGEMISCHT! Ich hab eine Ewigkeit dafür gebraucht, aber du kommst einfach daher und behauptest, es sei von dir!«

»Das hab ich doch nur getan, damit dich UG nicht auf der Stelle tötet!«, rief Hicks, der sich nun wirklich Sorgen um Fischbeins Verstand machte.

»HA! Der wirkliche Grund ist, dass du glaubst, ich bin nicht GUT GENUG für eine echte Prinzessin, stimmt's?«, brüllte Fischbein.

Hicks wollte gerade sagen, dass das überhaupt nicht stimmte, aber Fischbein hatte sich jetzt warmgelaufen und ließ sich nicht mehr stoppen. »Aber du natürlich schon, denn Herr Hicks der Hochnäsige ist ja von KÖNIGLICHEM GEBLÜT! Während ich ein NIEMAND bin, richtig? Ich bin ein Niemand, komme von nirgendwo, hab niemand als Eltern und wurde als Baby von irgendjemand aus dem Hafen gefischt. Ist doch der Witz des Jahrhunderts, dass sich einer wie ich Hoffnung auf eine so eine schöne Prinzessin wie Tussinella macht, oder nicht?«

Die anderen Jungen auf ihren Drachen hielten das auf jeden Fall für den Witz des Jahrhunderts. Rotznase lachte so sehr, dass er fast von seinem Drachen kippte.

»Ahem«, räusperte sich Grobian der Rülpser, »ich denke, du bringst Fischbein jetzt besser nach Hause, Hicks. Er sollte sich ein wenig hinlegen, mit Essigumschlägen auf der Stirn. Nimm seinen Drachen mit.«

Er befahl den anderen, mit der Übung weiterzumachen, während Hicks allein mit dem Berserker Fischbein zurückblieb.

»Ich will mich aber nicht hinlegen!«, schrie Fischbein und boxte, irre vor Wut, in die Luft. »MIR GEHT'S TOTAL GUT!«

»Schon möglich«, beruhigte ihn Hicks, »aber du bist in vollem Karacho gegen einen Baum geknallt und wie ein Berserker ausgerastet, und bestimmt würde es dir guttun, dich ein wenig hinzulegen …«

Fischbein hörte urplötzlich auf, vor Wut auf den Boden zu stampfen. Er starrte Hicks mit offenem Mund an. »Das ist es!«, rief er. »Warum hab ich das nicht schon früher gemerkt? *Das* bin ich! Ich bin ein Berserker, ganz klar!!«

8. WER WAREN FISCHBEINS ELTERN?

»Äh … was meinst du damit?«, fragte Hicks verblüfft.

»Ich meine«, schrie Fischbein aufgeregt, »dass ich als Baby in dieser Hummerreuse gefunden wurde!« Fischbein nahm den Rucksack von den Schultern und zeigte ihn Hicks.

»Das ist ein Rucksack«, sagte Hicks.

»Das ist eine Hummerreuse, die ich zu einem Rucksack umfunktioniert habe«, erklärte Fischbein, immer noch hochrot im Gesicht und mit einem irren Funkeln in den Augen. »Ich brauchte ja eigentlich keine Hummerreuse. Aber als Baby wurde ich in genau dieser Hummerreuse gefunden. Ich trieb in den Hafen und jemand fischte mich aus dem Wasser. Ist doch klar: Die Strömung hat mich den ganzen Weg von der Berserker-Insel bis nach Wattnbengel getrieben! Kann gar nicht anders sein!«

»Na ja«, sagte Hicks nachdenklich, »möglich ist das schon, denke ich. Aber es hätte dich doch jeder und jede im Meer aussetzen können, oder nicht? Du neigst ein bisschen zum Berserker, aber das macht dich noch lange nicht zu einem total durchgeknallten, mondsüchtigen, vollkommen dumpfbackigen BERSERKER …«

Aber Fischbein hörte gar nicht mehr zu und er sah auch tatsächlich ein wenig wie ein Berserker aus, so wie er dastand und mit hochgereckter Faust brüllte: »Jetzt

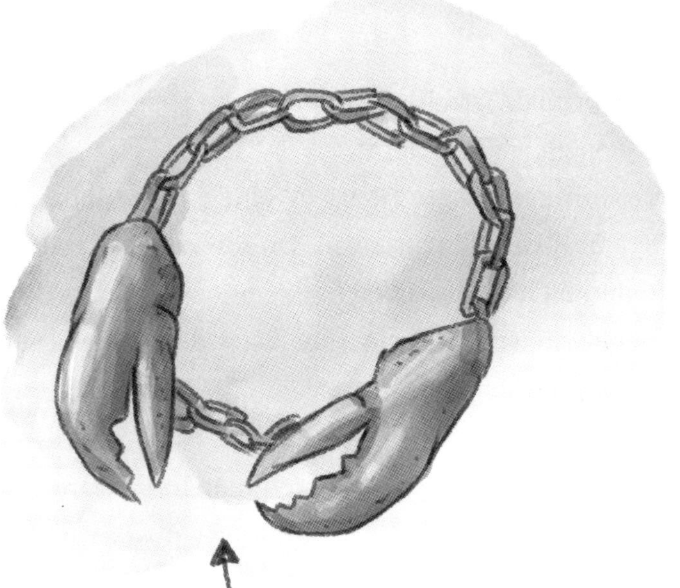

Die Hummerschalen, die neben Baby Fischbein lagen. (Später trug er sie als Halsband.)

kapiere ich endlich, was ich zu tun habe! Das Schicksal hat mir den Weg hierher gezeigt! Das ist die Suche, bei der ich endlich zum Helden werde! Ich gehe JETZT SOFORT auf die Berserker-Insel und fülle diese Hummerreuse mit Honigtöpfen und dann komme ich zurück und niemand wird sein Leben aufs Spiel setzen müssen. Und das wird Rotznase das Grinsen aus der Visage treiben, das schwöre ich dir! Niemand wird mich jemals wieder auslachen!«

Hicks starrte Fischbein mit offenen Mund an. »A-aber heute ist Vollmond! Die Berserker werden heute ihre Mitten-in-der-Nacht-Zeremonie feiern!«

»Na prima!«, strahlte Fischbein begeistert. »Da kann ich dann gleich mitfeiern!«

Besänftigend sagte Hicks: »Weißt du, was, Fischbein? Ich glaube, Grobian hat recht. Du solltest nach Hause gehen und dich ein bisschen hinlegen.«

Fischbein schaute ihn rebellisch an. »Du willst nur nicht, dass ich ein HELD werde!«

»Natürlich will ich, dass du ein Held wirst«, sagte Hicks, immer noch in beruhigendem Tonfall, »nur nicht ausgerechnet HEUTE NACHT! Kannst du das nicht ein bisschen verschieben?«

Und nach viel gutem Zureden schaffte es Hicks schließlich, Fischbein nach Hause zu bringen, und damit war die Sache erledigt. Bis Hicks später nachschauen wollte, wie es Fischbein ging, und entdeckte, dass es nichts zum Nachschauen gab: Fischbein war verschwunden.

KEIN FISCHBEIN. KEIN HUMMERREUSEN-RUCKSACK. KEIN WINDPOCKLER.

Aber ein kleiner Zettel, der unter einem Stein vor der Haustür lag und an Hicks adressiert war.

Und was darauf stand, war in total verrückter, irrer, gagamäßiger Handschrift geschrieben … Hicks war sofort klar, dass Fischbein immer noch in Berserkerlaune war.

»Oh, bei Thors dreckigen Fingernägeln!«, stöhnte Hicks auf und trat unruhig von einem Fuß auf den anderen. »Ich soll ihm nicht folgen? Ich bin schuld, ich hätte ihn niemals allein lassen dürfen! Was soll ich nur TUN?«

Lieber Hicks,

bin jetzt doch unterwegs zur Berserker-
Insel, weil ich nämlich an allem schuld bin
und weil das eine Superchance ist, endlich
mal zu beweisen, dass ich ein Held bin und
keine totale Lachnummer. Und selbst wenn
mich die Berserker erwischen, werden sie
mir nichts tun, wenn ich ihnen erkläre, dass
ich einer von ihnen bin und zu ihrem Stamm
gehöre.

Versuche nicht, mir zu folgen.
Diese Sache ziehe ich ganz allein durch.

Viele Grüße,

Fischbein

PS: Gib Stinker dem Dussel einen dicken
Schmatzkuss von mir.

PPS: Ich glaube, meine Mutter war eine
Teekanne. ☺

Ein weiterer Beweis, dass Fischbein immer noch ein
bisschen wirr im Kopf war

Gute Frage. Was um Thors willen hätte Hicks denn tun sollen?

Er wusste aus langer, bitterer Erfahrung, dass er mit diesem Problem nicht zu seinem Vater gehen konnte. Bärbeißer der Gewaltige hielt nicht viel von Fischbein, er würde ihn einfach für nicht wichtig genug erklären. Auf keinen Fall würde Bärbeißer den ganzen Stamm in Gefahr bringen und ausgerechnet bei Vollmond die Berserker-Insel überfallen, um Fischbein herauszuholen.

»Ich muss ihm folgen«, murmelte Hicks bedrückt.

»NEIN, nein, nein, nein, nein!«, rief Zahnlos und landete auf Hicks' Kopf. »Ga-ga-ganz arg schlechte Idee! Du hörst mir n-n-nie zu! Können wir jetzt endlich nach Ha-ha-hause, Zahnlos hat Bauchweh!«

»Tut mir leid, Zahnlos«, sagte Hicks. »Im Moment hab ich grad andere Sorgen, wegen Fischbein ...«

Aber der Grund, dass Zahnlos Bauchschmerzen hatte, wurde klar, als der kleine Drache versuchte, von Hicks' Kopf wegzufliegen, und es nicht schaffte. Sein Bauch klebte fest auf Hicks' Helm. Der Drache flatterte wild mit den Flügeln und quiekte voller Entsetzen.

»Was machst du denn, Zahnlos?«, fragte Hicks verwundert.

»Za-za-zahnlos klebt fest!«, jammerte Zahnlos.

Hicks nahm den Helm ab. Wie seltsam! Zahnlos saß tatsächlich fest auf dem Helm.

»Zahnlos! Du hast heute Morgen in Vaters Zimmer

gespielt. Du hast doch dabei nicht etwa seinen Magischen Stein* VERSCHLUCKT??!!«

Sorgfältig zog er den kleinen Drachen vom Helm und nahm ihn in die Arme.

»Wollte d-d-doch nur schauen, o-o-ob Zahnlos auch ma-ma-magisch ist ...«, krähte der kleine Drache weinerlich, wobei sich seine großen Augen mit Tränen füllten. »Und jetzt fü-fü-fühlt sich Zahnlos überhaupt nicht g-g-gut!«

»Ach, Zahnlos«, seufzte Hicks, »Löffel ... magische Steine ... wenn man dir sagt, dass du etwas nicht tun sollst, warum zum Teufel fliegst du dann immer gleich los und machst genau das?«

Hicks konnte Zahnlos nicht mit nach Hause nehmen, denn jetzt hatte er ein viel dringenderes Problem: Er musste Fischbein folgen und wagte nicht, auch nur eine Minute länger zu zögern. Deshalb nahm er alle Honiggläser aus dem Korb, den er auf dem Rücken trug, und reihte sie neben Fischbeins Haustür nebeneinander auf. Dann riss er ein bisschen Heidekraut aus der Erde und bereitete auf dem Boden des Korbs ein bequemes, gut gefedertes Lager für Zahnlos vor. Der kleine Drache kletterte stöhnend hinein, rollte sich zu einem Drachenknoten zusammen und schlief auf der Stelle ein.

* Bärbeißer hatte den Magischen Stein von einer Expedition in den Norden nach Hause mitgebracht. Der seltsame Stein hatte die Angewohnheit, alles, was aus Metall war, wie durch Zauber an sich zu ziehen. Niemand durfte den Stein anfassen, weil man nie wissen konnte, ob er einem Menschen schaden könnte. Heutzutage weiß natürlich jedes Kind, was für ein Stein das war. Na? Genau – ein Magnet.

Hicks nahm den Korb auf den Rücken, stieg auf den Espenlaubler und schoss in den Himmel hinauf, in Richtung der Berserker-Insel.

Und so raste Hicks auf seinem Espenlaubler durch den Abendhimmel und kam nach einer Weile in Sichtweite des Ewig Jammernden Waldes. Es war elf Uhr abends und es war eine Vollmondnacht.

In den alten Zeiten waren Wälder Furcht einflößende Gegenden.

Das waren keine hübschen, grün schimmernden, lichten Wäldchen wie heutzutage, sondern riesige Dschungel, Urwälder, teilweise so dicht, dass sie vollkommen undurchdringbar waren. Und sie erstreckten sich über weite Gebiete auf dem Festland im Osten und unzählige Wölfe, Bären und Kannibalen, die allesamt nichts lieber fraßen als frisches Menschenfleisch, streiften ständig umher. Die Wälder wurden von so unsagbar grausamen Drachen bewacht, dass kein Geschöpf, das seine sieben Sinne noch beieinanderhatte, jemals wagte, hier einzudringen.

Und das hier – das war so ein Wald.

Es war unglaublich dunkel, als sie zwischen den Baumwipfeln hindurchflogen, aber die Augenstrahlen des Espenlaublers beleuchteten den Flugweg wie Suchscheinwerfer. Riesige Bienenschwärme stoben auseinander, als die Augenstrahlen sie erfassten, und formierten sich wieder neu. Ab und zu leuchtete im

Licht das erschrockene schwarz-weiße Gesicht eines Stinkdrachens in einem Baumwipfel auf oder ein Hörnchendrache hob ruckartig den Kopf, die Schnauze voller Honig und umschwirrt von wütend summenden Bienen.

Einmal konnte der Espenlaubler in letzter Sekunde ausweichen, als plötzlich ein großer, fünfzig Fuß langer Bienenschlunddrache wie ein enormer Riesenmaulhai durch das Blätterdach hindurchpflügte und mit weit aufgerissenem Schlund einen Bienenschwarm nach dem anderen verschluckte.

Hicks gab sich größte Mühe, nicht auf ein weiteres Geräusch zu achten, das von tief, tief unten aus der Dunkelheit heraufscholl: ein Geräusch, dem der Wald seinen Namen Ewig Jammernder Wald verdankte. Nein, Hicks wollte auf keinen Fall über dieses Geräusch nachdenken, unter gar keinen Umständen.

Obwohl er genau wusste, *was* dieses Geräusch hervorbrachte: Es war das Biest.

Immer weiter flogen sie durch den Wald und hielten unentwegt Ausschau nach Fischbein.

Aber sie fanden nichts – nichts als Bäume, mehr Bäume und noch mehr Bäume.

Bis Hicks urplötzlich die Zügel des Espenlaublers zurückriss, als etwas völlig Unerwartetes vor ihm auftauchte.

»Was ist das?«, flüsterte er entsetzt.

Durch eine Lücke im Blätterdach fiel ein wenig

Mondlicht auf eine seltsame, unheimliche Gestalt, die neben einem riesigen Honigbaum schwebte. Die Gestalt war von oben bis unten mit kleinen Kreaturen bedeckt, die wie schwarze Schmetterlinge aussahen und überall auf der Gestalt herumkrabbelten wie Maden auf einem halb verwesten Kadaver. Sie schwärmten, krochen, krabbelten und das Mondlicht schien auf ihre widerlich schimmernden Schmeißfliegenflügel, während sie einen seltsamen Lärm erzeugten, von dem Hicks erst spät merkte, dass es Drachenesisch war …

»Was ist das? Was ist das? Was ist das?«, wisperten sie einander mit schrillen Stimmchen zu. Es klang wie das Seufzen von Gespenstern. »Weiß nicht … weiß nicht … weiß nicht …«, gaben sie sich selber Antwort und dann hörte er sie fragen: »Riecht es nach Angst? Bin sicher, es riecht nach Angst! Mal bisschen probieren? Mal bisschen probieren?«

Erst jetzt entdeckte Hicks zu seinem absoluten Entsetzen zwei große, runde Augenpaare, die voller Horror aus der von den Kreaturen bedeckten Gestalt herausstarrten, und plötzlich wurde ihm klar, dass die Gestalt niemand anders war als Fischbein und der Windpockler, die vor Todesangst wie erstarrt in der Luft schwebten und über und über von einem dichten, krabbelnden Schwarm gieriger kleiner Todesängstiger bedeckt waren.

Vor Entsetzen wie gelähmt, trieben Hicks und sein

Espenlaubler weiter auf die Gestalt zu. Hicks konnte keinen einzigen klaren Gedanken fassen, was er nun tun sollte, als …

… er plötzlich ein Flügelschwirren hörte, das dicht an seinem Ohr vorbeizog, dann ein weiches »Plopp!«, als ein kleines, pelziges Flatterdings mit grauenhaften kleinen Mäusekrallen auf seinem Nacken landete.

9. DIE TODESÄNGSTIGER

Bis zu diesem Zeitpunkt hatte Fischbein die Sache ziemlich gut hingekriegt.

Ganz allein war er in den Ewig Jammernden Wald geflogen. Und weil er immer noch in bester Berserkerlaune war, hatte er nicht die geringste Angst verspürt, mitten durch den finsteren Wald zu fliegen. Mutig wie ein Löwe hatte er fünf Gläser mit Honig von fünf verschiedenen Honigbäumen gefüllt und es war ihm kein einziges Glas aus den Händen gefallen und auf dem Waldboden zerschellt. Er war dreimal von Bienen gestochen worden, aber das hatte ihm nicht das Geringste ausgemacht.

Aber dann ... Er hatte gerade das fünfte und letzte Glas abgefüllt und es in seinem Rucksack verstaut und wollte nun trunken vor Glück und Aufregung auf den Rücken des Windpocklers steigen. Er wollte sich in die Lüfte schwingen – während sein Herz rasend vor Freude sang: »Ich bin ein Held! Ich bin ein Held!« –, als in genau diesem wonnetrunkenen Augenblick ...

... etwas geschah.

Was war es? Ein seltsames Geräusch vielleicht oder eine Wolke, die sich in der sternenklaren Nacht völlig unerwartet vor den Mond schob und ihn für einen Moment völlig verdunkelte? Aber was auch immer es gewesen war, sorgte jedenfalls dafür, dass Fischbeins Berserkerlaune in sich zusammenbrach wie ein Kartenhaus, so schnell und mysteriös, wie sie ihn überkommen hatte.

Angst schlich sich in Fischbeins Eingeweide, als er da mitten im Ewig Jammernden Wald auf dem Drachen schwebte – und *Angst* war genau das, worauf die Todesängstiger nur gelauert hatten.

Todesängstiger gehören zu den vollblinden Drachenarten. Außerdem sind sie ein bisschen taub. Dafür ist ihr Geruchssinn höher entwickelt als der eines Hais im Ozean. Sie können es über große Entfernungen erschnüffeln, wenn sich ein Lebewesen, ob Mensch oder Tier, zu fürchten beginnt. Denn Furcht sorgt dafür, dass Adrenalin ins Blut gelangt, und dieses Zeug können die Todesängstiger riechen. Und sobald sie das tun, rotten sich Zigtausende dieser freundlichen Winzigdrachen zu dichten, schwarzen Schwärmen zusammen.

Instinktiv taten Fischbein und sein Windpockler das einzig Richtige, als sich die Schwärme auf sie stürzten und sich auf ihnen niederließen: Sie blieben absolut unbeweglich auf ihrem Ast hocken. Denn solange sie ruhig blieben und es schafften, ihre Panik zu unterdrücken, hatten sie eine kleine Chance. Eine *sehr* kleine. Die Todesängstiger würden dann *vielleicht* eine Weile auf ihnen herumkrabbeln, aber irgendwann die Lust verlieren und weiterziehen, weil sie glaubten, dass das Ding hier, auf dem sie saßen, nur ein Baum oder sonst irgendetwas nicht Fressbares war.

Um Thors willen … um Thors willen … Was mache ich nur … was mache ich nur …, dachte Fischbein verzweifelt.

Und in diesem Moment sah er Hicks' Augen und bemerkte endlich, dass Hicks auf seinem Espenlaubler höchstens zwanzig Fuß entfernt vor ihm in der Luft schwebte.

Fischbein freute sich immer, wenn er Hicks sah. Aber noch nie im Leben hatte er sich so sehr gefreut, ihn zu sehen, wie in diesem Augenblick.

Hicks wusste alles über Drachen und ihr Verhalten.

»Was soll ich machen?«, fragte Fischbein lautlos, nur durch Lippenbewegungen.

»Du machst alles richtig. Bewege dich auf keinen Fall.«

Hicks, Zahnlos und der Espenlaubler erstarrten ebenfalls. Schon fühlte Hicks, wie sich der erste grausige Todesängstiger, der auf seinem Nacken gelandet war, in seinen Kragen vortastete, dann landeten weitere Blutsauger auf Armen, Beinen, auf der Brust, auf dem Gesicht, und ein paar machten sich daran, ihm unter dem Hemdkragen hindurch den Rücken hinunterzukrabbeln.

Fischbein zitterte wie Espenlaub, zwang sich aber, ruhig zu bleiben.

Hast DU schon einmal erlebt, wie Spinnen, Kakerlaken oder Wanzen über deinen Körper krabbeln? Musstest du schon einmal Fledermäusen ausweichen oder gar vor einem Schwarm wütender Bienen fliehen? Na, dann wirst DU wohl wissen, wie schwer es ist, in so einer Situation

Todesängstiger

Wikingerdrachen und ihre Merkmale

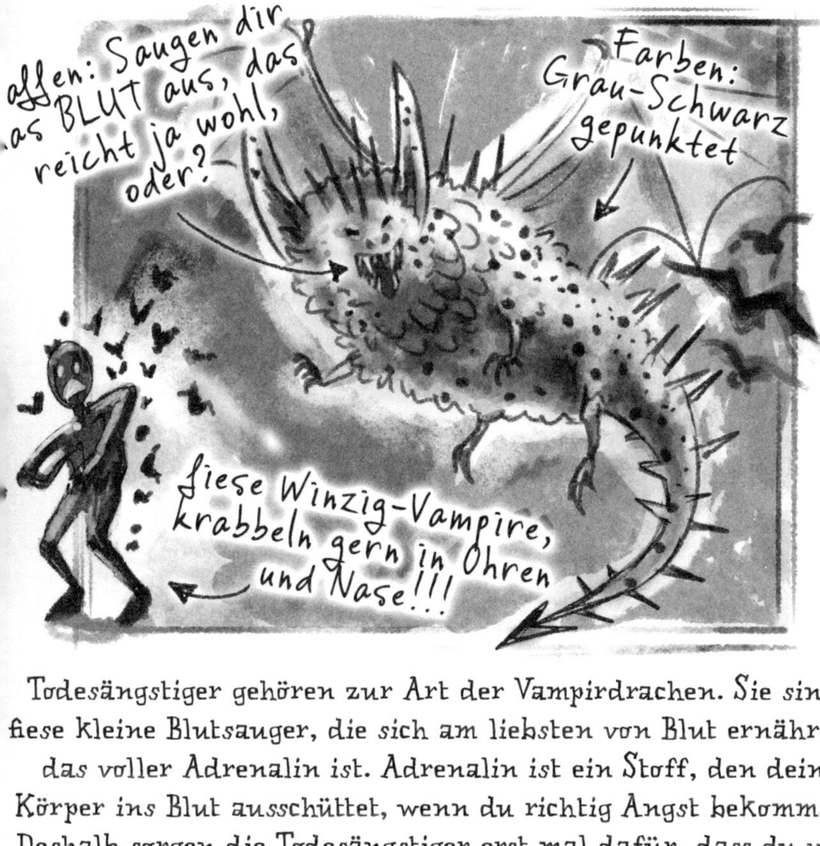

Todesängstiger gehören zur Art der Vampirdrachen. Sie sind fiese kleine Blutsauger, die sich am liebsten von Blut ernähren, das voller Adrenalin ist. Adrenalin ist ein Stoff, den dein Körper ins Blut ausschüttet, wenn du richtig Angst bekommst. Deshalb sorgen die Todesängstiger erst mal dafür, dass du vor Todesangst zitterst, bevor sie dich beißen und aussaugen. Erst dann schmeckt ihnen dein Blut richtig gut.

Bewertung nach Punkten 0-10

nicht in Panik zu geraten. Selbst wenn eine einzige Wespe auf deinem Arm landet, fällt es dir schwer, sie nicht instinktiv abzuschütteln, obwohl du doch genau weißt, dass das die falsche Reaktion ist.

Du kannst dir also sicherlich vorstellen, wie schwer es DIR fallen würde, dich zu beherrschen, wenn Tausende und Abertausende blutgieriger kleiner Todesängstiger über deinen Körper schwärmten, über dein Gesicht krabbelten, in Augen und Ohren, vielleicht sogar in die Nasenlöcher und, *oh, nein, bitte nicht, alles, nur das nicht!*, in die *Unterhose* …

Und genau dieser Gedanke brachte Fischbein dazu, vollständig und total durchzudrehen – aber mal ehrlich, wer könnte ihm das zum Vorwurf machen?

»AAAAAIIIIIIIIIIIEEEEEEEEE!!!!!!!«, kreischte Fischbein los, genau im selben Moment, in dem drei Todesängstiger Fischbeins Windpockler in den Hintern bissen. Nun gehört aber so ein Windpockler nicht zu den Drachen, die so etwas leichtnehmen. Er schlug zweimal heftig mit dem Schwanz um sich, bockte wie ein durchgeknallter Esel und schoss durch den dichten Dschungelwald davon wie ein dicker kleiner klobiger Windpocklerblitz, wobei er nur knapp den Baumstämmen ausweichen konnte, während Fischbein auf seinem Rücken hing, wie besessen schrie und wild mit den Armen ruderte.

Die Todesängstiger wirbelten zuerst von Fischbein und vom Windpockler hoch, schwärmten in totaler Aufregung wild durcheinander, dann formierten sie sich zu einer schwarzen, gierig brummenden, keilförmigen Wolke und jagten hinter ihnen her.

Als Fischbein durchdrehte, gab es auch für Hicks kein Halten mehr. Auch er fing an zu schreien und sein Espenlaubler bockte hoch in die Luft, legte die Ohren an und raste, völlig außer Kontrolle, den anderen in hellster Todesangst hinterher.

Oh … oh … um Thors willen …, dachte Hicks voller Entsetzen, während der Espenlaubler zwischen den Bäumen hindurchzoomte. *Das gibt eine KATASTROPHE, noch schlimmer als vorhin, als Fischbein bei der Übung eine Bruchlandung hingelegt hat.*

Aber ziemlich schnell wurde ihm klar: Mit Höchstgeschwindigkeit in totaler Dunkelheit durch den dichten Dschungelwald der Berserker-Insel zu fliegen, war eine GANZ ANDERE Sache, als einen kleinen Übungsflug im Beinah-Wald zu absolvieren.

Denn ganz abgesehen davon, dass es äußerstes Geschick erforderte, den dicht beieinanderstehenden Bäumen auszuweichen, gab es da noch ein weiteres kleines Problem: Schwärme von aufgeregten, blutgierigen kleinen Todesängstigern, die buchstäblich Blut geleckt hatten und nun wild hinter ihnen herjagten. Nach einer Weile wurde Hicks klar, dass die Winzigvampire mit ihren grausigen schrillen Stimmchen eine Art Schlachtruf ausstießen: »Wir kriegen euch. Wir sehen euch.«

(Was, streng genommen, nicht ganz stimmte, weil sie blind waren, aber auf ihre Opfer wirkte es trotzdem ziemlich bedrohlich.)

Jedenfalls steigerte es die Todesangst bei Hicks und dem Espenlaubler so sehr, dass ihre Körper nun sogar *noch mehr* Angsthormone ins Blut ausschütteten, was die Verfolger natürlich rochen und nun sogar *noch* verrückter und blutgieriger machte. Das Summen steigerte sich zu einem grauenvollen, fieberhaften, gierigen Crescendo, als die Schwärme in wilder Jagd hinter ihnen herrasten. So laut wurde ihr Surren und Kreischen, dass nun auch noch weitere Schwärme von Todesängstigern in den Bäumen ringsum aufwachten und sich der irren, vom Blut-Adrenalin-Geruch getriebenen, hysterischen Zickzack-Verfolgungsjagd anschlossen.

»Danke ... dass ... du ... mir ... gefolgt ... bist, Hicks!«, schrie Fischbein Hicks zu, während sie wie Verrückte durch den Wald jagten, durch Zweige und Äste krachten und ganze Familien von verschlafenen Hörnchendrachen durcheinanderwirbelten.

»Kein ... Problem ...«, schrie Hicks zurück. »Wollte ... mich ... wirklich ... nicht ... *einmischen* ..., okay?«, rief er besorgt, während er mit knappster Not einem Frontalzusammenprall mit einem riesigen Bienenschlunddrachen auswich.

»Natürlich nicht«, rief Fischbein. »Du ... wolltest ... doch nur HELFEN. Ich war nur wütend ... Vergiss es ...«

Bienenschlunddrachen

Wikingerdrachen und ihre Merkmale

Diese Monsterdrachen können riesige Größen erreichen. Sie segeln still durch die Urwälder, den Schlund weit aufgerissen, und saugen ganze Schwärme von Insekten ein, die von den Leuchtfäden angelockt werden, die wie kleine Laternen vorn am Schlund des Drachen herabbaumeln. Obwohl die Bienenschlunddrachen im Grunde Insektarier sind, verschlingen sie manchmal auch Vögel oder Säugetiere, die zu blöd sind, ihnen aus dem Weg zu gehen.

Bewertung nach Punkten 0-10

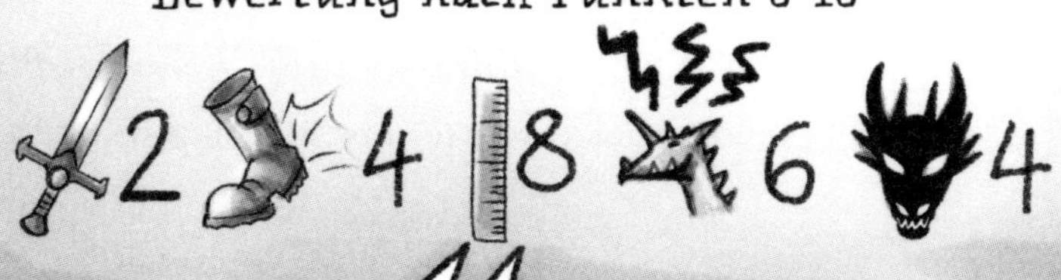

Und dann …

Das … kann … so … nicht … weitergehen …, dachte Hicks, als der inzwischen vor Angst fast wahnsinnige Espenlaubler urplötzlich nach links herumschwang, an einem mächtigen Baumstamm vorbeischrammte und dann wie eine Kanonenkugel weiter durch das Blätterdach flog.

Und damit hatte Hicks vollkommen recht. Das konnte nun *wirklich nicht* so weitergehen.

Die summende, irre, kirre, wirre Verfolgungsjagd führte an einem riesigen schlafenden Drachen vorbei, der sich im Wipfel eines mächtigen Baumes bequem zusammengerollt hatte. Ein wahrer Regen von abgerissenen Zweigen, Blättern und Rindenstückchen prasselte wie Konfetti auf den Drachen nieder, als die wilde Jagd kreischend über ihn hinwegschoss. Verärgert schlug der Drache ein Auge auf, dann auch das andere, sein Kopf zuckte hoch – und dann schloss er sich mit zwei kräftigen Flügelschlägen der Jagd an.

Als Hicks einen Blick über die Schulter zurückwarf, entdeckte er den riesigen Drachen, der mit weit ausgebreiteten Schwingen rasch aufholte.

Er fand nicht einmal die Zeit zu einem Schrei, der ihm im Hals stecken blieb, als zwei weitere große Drachen auftauchten, und plötzlich war ein seltsames Geräusch zu hören, so ähnlich wie *ZIIIIIIIIIIIINNNNNNGGGGGG!!!*

Schräg links vor Hicks schrie Fischbein auf, schlug

wild mit den Armen um sich, prallte nach vorn, als sei er von etwas getroffen worden, und brach wie tot in seinem Sattel zusammen. Und dann schoss auch schon der dunkle Schatten eines der riesigen Drachen herab und griff Fischbein und seinen Windpockler aus der Luft wie ein Falke, der einen Spatz im Flug erbeutet.

Und einen Herzschlag danach war wieder dieses entsetzliche *ZIIIIIIIIIIIINNNNNNGGGGGG!!!* zu hören.

Hicks verspürte einen scharfen Schmerz in der rechten Schulter – und das war das Letzte, was er spürte, dann wurde ihm schwarz vor den Augen.

10. ERKENNT JEMAND DIESE HUMMERREUSE?

»Haaallooo! Ist jemand zu Hauuuseee?«

Jemand klopft auf meinen Helm …, dachte Hicks benommen. *Nein, unmöglich … ich träume bestimmt nur …*

Aber das Klopfen ging weiter, wie ungeduldiges Hämmern an einer Eisentür, und dröhnte laut durch Hicks' schläfriges Gehirn. *Warte, klopf nicht so laut, ich komm ja schon,* dachte er, raffte sich endlich auf … und öffnete die bleischweren Augenlider.

Und tatsächlich klopfte jemand auf seinen Helm.

Das Gesicht dieses Jemand war nur eine Handbreit von Hicks' Nase entfernt, sodass Hicks erschrocken zurückzuckte. Ein grinsender menschlicher Jemand, dessen Gesicht so vollkommen tätowiert war, mit Stürmen und untergehenden Schiffen und Bäumen und Riesen und Drachen, dass zwischen all den tintenblauen Zeichnungen kein einziges auch nur fingernagelgroßes Hautstück mehr zu sehen war.

Hicks setzte sich auf. Sein Kopf dröhnte, aber nicht mehr vom Klopfen auf seinen Helm, sondern von einem inneren Pochen, und seine Arme und Schultern mussten eingeschlafen sein, denn sie kribbelten wie hunderttausend Ameisen.

Er saß auf einem harten Holzboden. Ringsum standen

riesige Gestalten, Männer und Frauen, alle groß und vollgepackt mit Muskeln, und alle waren so verrückt tätowiert wie der Mann, der Hicks auf den Helm geklopft hatte. Alle trugen Ketten um die Handgelenke und noch schwerere Ketten um die Fußgelenke, an denen große Steine und schwere Eisenkugeln hingen. Und als hätten sie damit nicht schon genug zu schleppen, waren alle bis an die Zähne mit schweren, mächtigen Speeren, Eisenschwertern und Streitäxten bewaffnet, sodass die Versammlung wie ein monströses Stachelschwein aussah.

BERSERKER, dachte Hicks entsetzt, und das waren sie auch.

Fischbein lag neben ihm; er wachte gerade erst auf. Die beiden Jungen lagen auf einer hölzernen Plattform, die sich mitten in einer Art Dorf befand – in einem Berserkerdorf in den Baumwipfeln. Hinter ihnen hatte man den Espenlaubler und den Windpockler an einen Baum gekettet.

Das Dorf war das erste Baumwipfeldorf, das Hicks jemals zu sehen bekommen hatte. Jedes einzelne Berserkerbaumhaus hatte einen Mast mit einem Ausguckkorb an der Spitze und einem gerafften Segel.

Statt Straßen und Wegen gab es Seilbrücken, die sich durch das Blätterdach zogen und die ganze Insel wie ein gigantisches, zerbrechlich aussehendes Spinnennetz überspannten.

Aus einem der größten Baumhäuser kamen zwei Männer so schnell über die Brücke gerannt, dass Hicks unwillkürlich befürchtete, die Brücke könnte reißen. Sie trugen einen großen Kampfschild zwischen sich, auf dem eine ganz ungewöhnliche Gestalt saß: ein Riese von einem Mann, der gerade den Mund zu einem gigantischen Gähnen aufriss. Er war über und über mit Ketten und Hängeschlössern bedeckt, sodass man glauben konnte, er stecke in einer eisernen Zwangsjacke.

Und so war es eigentlich auch. Die Arme waren mit Ketten und Hängeschlössern dicht an seine Brust gefesselt, die Beine waren überkreuzt und ebenfalls verkettet, die Augen waren wie im Gebet geschlossen und er saß kerzengerade mit durchgedrücktem Rücken auf dem Schild.

Die Schildträger setzten ihre Last vorsichtig auf der Holzplattform ab und einer von ihnen öffnete die vielen Hängeschlösser. Eine Kette nach der anderen fiel herab und rasselte über die Holzplanken.

Immer noch saß der Mann mit geschlossenen Augen, die Beine überkreuzt und untergeschlagen, unbeweglich wie eine Statue, aber nicht mehr gefesselt.

Dann endlich stand der Mann auf, stellte sich fest und unverrückbar mit leicht gespreizten Beinen auf die Plattform, während die versammelte Berserkermenge in atemloser Begeisterung jubelte. Langsam, ganz langsam hob der riesenhafte Mann die Fäuste, von denen noch immer Ketten baumelten wie die lahmen Flügel eines riesigen Vogels oder Drachen.

»Heil dir, Häuptling! Heil dir, Häuptling!«, brüllte die Menge im Chor.

»Oh Heil MIR, dem Prächtigen!!!«, donnerte der mächtige Häuptling.

»Oh Heil DIR, dem Prächtigen!!!«, jubelte ihm die Menge zu.

Oh Heil euch, ihr BEKLOPPTEN, dachte Hicks, dem aber dabei auch der Mut sank, als ihm klar wurde, dass die Berserker noch bekloppter waren als jeder andere Stamm im gesamten Archipel. Und das hieß eine Menge.

Hicks erinnerte sich, einmal gehört zu haben, dass sich die Berserker in Ketten legten, um ihre Berserkerwut unter Kontrolle zu halten. Und deshalb machten sie alles in Ketten: Schwertkampftraining, Holzhacken, alles – aber sobald sie auf dem Schlachtfeld standen, warfen sie ihre Ketten ab und wurden zu wahren BERSERKERN.*

Der Berserkerhäuptling wischte ein paar Glimmstängler von einem Ast, der über ihm herabhing, und hielt sie in der geschlossenen Faust in die Höhe.

Und sofort begann sein ganzer Körper, mit Elektrizität zu zittern und leuchten. Das war kein Wunder, schließlich war er immer noch von Kopf bis Fuß mit Eisenketten bedeckt, und selbst die Wikinger wussten, dass Eisen

---

* So in etwa geht es auch den Athleten, wenn sie bei der Olympiade um die Goldmedaille kämpfen.

den Strom ganz prima leitet. Die Stromstöße, die von den Glimmstänglern kamen und durch den Häuptling zuckten, wurden durch das Eisen hundertfach verstärkt und mussten unerträglich schmerzhaft sein. Aber er stand nur da, sein Gesicht lief röter an als eine erkältete Tomate und sein Körper zuckte und bebte, während immer weitere Stromstöße von den Glimmstänglern durch ihn hindurchschossen und die Menge brüllte: »ER RASTET AUS! SEHT, WIE ER ZUCKT! ER GEHT BERSERK UND WIRD MESCHUGG!«

Hmmm, dachte Hicks, als Funken aus den Helmhörnern des Häuptlings stoben und sogar sein Schnauzbart zu rauchen anfing, *das wird deinem Geisteszustand aber gar nicht guttun, Häuptling …*

»WER IST DER MANN?«, brüllte der Oberberserker und warf die Glimmstängler in die Menge.

»DU BIST DER MANN!«, brüllte ihm die glückliche Menge zu.

»BIN ICH GAGA?«, bellte der Berserkerhäuptling.

»JA-JA, DU BIST GA-GA!«, jubelte die Menge rhythmisch, halb außer sich vor Begeisterung.

»BIN ICH KRÄFTIG? BIN ICH MÄCHTIG? BIN ICH WUNDERBAR UND PRÄCHTIG? SCHAUT AUF MEIN SCHWERT, OH IHR MÄCHTIGEN, UND VERZWEIFELT!!!«

Der Berserkerhäuptling stand, hoch aufgerichtet, genoss den Jubel seiner Untertanen, ließ seine prächtigen Muskeln spielen und hob das Schwert über den Kopf.

ER RASTET AUS! SEHT, WIE ER ZUCKT! ER GEHT BERSERK UND WIRD MESCHUGG!

Leider wurde ihm dieser würdevolle, wunderbar ruhmreiche Augenblick ein wenig verdorben: Zahnlos war, immer noch sehr benommen, aus Hicks' Rucksackkorb geflattert, taumelte durch die Luft und befand sich in diesem Moment zufällig genau über dem Häuptling, als der magnetische Mageninhalt des kleinen Drachen plötzlich von dem eisernen Schwert angezogen wurde und Zahnlos mit dem Bauch an die Schwertklinge klackte. (Glücklicherweise auf der flachen Seite und nicht auf der Schneide oder der Spitze, denn das wäre ihm übel bekommen.)

Der Berserkerhäuptling schaute verblüfft nach oben.

Auch du würdest normalerweise nicht damit rechnen, dass ein kleiner grüner Drache aus dem Nichts auftaucht und sich seltsamerweise mit dem Bauch an dein Schwert klebt. Der Berserkerboss war schlicht baff und schüttelte heftig das Schwert. Aber der Bauch des kleinen Drachen hing fest an der Klinge. Ungläubig schwenkte der Häuptling das Schwert von einer Seite zur anderen und schüttelte es noch heftiger als zuvor. Zahnlos quiekte vor Schrecken und Entsetzen, löste sich aber nicht von der Klinge.

»SABBOTAAAGGGE!!!«, röhrte der Berserkerhäuptling, außer sich vor Wut. »MACHTDASDINGWEG!!!«

Hicks trat höflich einen Schritt vor. »Ähm, Eure Bekloppttheit«, sagte er, »darf ich Euch kurz helfen …«

Und Hicks zog Zahnlos von der Schwertklinge herunter. Leider wurde der kleine Drache sofort vom mächtigen Eisenhelm des Häuptlings angezogen. Wieder klackte es laut.

»Ich muss mich für meinen Drachen entschuldigen, Eure Beklopptheit«, murmelte Hicks verlegen, zog Zahnlos vom Helm des Häuptlings herab – aber der Drache wurde sofort vom mächtigen eisernen Brustpanzer des Berserkers angezogen. »Er … er ist ein magischer Drache, versteht ihr?«, erklärte Hicks hastig und wie er vermutet hatte, rissen die abergläubischen Berserker voller Verwunderung Münder und Augen auf. »OOOH«, riefen sie staunend im Chor, »ein MAGISCHER Drache …«

Endlich gelang es Hicks, Zahnlos vom Brustpanzer des Häuptlings zu lösen … aber sofort KLACKTE es wieder und Zahnlos wurde von den schweren Ketten angezogen, die der Häuptling um die Fußknöchel trug. Aber Hicks konnte ihn dann doch lösen und schob ihn vorsichtig unter sein Wams.

»KLAPPE HALTEN!!!«, brüllte der Häuptling. »Magischer Drache? Am Arsch! ICH bin hier der Einzige mit magischen Kräften, ist das klar? Und warum hat man mich mitten in der Nacht des Vollmonds aus dem Schlummer gerissen?«

»Weitere Opfer, Eure Beklopptheit«, erklärte der Berserker-der-auf-Hicks'-Helm-geklopft-hatte mit einer tiefen Verneigung. »Die Giftpfeilspucker haben sie gerade angeliefert.«

Ein Stück weit entfernt gerieten die Baumwimpfel wie irre ins Schwanken: Dort hockten vier große Drachen und verschlangen gierig etwas namenloses Blutiges. Die Berserker mussten wohl die Giftpfeilspucker dafür abgerichtet haben, sie mit frischen Opfern zu versorgen.

»Noch zwei Verlobte, so wie sie aussehen«, sagte ein anderer Berserker, der gerade Fischbeins Rucksack durchsuchte.

»Aber für Verlobte sind die beiden doch wirklich zu *mickrig«,* schnaubte der Oberberserker verächtlich. »Außerdem hat UG doch eine Botschaft geschickt, dass wir bis nach dem Vollmond keine weiteren Verlobten mehr erwarten dürfen.«

»Stimmt, aber die beiden hier haben Honig und so«, wandte der Helmklopfer-Berserker ein.

»DU DA!«, brüllte der Chefberserker, »der Junge mit den roten Haaren! Bist du wirklich ein Verlobter von Prinzessin Tussinella O'UGerly?«

»Was ist, wenn ich keiner bin?«, erkundigte sich Fischbein vorsichtig.

»Na, wenn du kein Verlobter von Tussinella O'UGerly bist oder wenn du ein politischer Feind von UG Uggliтugg dem Hassschläger bist, taugst du nicht für unsere Mitten-in-der-Nacht-Zeremonie. Dann werfen wir dich einfach hier von der Brücke hinunter«, erklärte der Chefberserker und deutete in den schwindelerregenden Abgrund unter der Plattform.

»Wenn das so ist, dann sind wir beide *waschechte* Verlobte von Tussinella«, sagte Hicks im Brustton der Überzeugung. »Was genau passiert bei der Mitten-in-der-Nacht-Zeremonie?«

»Bei der Mitten-in-der-Nacht-Zeremonie werfen wir die Verlobten dem Biest zum Fraß vor«, erklärte der Berserkerhäuptling.

Na super. Vielleicht sollen wir uns doch lieber von der Brücke werfen lassen, dachte Hicks.

»ALPHONSE!«, brüllte der Berserkerhäuptling.

Auf der anderen Seite der Seilbrücke erschien ein Mann. Er hinkte stark und hatte die Umhangkapuze tief über das Gesicht gezogen. Von seinem Gürtel hing eine Unmenge Kochutensilien: Gabeln, Holzkochlöffel, Fleischermesser, ein riesiger Quirl, eine Machete und eine Knochenaxt, mit der man auch den kräftigsten Ochsen zerhacken konnte. Beim Gehen rasselten sie alle gegeneinander, sodass der Mann wie ein metallenes Monstrum über die Brücke gescheppert kam.

»Alphonse ist mein Hochbegabter-aber-leicht-reizbarer-Küchenchef«, raunte der Oberberserker Hicks aus dem Mundwinkel zu. Und prahlte gleich weiter: »Hier auf Berserk lieben wir gutes Essen. Wir sind KEINE TOTALEN Barbaren.«

»Nein, das habe ich auch nicht angenommen«, sagte Hicks taktvoll.

Der Küchenchef war inzwischen herangehinkt, kling, klang, klong. Sein dunkelbrauner Umhang war so lang, dass er ihn über den Holzboden schleppte, und die Kapuze hing ihm so tief wie ein Leichentuch über das Gesicht, dass er wie der Tod höchstpersönlich aussah.

»Alphonse«, sagte der Oberberserker, »ich möchte Eure Meinung als französischer Fünf-Sterne-Koch hören.

Was meint Ihr: Sollen wir diese beiden Verlobten noch ein wenig mästen und sie dann erst beim *nächsten* Vollmond dem Biest zum Fraß vorwerfen? Mir kommen sie nämlich ein bisschen zu mager vor, als dass sie für das Biest ein richtiges, saftiges Festmahl werden könnten.«

Der Fünf-Sterne-Koch antwortete mit fester Stimme, allerdings mit einem nicht sehr überzeugenden französischen Akzent. Leicht belustigt schnalzte er mit der Zunge. »Non, non, non. Ein biss-schen Kreudärrr, ein 'andvoll Gewurse, und schon sie sind so 'errlisch schmaggaft wie die anderen 'erren. Vielleischt sogar besser. Wie wir in Frangreisch immer sagen: klein, aber suss und saftisch. Und isch 'abe so ein Gefuhl, dass diese kleinen 'erren wirklisch säääährrr suss sein werden.«

Seltsamerweise kam Hicks seine Stimme irgendwie bekannt vor.

Er versuchte, unter die Kapuze zu spähen, aber sie hing so tief über das Gesicht des Kochs, dass Hicks nichts erkennen konnte.

»Euer Akzent ist grauenhaft, Maestro«, sagte Hicks misstrauisch zu dem Koch, in perfektem Französisch. Hicks war sehr gut in Sprachen.

»Nicht mal halb so grauenhaft wie meine Kochkunst«, antwortete der Mann mit der Kapuze in viel weniger gutem Französisch und mit einer höhnischen Verbeugung.

»Danke, Alphonse«, sagte der Oberberserker und schickte den Koch mit einer königlichen Handbewegung weg. »Okay. Legt diese neuesten Verlobten in Ketten und steckt sie in ihre Käfige, damit wir endlich wieder ins Bett zurückkommen. In nur drei Stunden müssen wir zur Mitten-in-der-Nacht-Zeremonie wieder aufstehen. Wir müssen gut ausgeruht sein, um die ganze Heulerei ordentlich hinzukriegen.«

Fischbein hatte schon seit einer Weile versucht, seinen ganzen Mut zusammenzuraffen und etwas zu sagen. »Ähm … entschuldigt bitte …«

Der Oberberserker drehte sich zu ihm um und hob überrascht die Augenbrauen. »Jetzt sag bloß nicht, du hättest einen wirklich sehr guten Grund, warum du an der Mitten-in-der-Nacht-Zeremonie nicht teilnehmen kannst?«, fragte er. »Aber ich warne dich: Ich habe von den Verlobten schon so ziemlich jede Ausrede gehört, die man sich ausdenken kann. ›Meine Pickel sind ansteckend.‹ ›Ich darf auf keinen Fall meinen Zahnarzttermin verpassen.‹ ›Meine Mutter hat mir geschrieben, sie sagt, ich darf heute auf keinen Fall an das Biest verfüttert werden …‹ Alles schon gehört, mein Freund. Und welche Ausrede hast du dir einfallen lassen?«

Fischbein stand auf, reckte die Brust heraus und verkündete kühn: »Wir sind kein Fraß für das Biest. Unmöglich. Geht nicht. Weil ich nämlich …« – Fischbein schluckte heftig und deutete mit dem Daumen auf sich selbst – »… weil ICH … ein BERSERKER bin!«

Das kam ein wenig leiser heraus, als Fischbein eigentlich beabsichtigt hatte, aber es war trotzdem ein großartiger Augenblick. Fischbein stand stolz und hoch aufgerichtet auf der Plattform, vom Mond angestrahlt wie ein Schauspieler auf der Bühne, umgeben von einem

ICH BIN EIN

BERSERKER

Kreis von Berserkern, denen es zu seiner Genugtuung völlig die Sprache verschlagen hatte.

»Du … ein Berserker???«, wiederholte der Berserkerhäuptling und stieß Fischbein den muskulösen Zeigefinger gegen die Brust.

»Richtig«, nickte Fischbein. »Ich bin ein Berserker, der von den Raufbolden aufgezogen wurde. Uns wurde das erst klar, als ich vor ungefähr einem Jahr immer öfter Berserkeranfälle bekam, sonst hätte ich mich Euch schon früher vorgestellt. Aber vor dreizehn Jahren war ich ein Baby und trieb in einer Hummerreuse in den Hafen der Insel Wattnbengel …«

Zum Beweis nahm Fischbein die Hummerreuse vom Rücken und zeigte sie dem Häuptling und dem Stamm.

»Das ist keine Hummerreuse«, wies ihn der Oberberserker zurecht, »sondern ein Rucksack.«

»Ein Rucksack, den ich aus einer Hummerreuse GEBAUT habe«, erklärte Fischbein. »Und jetzt frage ich euch alle: Erkennt jemand von euch diese Hummerreuse? Oder … ihr wisst schon … erinnert sich jemand daran, dass einem von euch vielleicht zufällig ein Baby in diese Hummerreuse gerutscht ist? Die dann mit dem Baby darin zufällig ins Wasser fiel und von der Strömung irgendwie nach Westen getrieben wurde …?« Fischbein schluckte. Hier, vor den ungläubig zu ihm heraufstarrenden Berserkern, fiel es ihm viel schwerer, die Sache zu erklären, als er sich vorgestellt hatte. »Ich … ich … dachte nämlich«, fuhr er stotternd fort, »dass ihr, vielleicht, unter diesen Umständen … auf die An-das-Biest-Verfüttern-Zeremonie verzichten könntet? Weil ich doch … sozusagen … zur, äh, *Familie* gehöre?«

Eine Weile herrschte absolute Stille.

Bitte, Thor, bitte, dachte Hicks, *verfüttere uns an das Biest, wenn es sein muss, aber erspare ihm die Blamage.*

Nach der Stille herrschte noch einmal Stille.

»FAMILIE???«, prustete der Oberhäuptling los, »Familie??? HA HA HA HA HA HA HA!!!«

»HA HA HA HA HA HA HA!!!«, grölten die übrigen Berserker und rasselten belustigt mit ihren Ketten.

Schließlich wischte sich der Häuptling mit der tätowierten Hand die Lachtränen aus den Augen. »Oh du Junge mit einem Gesicht, das wie ein zertrampelter Ballonfisch aussieht«, brüllte er lachend. »Wir sind ganz bestimmt *nicht* deine Familie! Schau dich doch nur mal an, du hast Arme so dünn wie Seetang! Nein – wenn wir dich tatsächlich vor dreizehn Jahren in diese Hummerreuse gelegt hätten, dann war das bestimmt kein Unfall, sondern ABSICHT! Wir Berserker haben nämlich eine nette kleine Tradition: Jedes neugeborene Baby wird sofort nach der Geburt dem Namensweib übergeben, und wenn das Baby ein bisschen schwächlich, ein bisschen kränklich oder ein bisschen seltsam aussieht, so wie du zum Beispiel, dann tauft es das Weib auf den Namen KÜMMERLING und WIR setzen es dann irgendwo auf einem Berg aus oder legen es in etwas, das schwimmt, und werfen es ins Meer, damit sich Thor darum kümmert.«

»Ach so?«, sagte Fischbein.

»Jeder Schwächling schwächt den Stamm«, grinste der Häuptling. »Ein altes Berserkersprichwort. Aber es mussten ja nicht wir gewesen sein – könnte doch jeder andere Stamm im Archipel gewesen sein, oder nicht? Wir alle haben dieselbe Tradition mit den Kümmerlingen, sogar die Raufbolde. Bin wirklich erstaunt, dass du davon noch nie gehört hast.«

»Hab ich nicht«, antwortete Fischbein düster. »Aber da Ihr es nun erwähnt habt, fällt mir ein, dass die Raufbolde ein ähnliches Sprichwort haben. *Nur die Starken stärken den Stamm.«*

»Ich sag dir mal was, mein Junge.« Der Häuptling kicherte immer noch und hielt sich die Seiten, die vom Lachen schmerzten. »Du hast uns so sehr zum Lachen gebracht, dass ich dich hiermit zum Verlobten ernenne, auch wenn du vielleicht keiner bist und obwohl du offensichtlich ein Kümmerling bist.«

Fischbein gab keine Antwort, er starrte nur die Hummerreuse eine Weile an. Dann schob er sich die Brille höher auf die Nase.

Und dann zog er die Riemen der Rucksack-Hummerreuse wieder über die Schultern.

»Damit …«, begann Fischbein sehr, sehr langsam und

müde, »damit hätte ich doch wohl rechnen müssen. Aber ich hatte eben einfach gehofft, dass ...« Ihm versagte die Stimme.

»Legt den beiden Jungen Ketten an!«, befahl der Häuptling. »Und dann pennen wir noch eine Runde – ich bin total geschlaucht!« Er kicherte vor sich hin und schüttelte den Kopf. »Familie!!! Beste Ausrede, die ich jemals gehört habe! Oh, diese Verlobten, die sind echt der Hammer, die geben mir noch den Rest, echt! Na gut, wenigstens haben wir jetzt einen hübschen kleinen Sack voller Verlobten für die Zeremonie heute Nacht. Ich komme auf *dreizehn* Verlobte, wenn ich mich nicht verzählt habe ... Wie gut, dass ich nicht abergläubisch bin!«

»Nur noch eins, Eure Bekloppheit«, mischte sich Hicks ein. »Ihr habt nicht zufällig meine Freundin Kamikazzi gesehen, eine Sumpfdiebin, die hier irgendwo gefangen genommen wurde?«

Der Berserkerhäuptling betrachtete Hicks nachdenklich. »Mit Kamikazzi meinst du ein kleines Mädchen mit wirren blonden Haaren, das jeden beißt, der ihr zu nahe kommt?«

»Genau die meine ich.«

»Nie gesehen«, sagte der Häuptling wortkarg.

Die Verlobten wurden in Käfigen am Rand des Dorfes gefangen gehalten.

Die Jungen wurden in Ketten gelegt – richtig mit Ketten umwickelt, bis sie wie eiserne Mumien aussahen, und in zwei leere Käfige gerollt, die ganz am Ende der Käfigreihe standen. Dann reckten und streckten die Berserker ihre tätowierten Muskelarme in die Luft, gähnten mit weit aufgerissenen Mündern ausgiebig und gingen wieder zu Bett, um ihren Kehlen und Stimmbändern vor der Mitten-in-der-Nacht-Zeremonie in knapp drei Stunden noch ein bisschen Erholung zu gönnen. Alle wussten, mit so vielen Opfern würde es eine besonders schöne und feierliche Feier werden.

11. DER VERLOBTE-VOR-DEM-ZWEITLETZTEN-VERLOBTEN

»Tut mir leid, Fischbein«, flüsterte Hicks in der Dunkelheit seines Käfigs, der weit über dem Waldboden hing.

»Mach dir keinen Kopf, Hicks«, flüsterte Fischbein zurück, aber seine Stimme klang immer noch heiser vor Enttäuschung. »Wäre vielleicht doch nicht so arg toll, wenn ich mit diesen Burschen tatsächlich verwandt wäre. Man ist ja im Archipel einiges gewohnt, aber die Berserker kommen mir noch verrückter als alle anderen vor. Aber es wäre halt nett gewesen, mal ein richtig großer, heldenhafter Held zu sein und nicht immer nur ein Witz auf zwei Beinen. Außerdem wäre es schön gewesen zu erfahren, wer denn nun meine Familie ist.«

»Wir sind deine Familie, Fischbein«, flüsterte Hicks. »Zahnlos und ich. Solange es keine andere gibt.«

Ein langes Schweigen folgte.

»Danke, dass du mich gesucht hast, Hicks«, flüsterte Fischbein nach einer Weile.

»Entschuldigt mal kurz«, tönte plötzlich eine Stimme vom nächsten Käfig herüber, in dem, vom Mondlicht beleuchtet, ein junger Mann saß, der den typischen Hörnerhelm des Verlorenen Stammes auf dem Kopf trug. »Ich störe euer Gespräch nur ungern, aber der Bursche im übernächsten Käfig möchte mal kurz mit euch reden.«

»HICKS!«, bellte eine kräftige Stimme drei Käfige weiter hinten in der Reihe. »HICKS DER HARTNÄCKIGE VOM HAUENSTEIN DER DRITTE! KONNTE DICH MITTEN IN DEM BERSERKERHAUFEN ZUERST GAR NICHT ERKENNEN! IST DOCH ECHT KLASSE, DASS WIR UNS HIER WIEDERBEGEGNEN!«

»Wer ist das?«, flüsterte Hicks erstaunt und versuchte, durch die Käfige und die Dunkelheit hindurch den Sprecher zu sehen, konnte aber nur die Umrisse einer Gestalt erkennen, die vor Aufregung auf und ab hüpfte.

»Ich bin's!«, brüllte die Stimme. »TORBEN DER TEUFELSKERL!!! Du erinnerst dich doch sicher noch an mich? Die Sache auf der Lavabold-Insel? Wo Tausende von Exterminator-Drachen hausten? Wo der Große Vulkan ausbrach?* Ja, das war eine wirklich verdammt knappe Sache ...«

Wie eine Welle lief aufgeregtes Gemurmel durch die Reihe der Käfige.

Verlobter#1: »Ich kann's nicht glauben! Da hockt Torben der Teufelskerl ein paar Käfige weiter und ich weiß nichts davon ...!«

Verlobter#3: »WOW! Da lässt man sich doch viel lieber dem Biest zum Fraß vorwerfen, wenn man vorher noch das Vergnügen hatte, den mutigsten, coolsten Mann des ganzen Archipels kennengelernt zu haben ...«

---

* Das kannst du nachlesen in Band 5, »Drachenzähmen leicht gemacht. Brandgefährliche Feuerspeier«.

Verlobter#8: »WAS FÜR EIN QUATSCH! *Ich* bin der mutigste, coolste Mann im ganzen Archipel, und überhaupt hat dieser Teufelskerl ziemlich viel Gewicht verloren, wie ich sehe. Nur ein Mann mit einem richtigen, prächtigen Bauch kann ein wahrer Held sein!«

Verlobter#5: »Wie kannst du es wagen, so über Torben den Teufelskerl zu reden! Ziehe dein Schwert und stelle dich zum Duell!«

Verlobter#8 (sofort): »Ich stelle mich! Wann immer und wo immer es dir beliebt!«

Verlobter#5: »Du kotzt mich an! Deine Visage ist hässlicher als der Arsch eines Pavians!«

Verlobter#8: »Und du hast eine Rüsselnase wie ein Schwein mit Pestbeulen!«

Verlobter#5: »VOLLPFOSTEN!«

Verlobter#8: »OPFER!«

Verlobter#5: »VEGETARIER!«

Wären sie nur frei gewesen, hätten sich die Verlobten wutentbrannt in ein wahnwitziges Schwertduell gestürzt – aber leider waren sie mit schweren Ketten gefesselt und saßen in Käfigen, und so blieb ihnen nichts anderes übrig, als sich Beleidigungen an den Kopf zu werfen, wild in ihren Käfigen herumzutoben und wie irre an den Stäben zu rütteln, was sie dann auch mit viel Elan taten.

»Achte einfach nicht auf sie, Hicks«, riet Torben grinsend. »Das machen sie den ganzen Tag lang. Was hast du hier verloren, Hicks?«

»Anscheinend bin ich Prinzessin Tussinellas zwölfter Verlobter geworden«, erklärte Hicks. »Aber was ist mit Euch?« Hicks freute sich unheimlich, dass auch Torben der Teufelskerl hier war, den er sehr bewunderte. »Hattet Ihr nicht geschworen, Euch *nie mehr* zu verlieben?«

Torbens *vorletzte* Unmögliche Aufgabe hatte dazu geführt, dass er fünfzehn Jahre lang in den Gefängnisschmieden der Lavabolde gefangen gewesen war. Das hätte wohl auch dem eifrigsten Liebhaber die Liebe für immer ausgetrieben.

»Stimmt, aber das war, bevor ich SIE kennenlernte«, sagte Torben voller Begeisterung und schüttelte drohend die Faust gegen den Mond. »KRIEGT DENN EIN MANN KEINE ZWEITE CHANCE?«, brüllte er in den Nachthimmel hinauf.

Verlobter#1: »KANNST DU RUHIG LAUT SAGEN!«

Verlobter#3: »TUT ER DOCH, UND RECHT HAT ER!«

Verlobter#5: »GANZ GENAU!«

Und die Verlobten ratterten wie irre an den Gitterstäben.

»ES IST EINE EHRE, AUS LIEBE ZU PRINZESSIN TUSSINELLA ZU STERBEN!«, brüllte Torben der Teufelskerl, heldenhaft bis zum letzten Atemzug. Die anderen Verlobten stimmten zu, aber ihre Zustimmung klang jetzt ein bisschen leiser und nachdenklicher, als hätten sie eigentlich gar nicht damit gerechnet, dass sie für ihre Liebe zu Tussinella tatsächlich *sterben* müssten.

»Aber Sterben kommt nicht infrage!«, bellte Torben weiter. »Darüber würde sich Prinzessin Tussinella nur aufregen. Wir müssen fliehen, koste es, was es wolle!«

»Leichter gesagt als getan. Und selbst wenn wir hier ausbrechen könnten, wen würde sie dann heiraten?«, fragte Hicks.

Und sämtliche Verlobte brüllten im Chor: »MICH NATÜRLICH!«

»Na gut, aber sie kann nicht euch *alle* heiraten«, erklärte Hicks. »Wartet mal … Wie viele Käfige bist du entfernt, Torben? Einer, zwei, drei … TORBEN! Du musst der Verlobte-vor-dem-Zweitletzten-Verlobten sein! Gratuliere!«

»Bin ich wahrscheinlich«, gab Torben der Teufelskerl zu. »Danke. Aber warum gratulierst du mir?«

»Prinzessin Tussinella hat gesagt, dass sie keinen anderen als den Vorvorletzten Verlobten LIEBT!«, erklärte Hicks.

Torben der Teufelskerl hüstelte verlegen. »Hm, ja, das hab ich schon vermutet …«

Verlobter#1: »Na, das ist dann aber ein harter Schlag in die Magengrube!«

Verlobter#6: »Du meinst, weil wir jetzt alle für nichts und wieder nichts dem Biest zum Fraß vorgeworfen werden?«

Verlobter#3: »Ja, ich finde das ziemlich … *fies* von ihr! Ich hab nämlich jede Menge Zeit für mein Liebesgedicht verschwendet und es war wirklich so schmalzig wie nur irgendwas!«

Verlobter#4: »Ach, hast du dein Gedicht tatsächlich *selber* geschrieben? Das ist doch mega-out! Ich hab meins von einem Barden dichten lassen, den ich einmal unten in den Seltsamen Landen kennengelernt hatte. Ich kann dir seine Kontaktdaten geben, falls wir jemals hier wieder rauskommen und du mal ein neues Liebesgedicht brauchst.«

Verlobter#3: »Ach, weißt du, um ehrlich zu sein, ich frage mich allmählich, ob ich mich überhaupt *jemals* wieder verlieben soll? Mir geht dieses ganze Liebesgesülze langsam auf den Geist. Außerdem wird es mir allmählich zu *gefährlich*.«

Verlobter#2: »Kann sein. Hast du den SCHWIEGERVATER kennengelernt? Als ich den sah, bin ich ein bisschen

abgekühlt, kann ich dir sagen. Bin nicht sicher, ob ich für die Familienfeiern bei ihm aufkreuzen möchte ...«

Woraufhin alle anderen Verlobten brüllten: »DA HAST DU RECHT! STIMMT GENAU! JAWOLL!!!«

»Aber das ist doch wunderbar!«, rief Torben der Teufelskerl. »Dann müssen wir uns jetzt nur noch irgendetwas einfallen lassen, damit wir hier herauskommen, und alle sind glücklich und zufrieden! Leider bin ich hier ein bisschen arg eng gefesselt. Ich habe zwar versucht, mich freizubeißen, aber bisher hatte ich dabei wenig Glück.«

»Die Ketten sind aus Eisen«, erklärte Hicks geduldig.

»Aber DU hast doch bestimmt schon einen genialen Plan, Hicks?«, sagte Torben der Teufelskerl so voller Vertrauen, dass es Hicks ganz warm ums Herz wurde. »Du bist doch ziemlich hirnlastig. Seid alle mal still. Hicks muss nachdenken und wir haben nicht mehr viel Zeit.«

Zahnlos schnarchte laut unter Hicks' Wams, stöhnte immer wieder auf und hielt sich den Bauch. Zu jedem anderen Zeitpunkt hätte Hicks Todesängste um ihn ausgestanden, aber im Moment hatte er zu viele andere Dinge im Kopf. Stille senkte sich über die dreizehn Käfige, die sanft in den Baumwipfeln schwangen. Hicks dachte und dachte und dachte, aber ein cleverer Plan fiel ihm nicht ein.

Und während Hicks nachdachte, schlief ein Verlobter nach dem anderen ein, bis nur noch Fischbein wach war.

An Fischbeins Käfig hingen so viele Todesängstiger, dass Hicks seinen Freund kaum sehen konnte.

»Ich WÜNSCHTE, ich wäre so blöd wie die anderen Verlobten«, seufzte Fischbein. »Dann hätte ich nicht dauernd so viel Angst.«

Und tatsächlich schnarchten die anderen Verlobten, als hätten sie keinerlei Sorgen in der Welt, als lägen sie friedlich zu Hause auf ihren Heuballenkissen und als würden sie nicht in wenigen Stunden den Opfertod sterben.

Das war *tatsächlich* ein bisschen unfair.

Aber die Käfige wiegten so sanft im Wind und die anderen Verlobten schnarchten so rhythmisch im Chor und die Berserkerbienen summten und brummten und surrten so eintönig im Wald, dass auch Hicks und Fischbein immer schläfriger wurden – und schließlich sogar einschliefen, wobei Hicks ständig von verwegenen, aber unmöglichen Fluchtplänen träumte.

Und Hicks war eigentlich nur ganz kurz eingeschlafen, als er schon wieder aus dem Schlaf gerissen wurde, dieses Mal durch ein seltsames Geräusch. In der rabenschwarzen Finsternis waren Schritte zu hören, die über die Holzplanken der Seilbrücke in seine Richtung kamen. Oder, um genauer zu sein: Das Geräusch war nur *ein* Schritt, auf den ein hartes *Tapp* folgte …, dann ein Klirren und ein Rumpeln … ein *Tapp,* wie es jemand mit, sagen wir mal, einem Holzbein hervorbringen würde …

und der eine Eisenkette mit einer Eisenkugel hinter sich herschleppte.

Schritt – Tapp – Klirr – Rumpel … Schritt – Tapp – Klirr – Rumpel … Schritt – Tapp – Klirr – Rumpel …

Hicks drückte sich in die hinterste Ecke seines Käfigs, aber natürlich nützte das nicht viel. Er konnte nicht fliehen.

Und dann griff etwas zwischen den Gitterstäben hindurch in den Käfig …

… ein grausamer schwarzer Eisenhaken, der sich in Hicks' Kragen einhakte und ihn bis zu den Gitterstäben zerrte, wo er nicht einmal einen Fingerbreit von dem einen Auge, der Holznase und dem bösartigen Grinsen des Mannes entfernt war …

… seines Erzfeindes …

Oh ihr Nasenhaare, Ohrenschmalz, Schweißachselhöhlen und krummen Zehennägel des Großen Gottes Thor!!!

Hicks konnte kaum fassen, dass dieses Abenteuer tatsächlich NOCH SCHLIMMER werden konnte!

Aber in diesem Augenblick war es noch schlimmer geworden. VIEL schlimmer. Denn der dunkle Mann mit dem rostigen Eisenhaken war kein anderer als Alwin der Verräter.

12. ALPHONSE DER TALENTIERTE, ABER SENSIBLE SPITZENKOCH

Alwin der Verräter war Hicks' Erzfeind.

Als Hicks ihn das letzte Mal gesehen hatte, war er überzeugt gewesen, dass es das letzte Mal gewesen war. Alwin war vor seinen Augen von einem Feuerdrachen verschluckt worden, und der war dann direkt in den Vulkankrater geflogen. Nicht einmal Alwin hätte der feurig brodelnden Lava entkommen können.

Aber es gab nun mal ein paar Dinge, an denen man Alwin leicht und völlig unzweifelhaft erkennen konnte.

Ein Auge war mit einer schwarzen Augenklappe bedeckt, das andere glitzerte vor Bösartigkeit. Ein Bein stampfte muskulös auf die Erde, das andere bestand unterhalb des Knies aus einem Elfenbeinstumpf. Das Mondlicht glänzte auf seinem kahlen papierweißen Schädel.

Das waren ein paar Personenmerkmale, die man nicht so leicht vergaß, selbst wenn man sie eine Weile nicht zu sehen bekommen hatte.

Der einzige Unterschied war, dass Alwin früher eine große und reichlich arrogante Nase besessen hatte.

Dieser Mann hier hatte überhaupt keine Nase. Und das sieht bekanntlich nicht so arg gut aus.

Deshalb hatte er sich selbst eine Nase gebastelt, aus

Holz, und hatte sie ungefähr an der richtigen Stelle mit einem attraktiven Stück Schnur festgebunden. Aber ehrlich, auch wenn man bekanntlich nicht zu viel Wert auf das äußere Aussehen legen sollte, geht doch nichts über eine richtige Nase aus Knochen, Knorpeln, Fleisch und Haut, selbst wenn sie ein bisschen zu groß geraten ist.

Alwins Fleischnase hatte nicht besonders GUT ausgesehen, aber auf ihre arrogante Art war sie unbestreitbar eine echte Nase gewesen.

Die Holznase jedoch war schlicht und einfach gruselig.

»ALWIN DER VERRÄTER!«, rief Hicks ungläubig, als ihn das grauenhafte, bösartige Auge aus nächster Nähe anfunkelte. Der französische Koch war ihm doch gleich irgendwie seltsam vorgekommen … Alphonse, von wegen!

Alwin versuchte gar nicht erst zu leugnen, wer er wirklich war.

»Hicks der Hartnäckige vom Hauenstein der Dritte!«, antwortete er mit einem triumphierenden Grinsen.

»Warum seid Ihr hier?«, flüsterte Hicks voller Entsetzen. »Was habt Ihr hier zu suchen?«

Alwin grinste. »Oh, wie ich mich auf diesen Augenblick gefreut habe! Das kannst du dir gar nicht vorstellen … Unbändige Schadenfreude … Nur deshalb bin ich hier! Bestimmt wunderst du dich, wie ich dem Feuerdrachen und dem Vulkan entkommen bin?«

Nein, Hicks wunderte sich momentan nicht darüber, er hatte mehr als genug zu tun, nach Luft zu schnappen, während Alwin ihn mit seinem grausamen Haken gegen die Gitterstäbe zog und fast erwürgte.

»Wahrscheinlich hast du geglaubt, dass ich tot bin, und das war ich auch – aber nur beinahe«, schnurrte Alwin. »Und das hatte ich dir zu verdanken. Die Hitze war so gewaltig, dass meine Nase wegschmolz, aber glücklicherweise hatte ich meinen feuerfesten Anzug an, der mich vor der Hitze schützte. Und als mich der Feuerdrache mitsamt dem Exterminator-Drachen, auf dem ich ritt, verschlang, rammte ich dem Exterminator das Schwert in den Magen. In den Drachenmägen bildet sich nämlich immer sehr viel Lachgas, musst du wissen …«, erklärte Alwin mit schlauem Grinsen. »Der Exterminator explodierte förmlich im Rachen des Feuerdrachen und große Gasblasen wurden hinausgeschleudert – und ich war mitten in einer drin.«

Hicks' völlig verängstigtes Gehirn konnte kaum noch einen Gedanken zustande bringen. Sollte er schreien und damit die anderen Verlobten aufwecken? Aber sie konnten doch gar nichts tun, konnten ihm nicht helfen, denn sie waren genauso gefesselt und eingesperrt wie er selbst.

»Die Gasblasen wurden mit einem gewaltigen, lachenden Schnauben aus den Nüstern des Feuerdrachen geschleudert, blubberten durch die Lava nach oben, sprühten aus dem Vulkan hinaus und schwebten in den Himmel über dem Archipel. Ich war gerettet! Stunde um Stunde trieb ich über den Himmel dahin, taumelte in der Blase herum, bis über die Knie stand ich in dem widerlichen, ekligen Brei, der sich im Magen des Exterminators befunden hatte, und musste unaufhörlich lachen, weil ich ständig das Lachgas einatmete …«

»WÜRG«, stöhnte Hicks.

»Ganz genau!«, nickte Alwin. »Bis ich dann über die Berserker-Insel trieb und meine Lachgasblase von einem Berserkerpfeil vom Himmel geholt wurde. Sie platzte und ich stürzte wie ein Stein vom Himmel und krachte direkt auf den Kopf des Oberkochs, der durch den Aufprall vollkommen plattgemacht wurde. Der Berserkerhäuptling machte mir klar, dass er mich zur Strafe töten werde« – (Alwin grinste zwar weiter, aber sein Blick war wie der einer Kobra, kurz bevor sie angriff, während Hicks nur wie gebannt den Haken anstarrte) –, »deshalb erklärte ich ihm, dass auch ich ein Meisterkoch sei. Er glaubte mir, dieser Narr, und seither bekoche ich ihn, drei Mahlzeiten am Tag, mögen seine Zähne verrotten und seine Zehen zu Korallen werden. Aber es war mir die Sache wert, Hicks ... jeder einzelne Augenblick ... denn endlich bist du hier, gefangen in diesem Käfig, mutterseelenallein, machst dir vor Angst in die Hose und hast einen grausamen, entsetzlich schmerzhaften Tod vor dir ... Denn ich werde dich jetzt töten! Tod durch Erhaken! Ha ha ha ha ha!« Alwin warf den Kopf in den Nacken und brüllte vor Lachen.

Hicks' Herz raste so schnell und heftig wie das eines Vogels, der einem bösartigen, hungrigen Fuchs in die Klauen geraten war, und seine Hände waren schweißnass. Trotzdem zwang er sich, so ruhig, höflich und gelassen wie möglich zu sprechen. »Aber man kann ja wirklich nicht behaupten, dass Ihr selber frei wie ein Vogel seid, Alwin ...«

Alwins Gelächter brach abrupt ab. Sein glitzerndes Auge richtete sich wieder auf Hicks. »Was sagst du da?«, fragte er zähneknirschend. »Und wehe, du kannst das nicht wirklich gut erklären ...«

»Na ja, schaut Euch doch mal an«, sagte Hicks so spöttisch wie möglich. »Ihr seid angekettet, genauso wie ich. Statt Euch zu freuen, dass mich die Berserker töten werden, solltet Ihr mir helfen, damit ich Euch helfen kann zu fliehen. Wie wäre das?«

Alwin stutzte und dachte nach.

»Du weißt, wie man hier rauskommt???«, stieß er schließlich ungläubig hervor.

»Aber natürlich«, gab Hicks leichtfertig zurück. (Was eigentlich nicht direkt stimmte, denn Hicks' Plan bestand nur darin zu hoffen, dass ihm noch ein Plan einfallen würde.) »Ihr habt doch gesehen, wie ich im Fort Finstericum aus dem vollen Amphitheater geflohen bin. Das hier ist doch eine ziemlich ähnliche Situation, würde ich sagen …« Hicks bemühte sich sehr, gelassen zu klingen. »Im Vergleich zu damals ist das hier sogar ein Kinderspiel …«

»Ein Kinderspiel«, wiederholte Alwin wie benommen.

Alwin hatte sich diesen Moment so oft ausgemalt – jede noch so winzige Einzelheit. Wie Hicks in Todesangst schluchzen würde, wie er nach seiner Mama rufen würde, wie er um Gnade flehen und ganz am Schluss eingestehen würde, dass Alwin der cleverste Bösewicht des Universums war. Aber hier hing Hicks an seinem Haken, sah unglaublich gelassen aus und redete voller Zuversicht über seine Flucht …

Das war nun wirklich sehr, sehr ärgerlich.*

»Natürlich«, antwortete Alwin erfreut, weil ihm ein neuer Gedanke gekommen war, »natürlich könnte ich

* Alwin erinnerte sich mit Wut und Verbitterung an Hicks' Flucht aus dem Fort Finstericum. Ganz bestimmt würde er nicht zulassen, dass sich so etwas noch einmal wiederholte – und dass ihm Hicks im letzten Augenblick wieder vom Haken sprang.

die Sache auch ein bisschen beschleunigen und dich JETZT SOFORT töten … kein Problem …« Alwins gute Hand legte sich auf den Knauf seines Schwerts.

»Aber dann könnte ich Euch doch nicht mehr bei der Flucht helfen«, sagte Hicks hastig. »Ihr könnt mich dann später doch immer noch töten, wenn wir erst mal WEG sind?«, fügte er besänftigend hinzu.

Alwin betrachtete Hicks für mehrere lange, lange Augenblicke, während er angestrengt nachdachte. Dann löste er langsam den Haken von Hicks' Kragen und zog den Arm aus dem Käfig zurück.

Hicks stieß einen sehr leisen, aber tiefen Seufzer der Erleichterung aus.

Eine kurze Verschnaufpause … jedenfalls für den Augenblick.

Alwin hatte sich trotz seiner unbändigen Wut und Rachsucht gerade noch einmal beherrscht.

Auch Alwin war klar, dass sie zu zweit bei diesem Todesspiel bessere Chancen hatten. Und deshalb war er genauso höflich wie Hicks, vielleicht sogar noch höflicher, als er mit einem charmanten Lächeln (das allerdings ein bisschen unecht wirkte, weil er dabei zu viel Gebiss zeigte) erwiderte:

»Du hast vollkommen recht, mein Junge. Vielleicht ist der Tod durch Erhaken eben DOCH zu schnell und zu sanft. So leicht sollst du mir nicht davonkommen. Na denn – wie schaut denn dein Fluchtplan aus?«

»Erstens«, erklärte Hicks, »müsst Ihr mich aus dem Käfig herausholen. Zweitens müsst Ihr mich dorthin führen, wo Kamikazzi gefangen gehalten wird ...«

Alwin zuckte sichtlich zusammen – und Hicks merkte, dass er richtig vermutet hatte: Kamikazzi wurde hier irgendwo auf der Berserker-Insel gefangen gehalten.

»Und drittens werde ich uns alle hier herausbringen ... aber wie, werde ich Euch nicht sagen, denn dann würdet Ihr mich ja nicht mehr brauchen, oder?«

Alwin lächelte. »Sehr clever«, gab er zu. Er schraubte den Haken ab und schraubte dafür sein Schwert mit dem speziellen Metallgewinde an den Arm. Dann nahm er einen großen Schlüsselbund aus der Tasche und öffnete die Käfigtür. Sie schwang ein kleines Stück weit auf; Hicks zwängte sich hindurch, schüttelte die eingeschlafenen Arme und Beine, um das Ameisenkribbeln loszuwerden, und konnte nun endlich wieder aufrecht vor Alwin stehen.

Der hielt ihm die Sturmklinge* hin. »Eine einzige Dummheit«, sagte Alwin drohend, »und du bist ein toter Junge.«

Alwin schubste Hicks an und stieß ihn vor sich her.

Und so machten sie sich auf den Weg. Über die schwankenden Hängebrücken gingen sie, Hicks voraus, ständig angetrieben von der Spitze seines eigenen

* Die Sturmklinge, das Schwert Grimmbarts des Abscheulichen, das Hicks von seinem Urahn geerbt hatte, befand sich zu diesem Zeitpunkt in Alwins Besitz.

Schwerts Sturmklinge, das ihm Alwin der Verräter zwischen die Schulterblätter presste. Es war, als würden sie auf den dünnen Fäden eines Spinnennetzes marschieren, das sich über das Gewirr von Ästen und Zweigen spannte.

Und je tiefer sie in den Wald eindrangen, desto kälter und stiller schien es zu werden, als ob das Herz des Waldes längst zu schlagen aufgehört hätte. In der Totenstille klangen ihre Schritte auf den hölzernen Planken der Hängebrücken wie das dumpfe Trommeln vor einer Hinrichtung. Das Tapp-Tapp von Alwins Elfenbein-Bein, das Klappern und Rasseln seiner Ketten, selbst das sanft tapsende, verängstigte Geräusch von Hicks' nackten Füßen kamen ihm in dieser absoluten Stille plötzlich überlaut vor. Auch Hicks hinkte ein wenig, weil er sich irgendwo auf einer der Holzplanken einen Splitter zugezogen hatte. Schritt – Taps – Klirr – Klank – Schritt – Taps – Klirr – Klank …

Immer weiter ging es in diesem Takt und Hicks erinnerte sich plötzlich mit Schrecken an die gruseligen Märchen, in denen Kinder von bösen Menschen in den Wald geführt wurden, um sie dort zu töten.

Unter dem Wams fühlte er den schlaffen, fieberigen kleinen Zahnlos, der sich unruhig hin und her wand. Sein heißer Atem war inzwischen so schwach, dass er kaum noch zu spüren war. So hektisch, wie sich die Dinge in den letzten Stunden abgespielt hatten, war Hicks gar

nicht dazu gekommen, sich um seinen kleinen kranken Drachen zu kümmern. Jetzt kam es ihm so vor, als sei Zahnlos' Bauchweh noch viel, viel schlimmer geworden und als ginge es mit dem kleinen Drachen allmählich zu Ende. Vielleicht war er sogar schon dem Tode nahe.

Und vielleicht hatte das Schicksal vorgesehen, dass sie alle beide hier sterben mussten, mitten in einem unheimlichen dunklen Wald.

Nach einer Weile blieb Alwin vor einem besonders riesigen Baum stehen.

»Wir sind da«, sagte er.

Hicks schluckte heftig. »Was … was ist das?«, brachte er mühsam hervor. Dieses Mal bebte seine Stimme wirklich ein bisschen, obwohl er sich Mühe gab, es zu verbergen.

Der gewaltige Baumstamm war von einem dichten Efeugeflecht überwuchert. Mit einem eleganten Schwerthieb fegte Alwin den Efeuvorhang beiseite – und enthüllte damit etwas Seltsames: In den Stamm war eine kleine Tür aus Eisenstäben eingelassen. Die Tür ging durch Rinde und Holz und führte bis in das hohle Innere des Stammes. Alwin öffnete die Tür. Dahinter befand sich eine Falltür, ebenfalls aus schweren Eisenstäben, die Alwin anhob.

»Da drin wird Kamikazzi gefangen gehalten?«, fragte Hicks unsicher.

»Stimmt.« Wieder trat dieses unheimliche, wirklich richtig fiese Grinsen in Alwins Gesicht. »Dort unten in der Baumhöhle. Los geht's, spring einfach rein, mein Junge … jetzt kannst du den großen Retter spielen. Worauf wartest du noch?«

Die Spitze der Sturmklinge bohrte sich in Hicks' Brust. Hatte er überhaupt noch eine andere Wahl?

Er spähte in den Höhlenschacht und entdeckte eine Strickleiter, die an der Seite hing. Zögernd und sehr langsam stieg Hicks durch die Falltür in den Schacht.

Und kaum war er ein paar Sprossen hinabgestiegen, warf Alwin über ihm die Falltür zu. Dann griff er zwischen den Stäben hindurch und packte Hicks wieder am Kragen, wie er es schon im Käfig getan hatte, nur dieses Mal mit der Hand und nicht mit dem Haken.

»Und JETZT, Mister Hicks Klugscheißer, JETZT kann ich endlich meine Schadenfreude genießen! Hier drin wirst du einsam und ganz gaaanz laaangsaaam im Dunkeln verrecken, denn bisher hat es noch NIEMAND geschafft, lebend aus einer dieser lebenden, wachsenden Gefängniszellen zu fliehen.«

Hicks blickte schnell nach unten in die schwarze Tiefe und Alwin grinste noch breiter.

»Und nein, mein Junge – das ist LEIDER nicht Kamikazzis Zelle. Ich habe nicht die blasseste Ahnung, wer oder was dort unten in der Höhle ist. Aber ich glaube, was immer es ist, lebt noch, denn sonst hätten wir den Verwesungsgestank längst riechen können.«

Und mit diesen beruhigenden Worten schlug Alwin die Seile der Strickleiter durch, und obwohl Hicks versuchte, sich festzuhalten, rutschte er immer schneller in die Höhle hinunter, bis er schließlich fast abstürzte. Tief in der Höhle fiel er auf einen Haufen von etwas, das sich wie Tannennadeln anfühlte, wobei er sich gerade noch rechtzeitig zur Seite drehen konnte, um Zahnlos nicht zu zerquetschen.

»RACHE IST SOOO SÜSS!!!«, hallten Alwins letzte Worte durch die Höhle in die Schwärze herab und schallten als Echo noch ein paarmal zurück – wie auch das eiserne KLANG!, als die äußere Tür ins Schloss geworfen und der Schlüssel umgedreht wurde.

Und so lag Hicks schwer atmend in der totalen Finsternis, bis er von der linken Seite her ein leises Rascheln hörte.

Er war nicht allein.

13. TOTALE BAUMHÖHLENFINSTERNIS

Da war es wieder, dieses Rascheln.

Mit zitternder Hand zog Hicks sein Schwert aus der Scheide.

Nicht nur die Hand zitterte, auch das ganze Schwert.

»HALLO?«, fragte Hicks in die Finsternis, aus der das Wort überlaut zurückhallte.

Stille.

Hicks hatte noch nie eine so tiefschwarze Dunkelheit gesehen. Sie war nicht nur schwarz und dunkel, sondern auch … dicht und bedrückend. Sie legte sich über ihn wie ein schwerer Mantel, drückte auf seine Kehle, seine Brust, nahm ihm die Luft zum Atmen, verstopfte die Nase, drang wie Schleimpfropfen in die Ohren, erstickte alles.

Und gleichzeitig fühlte Hicks oder er spürte instinktiv – obwohl er nicht genau hätte sagen können, was es war –, dass es in diesem Baumgefängnis noch ein weiteres Lebewesen gab.

Etwas Unheimliches, ein alles vernichtendes Böses.

Wieder raschelte es leise, aber in Hicks' schockstarrer Vorstellung klang es, als ob das Etwas langsam auf ihn zuschlich, und plötzlich konnte er es nicht mehr ertragen und brüllte, so laut er konnte: »ICH HABE EIN SCHWERT!«

Das Rascheln hörte urplötzlich auf.

Und dann kam eine Stimme aus dem Dunkeln, zischend wie eine Schlange.

»Und ich«, zischte die Stimme, »habe auch eins …«

»ICH HAB KEINE ANGST VOR DIR!«, brüllte Hicks laut, als müsste er sich selbst davon überzeugen, was wahrscheinlich auch stimmte.

»Ohhh jaaa, das hast du«, zischte die Stimme verächtlich. »Und du hast allen Grund dazu.«

Es war eine alte Stimme, eine weibliche Stimme, und sie klang scharf und kalt und schneidend wie die reinste Bösartigkeit.

Hicks lag zitternd im Dunkeln, streckte mit der linken Hand das Schwert in die Richtung, aus der die Stimme kam, und legte die rechte Hand schützend über den schlaffen kleinen Zahnlos.

»Wer bist du?«, zischte die Stimme. »Und warum hab ich dich nicht kommen sehen?«

»W-w-wie hättest du mich denn sehen sollen?«, stotterte Hicks. »Du bist doch im Dunkeln!«

»Ich bin eine Hexe«, sagte die Stimme.

Oooh, super. Eine Hexe hatte Hicks gerade noch gefehlt.

»Wer bist du?«, fragte die Stimme noch einmal.

Hicks' Gedanken überschlugen sich. Aus irgendeinem Grund wollte er der Hexe seinen richtigen Namen nicht nennen.

»Ich heiße Fischbein«, log er. Das war der erstbeste Name, der ihm in den Sinn kam. »Und wer bist du?«

»Mein Name ist … Swinetrude«, antwortete die Hexe.

(Hicks hatte den Eindruck, dass auch sie nicht ihren *wahren* Namen verraten wollte.)

»Warum bist du hier?«, wollte die Hexe wissen.

»UG hat mich hierhergeschickt.«

»UG? Der kommt normalerweise selbst und immer allein. Warum sollte er ausgerechnet einen wie *dich* schicken?«, fragte die Hexe verächtlich.

Der schlaffe Körper von Zahnlos hing schwer auf Hicks' Brust. Und plötzlich kam Hicks ein kühner Gedanke: *Wenn sie wirklich eine Hexe* * *ist, könnte sie dann vielleicht Zahnlos heilen?*

»Ich bringe dir einen Drachen, damit du ihn heilst«, sagte er.

Wieder Stille.

»Wo ist dieser Drache?«, zischte die Stimme.

Hicks hielt Zahnlos in die Höhe. Knochige Finger streckten sich aus der Finsternis und tasteten Zahnlos' schlaffen, stöhnenden, fiebrigen kleinen Körper ab.

»HA!«, blaffte die Stimme dann. »Was glaubt UG eigentlich – dass ich Wunder bewirken kann? Dieser Drache ist so gut wie tot.«

* »Hexe« und »Hexerich« waren damals noch ehrenvolle Berufsbezeichnungen für Leute, die sich mit Heilkräutern gut auskannten und allerlei Arzneien, Salben und Heiltränke daraus zubereiten konnten. Bei den Stämmen des Archipels waren sie als »Hexenärzte« willkommen, weil sie nicht nur heilen, sondern auch die Zukunft vorhersagen konnten.

»Kannst du denn GAR NICHTS für ihn tun?«, fragte Hicks verzweifelt. »Das ist UGs Lieblingsdrache – er sagte, er würde dir alles geben, was du willst, alles …«

»Kräuter. Gifte. Nadel und Faden«, krächzte die Stimme und murmelte vor sich hin. »Die gibt er mir, aber meine Freiheit will er mir nicht geben … Oh, ich sage dir, wenn UG herkommt und will, dass ich ihm die Zukunft vorhersage, lüge ich ihm etwas Nettes vor … Wenn er nur wüsste, welche Zukunft ich *wirklich* für ihn stricke …«

So wild und bösartig klang die Stimme, dass Hicks jedes Wort im Hals stecken blieb. Er wiegte Zahnlos in den Armen, streichelte seine Ohren und Hörner und versuchte, es ihm so bequem wie möglich zu machen. Zahnlos hatte viel Gewicht verloren, er war fast nur noch ein Bündel Knochen, aber sein Bauch war furchtbar angeschwollen.

»Was fehlt dem sterbenden Drachen denn?«, erkundigte sich die Hexe, nachdem sie eine Weile verbittert vor sich hin gemurmelt hatte.

»Er … er hat einen Löffel verschlungen«, antwortete Hicks, »und einen magischen Stein … und noch ein paar andere Sachen, glaube ich.«

»Einen Löffel …«, echote die Stimme sehnsüchtig.

Die Hexe hatte keinen Löffel.

Ein Löffel wird dir wohl kaum als besonders großartiger Schatz vorkommen. Aber wenn du dir vorstellst, dass du zwanzig Jahre lang versucht hast, eine dünne Suppe mit einer *Gabel* zu essen, dann sieht die Sache doch ganz anders aus, oder nicht? Dann wird nämlich sogar aus einem Löffel ein sehr begehrenswerter Gegenstand.

»In Ordnung«, krächzte die Stimme. »Mögen UGs Stinkfüße violett werden und wie Kraut und Rüben verrotten! Aber den Löffel behalte ich, damit das klar ist! Ich habe so lange auf einen Löffel warten müssen … Der Drache ist dem Tod nahe.«

»Was … was willst du tun?«, flüsterte Hicks besorgt.

»Ganz einfach: Ich schneide ihn auf und hole den Löffel heraus«, keifte die Hexe hämisch.

»A-aber dann stirbt er doch!«, rief Hicks entsetzt und erschrocken. Er hatte gehofft, dass sie Zahnlos irgendeinen Zaubertrank einflößen würde, damit es ihm wieder besser ging.

»Na und? Das kann dir doch egal sein, oder? Ist doch schließlich UGs Drache …«

»Aber UG hängt wirklich sehr an diesem Drachen«, sagte Hicks warnend. »Und bestimmt wird er sehr, sehr böse sein, wenn ihm etwas passiert …«

»Ach, mach dir darüber keinen Kopf«, kicherte die Hexe boshaft und das hörte sich wirklich sehr, sehr hässlich an. »Ich flicke ihn natürlich wieder zusammen, nachher … kein Problem …«

Hicks hatte schon von solchen Operationen gehört, aber noch nie selbst beobachtet, wie sie durchgeführt wurden.

»Aber … aber … kannst du das denn im Dunkeln?«, stotterte er.

»Ich nähe im Dunklen … ich webe im Dunkeln … ich schreibe im Dunkeln … Wenn du zwanzig Jahre lang im Dunkeln lebst, werden deine Hände zu Augen«, erklärte die Hexe.

Hicks hörte ein Rascheln, hörte, wie jemand mühsam und stöhnend aufstand, nach irgendetwas suchend herumwühlte, Messer wetzte, an irgendetwas herumkratzte … dann schien sich die Hexe zu konzentrieren, während sie einen Faden einfädelte.

»Wird es ihm wehtun?«, erkundigte sich Hicks, fast außer sich vor Sorge.

»WEICHLING«, zischte die Hexe spöttisch, »du bist ein Weichling … Taste ihn doch ab, dann merkst du, dass er längst keine Schmerzen mehr empfinden kann.«

Und tatsächlich war der arme Zahnlos inzwischen ins Koma gefallen. Die kleine Schnauze stand weit offen, die Hornzacken auf seinem Rücken hingen schlaff herab und der kleine Brustkorb hob sich kaum noch beim Atmen.

»Ich kann ihm Schlafkräuter geben, wenn du willst, du Weichei«, krächzte die Hexe. Hicks hörte, dass sie heranschlurfte und sich neben ihn setzte. Sie stank entsetzlich.

»Halte ihn ganz still. Sonst passiert womöglich ein Unfall – das hier ist ein sehr scharfes Messer«, zischte sie voller Vorfreude. »Ich halte meine Messer immer ganz scharf, damit ich den Ratten die Eingeweide besser herausschneiden kann.«

Der arme Hicks traute der Hexe nicht über den Weg, warum auch? Aber hatte er eine andere Wahl? Und anscheinend wollte sie den Löffel wirklich haben.

Deshalb hielt er Zahnlos ganz still, während die Hexe dem Drachen die Schlafkräuter unter die Nase hielt. Die Kräuter rochen sehr scharf und bitter, sodass Hicks' Augen tränten – und Zahnlos bewegte sich überhaupt nicht mehr.

Es war ein höchst ungewöhnlicher Augenblick. Die gesamte Operation fand in der totalen Finsternis der Gefängniszelle tief in einem hohlen Baum statt.

Starke, geschickte Finger arbeiteten im Dunkeln, führten ein scharfes Messer, dann Nadel und Faden, schließlich roch Hicks andere Kräuter. Er spürte förmlich, wie kühl, sachlich und geschickt die Hexe arbeitete. Sie stank zwar gewaltig, aber sie war wirklich sehr, sehr schlau.

Und Hicks selbst saß still wie eine Statue, jeder Muskel vor Angst und Sorge angespannt.

Es dauerte kaum länger als fünf Minuten, dann grunzte die Hexe befriedigt und legte etwas in Hicks' Hand. »Da – wisch es an meinem Umgang ab.« Hicks spürte, dass sie sich daranmachte, den Bauch des kleinen Drachen zu vernähen.

Und er spürte etwas großes, seltsam Geformtes in

seiner Hand: den Gegenstand, den die Hexe im Bauch des Drachen gefunden hatte.

Hicks rieb ihn hastig am Umhang der Hexe trocken, denn das Ding fühlte sich schleimig und eklig an.

Kein Wunder, dass sich Zahnlos nicht wohlgefühlt hatte.

Denn in Hicks' Hand lag der Magische Stein und daran hingen noch eine Menge anderer Dinge, die Zahnlos im Laufe der Jahre verschlungen hatte: ein Löffel, eine Gabel, ein Ring, ein Riegel, ein Schlüssel, mehrere Münzen, Valhallaramas Ohrring und eine Menge anderer Metallgegenstände, die Zahnlos entweder zufällig oder in seiner endlosen Gier verschluckt hatte, egal ob sie FRESSBAR waren oder nicht.

Diese kleinen Metallgegenstände hingen nun an allen Seiten an dem Magischen Stein, sodass er wie ein kleiner Metallstern aussah. Klar, dass so ein stacheliges Ding schwer im Magen lag.

»Ich frage mich, warum ausgerechnet dieser Drache für UG so wichtig ist?«, murmelte die Hexe nachdenklich vor sich hin, während sie das Loch in Zahnlos' Bauch zunähte. »Er hat übrigens hier auf der Brust eine alte Narbe … genau an derselben Stelle wie …« Ihre Stimme erstarb. »Seltsam«, murmelte sie leise. »Sehr seltsam, die Narbe … genau an derselben Stelle … was für ein Zufall … aber es gibt keinen Zufall …«

Inzwischen hatte sie den letzten Stich getan und

grunzte zufrieden. »Hab's immer noch drauf«, sagte sie, griff mit ihrer knochigen Hand nach dem Magischen Stein in Hicks' Schoß und zupfte den Löffel ab. »DER gehört mir«, sagte sie gierig.

Dann, nach einigem Zögern: »Er wird es überleben.«

Danach hörte Hicks, wie sie in ihre Ecke zurückschlurfte.

Nach einer Weile spürte Hicks, dass Zahnlos in seinen Armen ein wenig zuckte und sich bewegte. Er hob ihn hoch und legte ihn auf seine Schulter. »Er lebt!«, rief er erfreut.

Und schon wehte ein kaum wahrnehmbarer Hauch von Rauch über Hicks' Kinn und Wange. Zahnlos stöhnte leise, krächzte und fragte benommen: »Wo si-si-sind wir?«

»In einer Baumhöhle …«, begann Hicks auf Drachenesisch – und brach abrupt ab.

Totenstille herrschte in der Baumhöhle; Hicks konnte das neu erwachte Misstrauen der Hexe fast mit den Händen greifen. Und er konnte die Hexe fast denken hören: *Wer bist du?*

Deshalb sagte er schnell: »Äh, hm, danke, dass du UGs Drachen geheilt hast. Ich denke, ich sollte gar nicht erst auf UGs Männer warten, sondern gleich gehen, weil … weil … weil ich es ziemlich eilig habe, ich muss unbedingt nach … äh … Ist das dort oben der einzige Ausgang?«

Jetzt klang die Stimme der Hexe so trocken wie Wüstenstaub.

»Ich habe zwanzig Jahre gesucht und darf dir versichern, dass das dort oben der EINZIGE Ausgang ist. Und der ist gut verschlossen. Ich kann dir nur raten, dich auf eine lange Warterei einzustellen, mein Junge.« Und damit verstummte sie wieder.

Hicks streichelte automatisch den kleinen Zahnlos. Es war nervenzerreibend, in einer kleinen dunklen Zelle gefangen zu sein, zusammen mit einer ziemlich unfreundlichen Hexe, die man nicht sehen konnte.

»Was … äh … woran denkst du?«, fragte Hicks schließlich.

»Was ich denke?«, sagte die Hexe in nachdenklichem Tonfall. »Ich denke, dass Fischbein nicht dein richtiger Name ist.«

Oje, dachte Hicks, *oje, oje, oje.*

Und noch nervenzerreibender war es, in einer kleinen dunklen Zelle gefangen zu sein und sich mit einer Hexe zu unterhalten, die man nicht sehen konnte, während man doch viel lieber mit dem lauten Schrei »HOLT MICH HIER RAUS!« herumrennen wollte.

Denn inzwischen war Hicks überzeugt, dass die Hexe auch im Dunkeln sehen konnte.

Und er nicht.

Und er wusste nun auch, dass die Hexe misstrauisch geworden war, und versuchte, sie durch viel Reden abzulenken. Hexen liebten es, sich mit anderen zu streiten.

»Kor-rekt«, gab er zu, »und ICH denke, dass Swinetrude auch nicht *dein* richtiger Name ist.«

»Kor-rekt«, äffte sie ihn nach und lachte, ein hässliches, keuchend-gackerndes Geräusch. »Aber wer bin ich wirklich? Ich sage dir mal was, du Junge-der-nicht-Fischbein-heißt: Du scheinst mir ein ziemlich aufgewecktes Bürschchen zu sein, und weil ich alle Zeit der Welt habe, schlage ich dir ein spannendes kleines Spielchen vor: einen Schlauheits-Wettkampf. Ich erzähle dir eine Geschichte und am Ende der Geschichte versuchen wir beide zu erraten, wer der oder die andere ist. Wir dürfen beide nur EIN EINZIGES MAL raten. Wer richtig rät, darf den anderen töten.«

»Oh … äh …«, sagte Hicks zögernd. »Und was ist, wenn ich bei diesem Schlauheits-Wettkampf nicht mitspielen will?«

»Dann töte ich dich eben einfach so«, sagte die Hexe lässig. (Hicks hatte gewusst, dass sie das sagen würde.)

»Wenn das so ist«, sagte Hicks, »bin ich wohl einverstanden …«

»Dachte mir, dass dich die Sache interessiert. Die Geschichte, die ich dir erzählen werde«, sagte die Hexe mit einer Bitterkeit, die nicht bitterer sein konnte, »ist der Grund dafür, dass mich UG hier in diesem Baum eingesperrt hat.«

»UG hat dich eingesperrt, weil du ihm eine Geschichte erzählt hast?«, fragte Hicks ungläubig, während er versuchte, ihr zuzuhören und gleichzeitig seine Flucht zu planen.

»Genauso war es«, fauchte die Hexe. Jetzt klang ihre Stimme so scharf wie ein Tropfen Essig auf der Zunge.

Und so erfuhr Hicks hier – in der absoluten Finsternis seines Baumhöhlenkerkers, mitten im Urwald auf der Berserker-Insel, während sich Zahnlos auf Hicks' Schulter langsam erholte und Hicks unablässig darüber nachdachte, wie er aus diesem Kerker fliehen konnte – endlich das Geheimnis des Verlorenen Throns von Wilderwest.

Und hier kommt nun die Geschichte, die ihm die Hexe erzählte.

Die Geschichte, die UG Ugglitugg den Hassschläger dazu brachte, sie in den Baumhöhlenkerker zu werfen und darin zwanzig Jahre lang schmachten zu lassen.

Die Hexe mochte eine grausige, grauenhafte, gräuliche Frau sein, doch eins musste man ihr lassen: Sie wusste, wie man eine Geschichte gut erzählt.

14. DER VERLORENE THRON VON WILDERWEST

»Viele, viele Jahre lang wurde der Barbarenarchipel von den Königen von Wilderwest beherrscht«, begann die Hexe in der Dunkelheit zu erzählen. »König wurde immer der wildeste, brutalste, tapferste Häuptling des Barbarenarchipels und über viele Jahre hinweg waren das die Häuptlinge des Stammes der Räuberischen Raufbolde.

Der letzte dieser Könige vom Raufbold-Stamm war Grimmbart der Abscheuliche, der härteste, brutalste und skrupelloseste Pirat, der jemals im Archipel gelebt hatte, und sein Königreich erstreckte sich, so weit das Auge reichte. Nachdem er gegen den König vom Festland gekämpft, ihn besiegt und ins Exil getrieben hatte, umfasste das Reich Grimmbarts nicht nur die Inseln des Archipels, sondern auch große Gebiete des Festlands.

Grimmbart der Abscheuliche hatte die Angewohnheit, alle zu versklaven, die nicht Wikinger waren, und als Pirat war er so erfolgreich, dass er stinkreich wurde. Die kleine Insel Wattnbengel genügte ihm schon bald nicht mehr. Auf der Insel des Neuen Tages ließ er sich eine großartige neue Hauptstadt bauen – Tausende Sklaven und angekettete Drachen mussten für ihn schuften.

Ja, die Dinge standen gut für Grimmbart den Abscheulichen. Er hatte einen Sohn namens Hassherz, das genaue Ebenbild seines Vaters. Und einen zweiten Sohn namens Hitzkopf, das genaue Ebenbild von Hassherz.

Grimmbart war ein glücklicher, gewalttätiger Mann, der fröhlich und unbekümmert sämtliche Nachbarn ausraubte, gern und viel aß, noch lieber und noch mehr trank, wie ein gereizter Bär kämpfte und niemanden außer sich selbst liebte.

Sein dritter Sohn kam am 29. Februar zur Welt, in einem Schaltjahr …

Der Säugling war so mickrig, dass er ohne das geringste Geräusch oder Geschrei aus seiner Mutter herausflutschte. Er hatte einen Schopf blonder Haare auf dem Kopf und große, leuchtend blaue Augen. Schon als Neugeborener schaute der Junge ein wenig überrascht, aber fröhlich und mit unbändiger Neugier in die Welt, als fände er alles wahnsinnig aufregend.

Er konnte nicht wissen, dass es ihm nicht bestimmt war, sehr lange auf dieser Welt zu bleiben. Denn er war einfach zu klein, verstehst du? Er war ein Kümmerling.«

Hicks hatte fast schon vergessen, dass er diese Geschichte eigentlich gar nicht hören wollte. An dieser Stelle fiel er der Hexe ungehalten ins Wort. »Was meinst du mit *Kümmerling?«*

»Wenn ich Kümmerling sage, meine ich KÜMMERLING«, zischte die Hexe mit hasserfüllter Stimme zurück. »Sie brachten ihn zum Namensweib und hofften, dass sie ihn Fettfuß oder Drachenherz nennen würde oder jedenfalls etwas Wikingerhaftes, aber sie erkannte sofort, was die armen törichten Eltern nicht sehen wollten, und deshalb gab sie ihm den Namen HICKS.«

Hicks zuckte zusammen. »Warum … warum hat sie ihn HICKS genannt?«, fragte er und versuchte, gelassen und nicht besonders interessiert zu klingen. Aber er hatte inzwischen das grauenhafte Gefühl, dass die Hexe längst erraten hatte, wer er war, Thor allein mochte wissen, wie. Warum sonst würde sie ihm diese Geschichte von seinem eigenen Stamm, von seinen eigenen Vorfahren erzählen?

»Weil alle KÜMMERLINGE im Raufbold-Stamm so genannt werden«, sagte die Hexe ungeduldig. »Hicks bedeutet so etwas wie ›Unfall‹ oder ›Missgeschick‹, verstehst du. Na ja, nachdem ihm das Namensweib einen Kümmerling-Namen gegeben hatte, war natürlich dem ganzen Stamm sofort klar, dass sie den Knaben loswerden mussten. Denn wenn ein KÜMMERLING im Raufbold-Stamm zum Erwachsenen herangewachsen wäre, hätte er Unglück über den ganzen Stamm gebracht oder irgendein Schicksal, das den Lauf der Geschichte verändert hätte.

Schon einmal war ein Hicks der Hartnäckige vom Hauenstein, nämlich der Erste, schuld gewesen, dass sämtliche Gebiete im reichen Ackerland im Osten verloren gingen. Wegen ihm musste sich der Raufbold-Stamm damals mit den kahlen, unfruchtbaren Inseln des Archipels zufriedengeben.

Aber da nun auch dieser neue Knabe ein Kümmerling war und daher Hicks genannt werden musste, wurde beschlossen, ihm den Namen Hicks der Hartnäckige vom Hauenstein der Zweite zu geben. Die Chancen standen gut, dass auch dieser zweite Hicks Unglück und Elend über den Stamm bringen würde, genau wie der erste.«

Hicks' Herz begann, heftig zu klopfen. Erst vor Kurzem hatte er herausgefunden, dass er einen Ahnen namens Hicks der Hartnäckige vom Hauenstein der Zweite hatte; seine Eltern hatten ihm immer verschwiegen, dass es diesen Vorfahr gegeben hatte. Hicks der Zweite war ein Drachenflüsterer* gewesen, genau wie Hicks selbst. Und jetzt saß er hier, in dieser Baumhöhle, und würde gleich seine Geschichte hören!

Eine Gänsehaut lief ihm über die Arme.

»Grimmbart der Abscheuliche war absolut erbarmungslos«, fuhr die Hexe fort. »Er hatte nicht die geringste Absicht, seinen Kümmerlingssohn am Leben zu lassen, nur damit der genauso viel Unglück über die Familie und den Stamm bringen konnte wie der erste Hicks. Schade irgendwie und so weiter, aber schließlich hatte er noch zwei weitere Söhne, Hassherz und Hitzkopf. Deshalb gestattete er, dass dem Neugeborenen

---

* Wie Hicks das herausfand, wird in »Drachenzähmen leicht gemacht. Handbuch für echte Helden« beschrieben.

in einer feierlichen Taufzeremonie der Name Hicks der Hartnäckige vom Hauenstein der Zweite gegeben wurde, während er schon seinen Plan für die Ermordung des Babys ausbrütete. Er wusste, dass er seinen Sohn im Gebirge aussetzen musste, denn so verlangte es die Tradition der Raufbolde. Aber ihm war auch klar, dass seine Frau Kinnhilde nicht besonders begeistert sein würde, wenn sie erfuhr, dass er ihr Baby ermorden wollte. Kinnhilde war groß und stark, konnte ziemlich gut mit der Streitaxt umgehen und Grimmbart hatte das Gefühl, dass sie mit seiner Entscheidung nicht unbedingt glücklich sein würde.

Manche Frauen konnten so unvernünftig sein!

Und so kam es, dass Grimmbart höchstpersönlich eines Nachts in die Schlafkammer schlich und das schlafende Baby vom Busen der Mutter stahl. Er bestieg einen Reitdrachen und flog auf die Nachbarinsel, wo er seinen immer noch schlafenden Sohn, sein eigenes Fleisch und Blut, im Gebirge aussetzte, wo er in kürzester Zeit sterben würde. Er legte ihn unter einen großen, dicht gewachsenen Strauch, dessen Blüten wie ein Vorhang aus Tränenden Herzen über das Körbchen herabhingen, in dem das Kind lag. Dann stieg er zurück auf seinen Drachen und flog davon, ohne auch nur einen einzigen Blick zurückzuwerfen, denn Grimmbart hatte für Babys nicht viel übrig. Wenn das Baby schrie, wie Babys das eben manchmal tun, glich es einer schreienden Tomate.

Um ehrlich zu sein: Er hatte sich miserabler gefühlt, als er einen seiner kostbaren Rottdrachen hatte töten müssen, der bei einem Kampf verletzt worden war. Als er über die salzigen Wellen zu seiner schönen Stadt auf der Insel des Neuen Tages zurückflog, war sein wichtigster Gedanke, was es wohl zum Abendessen geben mochte. Schweinshaxen, hoffte er. Das war sein Lieblingsessen.

Kinnhilde kaufte Grimmbart seine vollkommen logische Erklärung nicht ab. So wütend war sie, dass sie, als sie aufwachte, ihr Schwert zückte und ihn auf der Stelle angriff. Grimmbart gewann zwar den Schwertkampf, wollte sie aber nicht töten. Sie brach weinend zusammen und flehte ihn an, ihr zu sagen, wo er das Baby ausgesetzt hatte. Damit nervte sie ihn gewaltig, denn allmählich wurde ihm die Sache richtig lästig – und er hasste es, sich mit lästigen Dingen beschäftigen zu müssen! Natürlich weigerte er sich, ihr zu verraten, wo er den Säugling ausgesetzt hatte; stattdessen befahl er seiner Leibwache, ihm Kinnhilde aus den Augen zu schaffen, damit er endlich in Ruhe und Frieden essen konnte. Aber als die Wärter sie wegschleppten, verfluchte sie ihn – und es war ein furchtbarer Fluch, denn es war der Fluch einer Zauberin. Sie stieg in ihr Boot und fuhr davon, um nach ihrem verlorenen Baby zu suchen. Viele, viele Jahre lang sah man ihr weißes Boot übers Meer irren und sie suchte und suchte und suchte. Bis man es schließlich nicht mehr sah. Aber man sagt, dass ihr Geist immer noch in der Bucht des Gebrochenen Herzens spukt …«

»Um Thors willen«, sagte Hicks, »ich dachte, das sei nur eine alte Sage …«

»Auch die alten Sagen und Märchen kommen von irgendwoher«, antwortete die Hexe. »Die Vergangenheit spukt in der Gegenwart herum, viel stärker, als wir denken.

Grimmbart jedenfalls war sehr erleichtert, dass er so leicht davongekommen war. Jetzt konnte er endlich mit seinen Schwertkämpfen, seinen Raubzügen und seinen Saufgelagen weitermachen, ohne sich ständig ihr Jammern und Nörgeln und Wehklagen anhören zu müssen.

Aber zu seiner Verblüffung musste er feststellen, dass er die Raubzüge nicht mehr so richtig genießen konnte. Die Schwertkämpfe machten keinen Spaß mehr. Und nichts schmeckte mehr so wie früher.

Sogar das Bier.

Er konnte es einfach nicht begreifen. Er machte seinen Koch einen Kopf kürzer und heuerte einen neuen an, aber auch der konnte nichts daran ändern.

Das Bier schmeckte nicht mehr so bierig, die Schweinshaxe nicht mehr so schweinig und keiner seiner idiotischen Krieger konnte ihm einen Schwertkampf liefern, der auch nur halb so gut war wie der, den ihm Kinnhilde hatte liefern können.

Und so aß er noch mehr Schweinshaxen und trank

noch mehr Bier, aber davon bekam er nur Bauchkrämpfe und wurde immer fetter. Was war los mit ihm?

Es war der Fluch, der jetzt zu wirken begann.

Das Baby, der kleine Hicks der Hartnäckige vom Hauenstein der Zweite, war von Natur aus ein fröhlicher, hoffnungsvoller kleiner Bursche. Eine Weile hatte er friedlich unter dem Busch gelegen, bewunderte den Sternenhimmel und wartete darauf, dass ihn jemand auf den Arm nahm. Aber irgendwann merkte er, dass NIEMAND kommen und ihn auf den Arm nehmen würde, und so stieß er mal probeweise einen kleinen Schrei aus. Als niemand reagierte und keiner kam, weinte er eine ganze Weile ziemlich LAUT und wurde vor Wut ganz rot im Gesicht. Er hatte viel Glück, dass ihn kein Raubtier und kein Raubvogel hörte. Mit seinen kleinen dicken Beinchen strampelte er die Decke weg, erkältete sich und weinte nur noch mehr. Bis er irgendwann alle Hoffnung aufgab und nur noch zitternd vor Angst in seinem Korb lag, seine Nase und sein Gesicht ganz nass von Rotz und Tränen. Er spürte irgendwie, dass er von allen verlassen worden war, dass man ihn ausgesetzt hatte, und fühlte instinktiv, dass es besser wäre, wenn er ganz still liegen blieb. Ab und zu stöhnte er ein bisschen und saugte und nagte hungrig an seinem Däumchen.

Er strampelte mit seinen schwachen Beinchen zum Himmel hinauf, gegen den kalten, erbarmungslosen Himmel, an dem die Sterne funkelten.

Du bist uns egal ..., sagten die Sterne. *Kümmere dich um dich selbst, wir helfen dir nicht ...*

Und das Baby weinte vor Angst.

Und dann tauchte plötzlich ein großes Gesicht über ihm auf.

Ein Gesicht, so groß, dass es den ganzen Nachthimmel verdeckte.

Das Gesicht eines gigantischen männlichen Grimmlerdrachens, mit den kalten gelben Augen eines Großen Weißen Hais und einem Grinsen, das so grimmig war, dass es genauso gut ein tödliches Stirnrunzeln hätte sein können.

Der männliche Grimmlerdrache war nicht gerade bester Laune, denn er war hungrig, und so riss er das gewaltige Maul auf, in dem mehrere Reihen scharfer weißer Zähne leuchteten, jeder einzelne so lang wie ein Raufbold-Schwert.

Aber in letzter Sekunde überlegte er es sich noch einmal.

Der Drache packte die Riemen des Krippenkorbs, in dem das Baby lag, und flog in den Nachthimmel hinauf. Höher und höher stieg er hinauf und flog zu einer großen Höhle hoch oben im Gebirge, wo ein weiblicher Grimmlerdrache im Sterben lag. Die gelben Augen des Grimmlerweibchens wurden immer dunkler, ihr Leuchten wurde immer schwächer. Das Weibchen leckte den kalten, steifen Körper eines tot geborenen

Drachenjungen, obwohl es wusste, dass das Junge niemals mehr atmen und aufwachen würde. Ringsum lagen die Bruchstücke der Eischale.

Das riesige Grimmlermännchen senkte den Kopf tief hinab und trat vorsichtig in die Höhle. Von seiner Schnauze hing die Babykrippe.

Das Weibchen schlug nach ihm, die sterbenden Augen leuchteten auf vor Wut, es zischte ihn an wie eine zornige Kobra und seine scharfen Krallen verfehlten seine Kehle nur um eine Handbreit. Selbst ein sterbender Grimmlerdrache ist ein tödlich gefährliches Tier. »Mach dich von hinnen, du nutzloses Biest!«

Das Drachenmännchen ließ die Krippe vor ihr auf den Boden fallen und zog sich zum Höhleneingang zurück.

Das Weibchen hob schon die Vorderpfote, um die Krippe wegzufegen … und zögerte, als es das Baby weinen hörte. Mit einer unglaublichen Kraftanstrengung hob es den schwachen Kopf und spähte in die Krippe. »Was bringst du mir da?«, fauchte es verächtlich. »Ein *Menschenkind?* Ein schmuddeliges, schmieriges, flügelloses, drachentötendes *Menschenkind?«* Außer sich vor Wut, hob der Drache die Klaue, um das Baby zu töten … und zögerte, als das Kind erneut zu weinen anfing.

Ihre große Krallenhand zitterte unbändig, als sie in die Krippe griff und das Baby heraushob. Es war warm. Es lebte.

Das strampelnde Baby vergaß seine Angst, rieb seine

Wangen an der schuppigen Drachenbrust und suchte nach Milch.

Und das Drachenweibchen schaute auf das Kind hinab und in seine Augen trat ein seltsamer, unsicherer Blick.

Der Kleine war schwach vor Hunger. Das Gesichtchen war über und über verkrustet von Rotz und Tränen. Er war klein und völlig schutzlos und verwundbar.

Instinktiv begann das Drachenweibchen, dem Kleinen das Gesicht sauber zu lecken.

Und sanft, ganz sanft schob sie das Menschenkind in ihren Beutel, in dem sich bei allen Drachenweibchen die Zitzen befinden.*

Währenddessen saß das Drachenmännchen still wie eine Statue am Höhleneingang und beobachtete das Weibchen. Als das Männchen nach einer Weile sah, dass das Weibchen nur noch mit dem Menschenkind beschäftigt war, schlich es näher heran und nahm leise und sanft das tote Drachenkind in die Pfote. Das Weibchen tat so, als würde es nichts merken. Seine Augen leuchteten jetzt schon wieder ein wenig stärker.

Das Männchen schlich aus der stillen, dunklen Höhle und schwang sich in die Lüfte. Es flog zu den Sümpfen und vergrub dort das tote Junge.

Und so kam es, dass Hicks der Hartnäckige vom

---

* Die meisten Drachen säugen ihre Jungen nicht. Sie füttern sie nach dem Schlüpfen durch Nahrung, die sie vorverdauen und dann wieder hochwürgen, so ähnlich wie Vögel. Aber in Hicks' Memoiren wurde auch schon früher erwähnt, dass manche Drachenarten bestimmte Eigenschaften von Säugetieren entwickelten. Wahrscheinlich gehörten auch die Grimmlerdrachen zu diesen Drachenarten.

Hauenstein der Zweite von den Grimmlerdrachen aufgezogen wurde und Drachenesisch lernte.«

Zauberer und Hexen sind hervorragende Geschichtenerzähler und Hicks war von der Geschichte seines Vorfahren so gefesselt, dass er der Hexe, ohne nachzudenken, ins Wort fiel. Längst hatte er vergessen, dass das hier ein Schlauheits-Wettkampf mit womöglich tödlichem Ausgang war. Er hatte überhaupt alles um sich herum vergessen …

»Du sagst … du meinst also, dass Hicks der Hartnäckige vom Hauenstein der Zweite Drachenesisch lernte, WEIL ER VON DRACHEN GROSSGEZOGEN WURDE?«, stotterte Hicks der Hartnäckige vom Hauenstein der Dritte fassungslos und aufgeregt zugleich.

»Genau das meine ich«, antwortete die Hexe.

»A-aber … aber … aber …«, stotterte Hicks, »wie hat er dann Nordisch gelernt? Und wie ist er zu seiner Menschenfamilie zurückgekommen?«

Die Hexe erzählte weiter.

»Eines Tages kam ein kleiner Trupp von Raufbolden auf einem Plünderungszug nach Osten an der Insel vorbei und schlug dort das Nachtlager auf. Auf der Jagd nach ihrem Abendessen entdeckten sie den wilden kleinen Jungen, der inzwischen ungefähr sieben Jahre alt war. Er zischte wie eine Schlange und flatterte drohend mit den Armen, als seien sie Flügel. Der Junge war selbst auf der Jagd, zusammen mit seinem jüngeren Drachenbruder,

der Wildwut hieß und ebenfalls von den Grimmlerdrachen adoptiert worden war. Wildwut war ein Seedrache, genauer gesagt, ein Seedragonus Giganticus Maximus, und obwohl auch er noch ein Kind war, war er doch schon so groß wie ein ausgewachsener Elefant. Aber trotz aller Unterschiede verehrte Wildwut seinen Bruder, wie das jüngere Brüder normalerweise tun. Die Raufbolde fingen den Jungen und den Drachen, sperrten sie in Käfige und brachten sie zu Grimmbart dem Abscheulichen. Und Grimmbart warf nur einen EINZIGEN Blick auf den Jungen und schon war ihm klar, wer er war. Das hellblonde Haar … die leuchtend blauen Augen … Grimmbart wusste sofort Bescheid.

Aber natürlich konnte er den Jungen JETZT NICHT MEHR töten. Das hätte nun wirklich Unglück gebracht. Denn wenn der Junge überlebt hatte, obwohl er hoch im Gebirge ausgesetzt worden war, musste es wohl der Wille der Götter sein, dass dieser Junge am Leben bleiben sollte.

Ob es Grimmbart gefiel oder nicht: Er musste den Jungen als seinen Sohn aufziehen.«

»Und wie war er denn so, dieser Hicks der Hartnäckige vom Hauenstein der Zweite?«, erkundigte sich Hicks neugierig.

»Eine einzige Nervensäge. Genau wie Hicks der Erste. Steckte seine Nase in alle Angelegenheiten. Stellte ständig schwierige Fragen. War absolut furchtlos, unglaublich frech und ungezogen, fürchtete sich vor nichts und niemandem. Und man muss zugeben: Er war zwar als Kümmerling geboren, aber er wuchs zu einem starken Mann heran. Der geborene Anführer, stark, gut aussehend, der Beste bei allem, im Schwertkampf, beim Ringen, beim Beleidigen, beim Fluchen, beim Schachspiel und so weiter.«

»Ach so«, sagte Hicks enttäuscht. Er hätte lieber gehört, dass Hicks der Zweite so ähnlich war wie er selbst.

»Sie nannten ihn ›Drachenflüsterer‹, weil er natürlich Drachenesisch noch fließender sprach als Nordisch. Grimmbart der Abscheuliche war ein strenger, unbarmherziger Mann ... aber nachdem er Kinnhilde verloren hatte, musste er feststellen, dass er schwächer war, als er gedacht hatte. Obwohl er es gar nicht wollte, fing er an, den Jungen zu mögen, der seiner Mutter Kinnhilde so ähnlich sah, aber Grimmbarts Mut und Verwegenheit geerbt hatte. Er war eifersüchtig darauf, dass der Junge die Drachen so liebte, und verbot ihm deshalb, Drachenesisch zu sprechen. Aber Hicks der Hartnäckige vom Hauenstein der Zweite befolgte das Verbot natürlich nicht. Er war sehr wild, ständig kämpfte er mit allen, rebellierte gegen seinen Vater. Außerdem brach er bei jeder Gelegenheit in die Bücherei ein ... und mindestens drei Mal befreite er sämtliche Sklaven seines Vaters. Aber natürlich, am ENDE ...«

»Was ... was geschah am Ende?«, fragte Hicks atemlos.

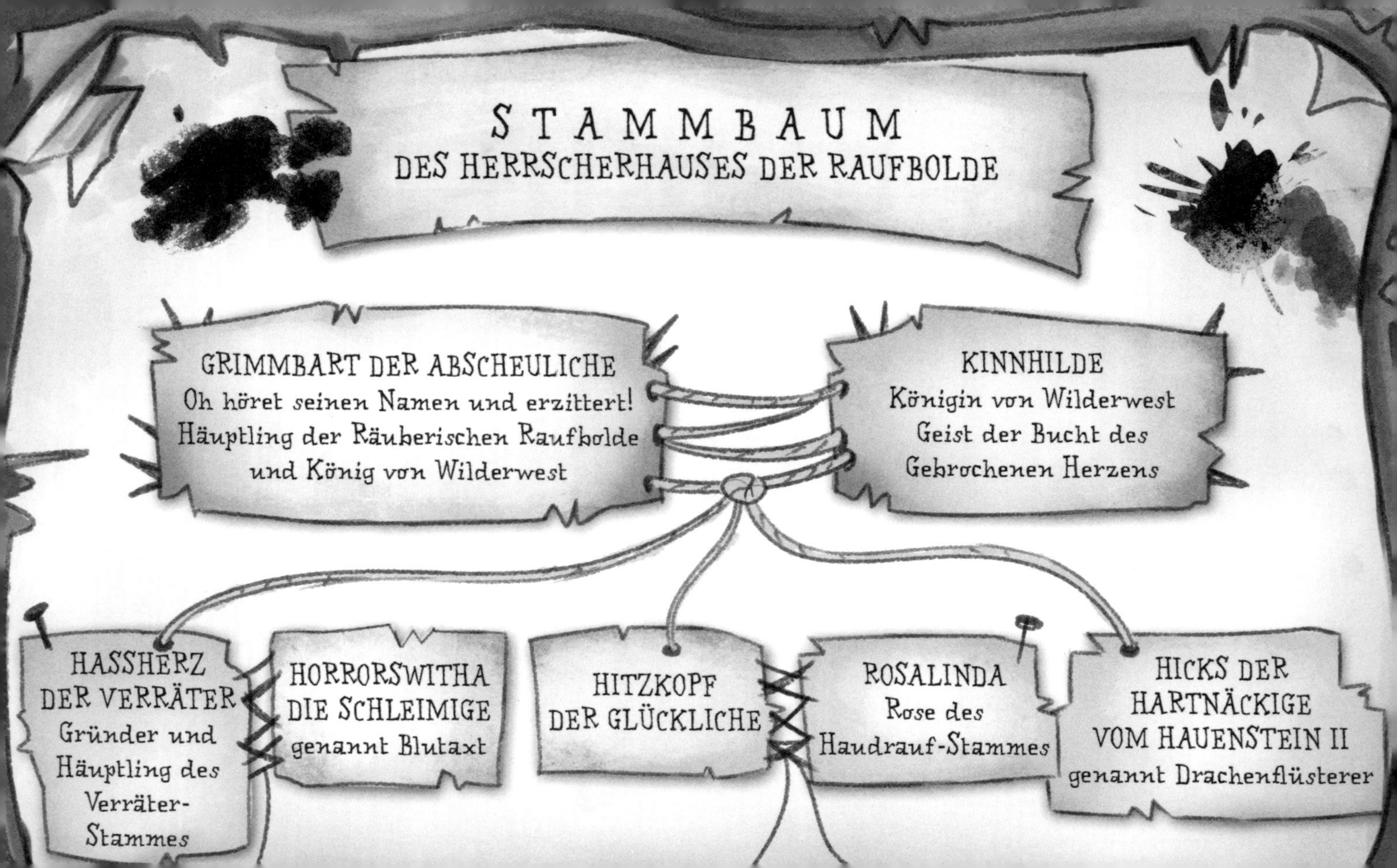
STAMMBAUM
DES HERRSCHERHAUSES DER RAUFBOLDE
GRIMMBART DER ABSCHEULICHE
Oh höret seinen Namen und erzittert!
Häuptling der Räuberischen Raufbolde
und König von Wilderwest
KINNHILDE
Königin von Wilderwest
Geist der Bucht des
Gebrochenen Herzens
HASSHERZ
DER VERRÄTER
Gründer und
Häuptling des
Verräter-
Stammes
HORRORSWITHA
DIE SCHLEIMIGE
genannt Blutaxt
HITZKOPF
DER GLÜCKLICHE
ROSALINDA
Rose des
Haudrauf-Stammes
HICKS DER
HARTNÄCKIGE
VOM HAUENSTEIN II
genannt Drachenflüsterer

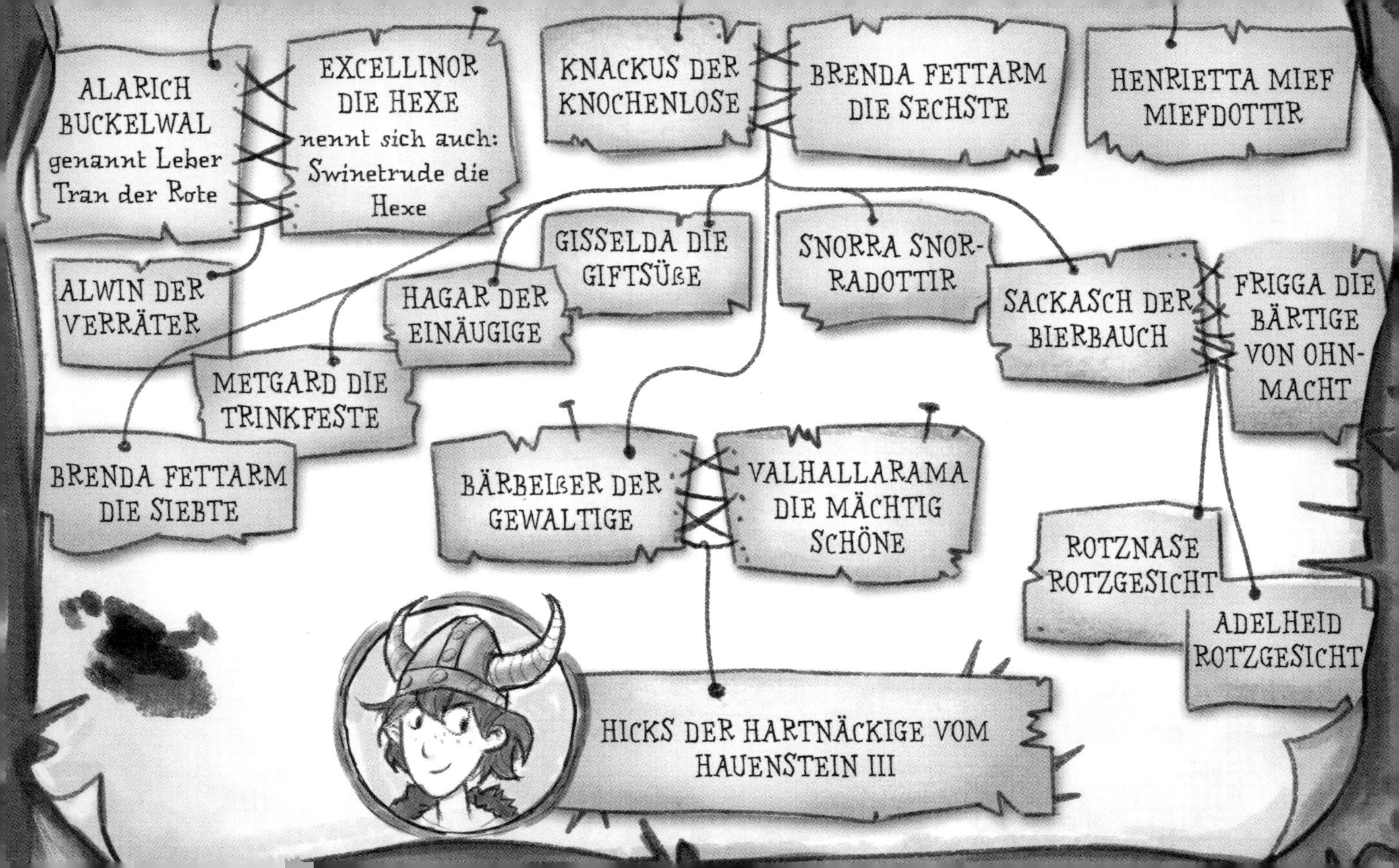
ALARICH BUCKELWAL genannt Leber Tran der Rote
EXCELLINOR DIE HEXE nennt sich auch: Swinetrude die Hexe
KNACKUS DER KNOCHENLOSE
BRENDA FETTARM DIE SECHSTE
HENRIETTA MIEF MIEFDOTTIR
ALWIN DER VERRÄTER
GISSELDA DIE GIFTSÜßE
HAGAR DER EINÄUGIGE
SNORRA SNORRADOTTIR
SACKASCH DER BIERBAUCH
FRIGGA DIE BÄRTIGE VON OHNMACHT
METGARD DIE TRINKFESTE
BRENDA FETTARM DIE SIEBTE
BÄRBEIßER DER GEWALTIGE
VALHALLARAMA DIE MÄCHTIG SCHÖNE
ROTZNASE ROTZGESICHT
ADELHEID ROTZGESICHT
HICKS DER HARTNÄCKIGE VOM HAUENSTEIN III

»Eine Tragödie«, flüsterte die Alte triumphierend in der Dunkelheit. »Wie sollte denn von einem Jungen Gutes kommen, der Drachen mehr liebte als seine Mitmenschen, als sein eigenes Fleisch und Blut? Hicks der Hartnäckige vom Hauenstein der Zweite glaubte leidenschaftlich, dass Drachen von den Menschen nicht versklavt werden dürften. Und deshalb … deshalb organisierte der dumme Junge die Große Drachendemonstration. Die Demonstration sollte völlig friedlich verlaufen und Hicks' Drachenbruder Wildwut sollte sie anführen, mit dem zusammen er in der Höhle aufgewachsen war und der nun zu einem buchstäblich gigantischen Verbündeten geworden war.

Hicks der Zweite wusste, dass er nicht einfach auf Grimmbarts weiches Herz vertrauen konnte, denn Grimmbart hatte kein weiches Herz. Grimmbart konnte man nur beeindrucken, wenn man STÄRKE und nichts als Stärke zeigte. Deshalb war Hicks auf die Idee gekommen, dass Zigtausende Drachen sich versammeln könnten, um ihre Stärke und Solidarität zu beweisen und gemeinsam ihre Freiheit zu fordern. Die Demonstration sollte absolut friedlich verlaufen; Hicks hatte nicht die Absicht, seinem Vater irgendetwas anzutun – dafür war er zu weich und gutherzig«, sagte die Hexe verächtlich. »Für so einen Helden hielt er sich …

Aber sein Bruder Hassherz erfuhr von der Demonstration. Eifersüchtig hatte er beobachtet, wie sehr sein

Vater den wiedergefundenen Sohn Hicks liebte. Was das Fass zum Überlaufen brachte, war ein kostbares Bernsteinamulett*, das Grimmbart Hicks dem Zweiten schenkte. Hassherz erzählte Grimmbart heimlich, dass Hicks gegen seinen Vater rebellieren wolle und dass er mit einer Drachenarmee anrücken würde, um Grimmbart zu töten.«

»Was für ein Lügner!«, rief Hicks entrüstet.

»Ja, war das nicht ausgesprochen clever von Hassherz?«, sagte die Hexe und Hicks hörte an ihrer Stimme, dass sie breit grinste. »Die Drachen versammelten sich, während Grimmbart und sein Sohn Hicks der Hartnäckige vom Hauenstein der Zweite beim Schachspiel saßen. Aber Grimmbart der Abscheuliche hatte seinen Kriegern befohlen, auf jeden Drachen zu schießen, den sie zu sehen bekamen … und so wurde aus der friedlichen Demonstration eine blutige Schlacht.

Grimmbart war außer sich vor Wut, dass sein eigener Sohn ihn verraten hatte, riss sein Schwert, die Sturmklinge, aus der Scheide und … *rammte es Hicks dem Zweiten mitten in die Brust!!!*«

»NEIN!«, schrie Hicks der Dritte auf, außer sich vor Entsetzen, schnappte nach Luft und hielt sich die Ohren zu.

»Doch!«, sagte die Hexe mit grimmiger Befriedigung. »Als Hicks der Hartnäckige vom Hauenstein der Zweite im Sterben lag, schaute er seinem Vater direkt in die

---

* Ein Amulett ist ein Anhänger, der Glück bringen soll.

Augen. ›Ein Sterbender lügt nicht, Vater‹, sagte er. ›Der Große Gott Thor weiß, dass wir nicht immer ehrlich zueinander waren, aber ich schwöre bei meiner Heldenehre, dass ich dir nichts antun und dir nicht die Krone nehmen wollte. Die Drachen kamen in friedlicher Absicht und wollten keinen Krieg …‹

Und in diesem Moment schwang sich der mächtige Drache Wildwut aus den Lüften herab und wollte sich auf Grimmbart stürzen, um sich für Hicks zu rächen. Aber Hicks streckte ihm abwehrend die Hand entgegen. ›Töte ihn nicht, Wildwut!‹, rief er. ›Versprich mir, ihm nichts zu tun! Ich will nicht mit dem Blut meines Vaters an den Händen sterben!‹

Und Wildwut zähmte seine Wut und schluckte sein Feuer hinunter. Grimmbart blickte seinem Sohn in die Augen und sah, dass er die Wahrheit sagte. Voller Entsetzen ließ er die Sturmklinge fallen und versuchte mit seinen eigenen braunen Kriegerhänden verzweifelt, den Blutstrom zu stoppen, der aus Hicks' Wunde quoll.

Aber selbst seine mächtigen Hände waren zu klein, um die Wunde verschließen zu können, die sein Schwert in die Brust seines Sohnes gerissen hatte.

Die Zeit schlich dahin; niemand konnte sie zurückdrehen, nicht einmal ein so großer König wie Grimmbart der Abscheuliche.

Das war das zweite Mal, dass Grimmbart versuchte, seinen Sohn Hicks zu töten.

Und dieses Mal gelang es ihm.

Hicks der Hartnäckige vom Hauenstein der Zweite starb in den Armen seines Vaters.

Und Grimmbart der Abscheuliche hielt den stillen Leichnam seines Sohnes in den Armen, blickte auf zum Himmel und weinte und wehklagte.

Zu spät … zu spät …

Und Wildwut schwang sich erneut herab, riss Grimmbart den Leichnam aus den Händen und flog mit ihm nach Osten.

Aus der friedlichen Freiheitsdemonstration der Drachen war eine blutige Schlacht geworden.

Grimmbarts Truppen wurden von zwei Seiten angegriffen: von den Drachen, die mit ihrem Feueratem gegen sie vorrückten, und von den Truppen seines Sohnes Hassherz, der das Chaos ausnutzen wollte, um ihm Krone und Thron zu entreißen. Und Hassherz erhielt Unterstützung, denn die Krieger des Königs der Hassschläger rückten vom Festland an und stellten sich auf seine Seite.

Doch trotz seiner verzweifelten Lage war Grimmbart ein gewaltiger Kämpfer. Die Drachen waren geschwächt, weil ihr Anführer Wildwut in einen benommenen Trauerzustand verfiel. Als der Abend anbrach, hatte Grimmbart gesiegt – über die Drachen, über Hassherz und über den König des Festlands –, aber er musste teuer dafür bezahlen. Seine Hauptstadt war nur noch eine flammende

Ruinenlandschaft und Tausende Krieger und Drachen lagen tot auf dem Schlachtfeld.

Grimmbart war von Schmerzen und Trauer überwältigt und so wütend, dass er seinen eigenen Thron, den Thron des Königs von Wilderwest, mit einem Fluch belegte und in den Ozean warf. Mit eigenen Händen steckte er die letzten Überreste seiner stolzen Stadt in Brand. Er vergrub seine Krone und die Sturmklinge. Er verfluchte seinen riesigen Schatz und verbarg ihn in den tiefsten Höhlen, die er finden konnte.*

Die Überlebenden seines Stammes schickte Grimmbart unter Führung seines zweiten Sohnes Hitzkopf auf die kleine Insel Wattnbengel, wo Hitzkopf über den winzigen Rest von Grimmbarts Königreich herrschte.

Grimmbarts letzte Handlung als König war es, seinen Verrätersohn Hassherz ins Land der Verbannten zu verstoßen.

Dann bestieg Grimmbart der Abscheuliche sein Schiff, die *Endlose Reise,* hisste die blutroten Segel, segelte nach Westen und wurde nie mehr gesehen.

Und das war das Ende des Letzten Königs von Wilderwest. Sein Reich zerfiel; der Archipel spaltete sich wieder in hundert Stämme auf, die alle gegeneinander Krieg führten. Die Hassschläger nutzten die günstige Gelegenheit und rissen einen großen Teil des Königreichs an

---

* In »Drachenzähmen leicht gemacht. Wilde Piraten voraus!« kannst du nachlesen, ob es Hicks gelang, Grimmbarts Schatz zu finden.

sich, der sich viele, viele Meilen nach Osten erstreckte. Und so ist es bis auf den heutigen Tag geblieben.«

Stille Tränen rollten über Hicks' Wangen. »Das … das ist furchtbar …«, brachte er mühsam hervor. »Und Hicks der Hartnäckige vom Hauenstein der Zweite ist tatsächlich gestorben …? Er ist nicht in letzter Sekunde wieder aufgewacht? Das ist eine so traurige Geschichte …«

»Es ist nicht nur irgendeine Geschichte oder Sage – es ist die Geschichte der Wikinger. Natürlich ist sie tragisch – sie ist schließlich kein Märchen, sondern hat sich wirklich zugetragen. Aber den *geheimsten* Teil der Geschichte habe ich dir noch gar nicht erzählt …«

Die Stimme der Hexe sank zu einem Flüstern hinab, obwohl hier unten im tiefsten Kerker einer Baumhöhle mitten im Urwald niemand lauschen konnte.

»Was ist das geheimste Geheimnis der Geschichte? Es ist eine Prophezeiung. Eine Prophezeiung, dass ein neuer König kommen wird … der Neue König von Wilderwest … ein König, der alle Stämme des Archipels wieder vereinigen wird, der uns wieder groß machen wird … und der ruhmvoll und MÄCHTIG über ALLE herrschen wird!«

Die Hexe kicherte krächzend. »Hi hi … Nur ich kenne diese Prophezeiung. Und natürlich will UG Ugglitugg der Hassschläger auf jeden Fall verhindern, dass es einen neuen König von Wilderwest gibt. Er wäre doch blöd, wenn er das zulassen würde! Ein neuer König von Wilderwest könnte die Ländereien zurückerobern, die die Hassschläger vor langer, langer Zeit gestohlen hatten …«

Hicks schluckte heftig.

»Die Prophezeiung wurde von Grimmbart dem Abscheulichen höchstpersönlich niedergeschrieben, kurz bevor er zu seiner letzten Reise aufbrach. Der erste Vers geht so:

Nur der Neue König darf besteigen den Thron,
Nur mein Erbe kann beenden den Fluch,
Nur wenn er hält mein zweitbestes Schwert,
Nur wenn er trägt das Zeichen des Glücks …

Die Hexe hielt inne. »Und den Rest kenne nur ich.«

Hicks fühlte sich miserabel; ihm war von dieser Geschichte richtig schlecht geworden.

»Ich sage dir, wer der Neue König sein wird, wenn du willst«, flüsterte die Hexe.

Hicks schluckte noch heftiger.

»Alwin der Verräter«, flüsterte die Hexe triumphierend in der Finsternis.

»NEIN!«, stöhnte Hicks entsetzt auf. »NEIN! NEIN! NEIN!«

»Doch, doch, doch!«, zischte die Hexe befriedigt. »Denn Alwin ist der direkte Nachkomme von Hassherz, dem Ersten in der Linie der Verräter. Und ich bin überzeugt, dass sich die Prophezeiung auf *ihn* bezieht.«

Hicks versuchte, so lässig wie möglich zu klingen, als er fragte: »Aber was ist mit den *anderen* Erben Grimmbarts? Könnte sich die Prophezeiung nicht auf einen von IHNEN beziehen?«

Die Hexe machte ein Geräusch, das wie verächtliches Ausspucken klang. »Oh nein, von *denen* kann es nun wirklich keiner sein … Die Prophezeiung erwähnt nämlich jemanden, der *clever* ist, während die anderen Erben *allesamt* Idioten sind … stark, aber strohdumm. Denn nach dem Runenstein des Schicksals ist der letzte Erbe ein Dummkopf namens Bärbeißer der Gewaltige, der Grimmhilda die Dämliche heiratete und mit ihr drei beruhigend dumme Kinder hat.«

»Aber … das stimmt doch gar nicht … Wenn der Runenstein des Schicksals recht hat, dann hätte Bärbeißer Grimmhilda heiraten müssen – und gar nicht Valhallarama?«, quiekte Hicks voller Entsetzen.

»Valhallarama die Mächtig Schöne?«, kreischte die Stimme der Hexe, nun plötzlich ganz aufgeregt und fassungslos. »Er hat Valhallarama geheiratet? Nein, sie hätte ihn niemals heiraten dürfen! Denn Valhallarama war seit ihrer Geburt für die Heirat mit Torben dem Teufelskerl vorgesehen …« Die Stimme der Hexe schnitt schneidend durch die Dunkelheit. »Dann … dann hatte ich doch recht … Irgendetwas muss geschehen sein, das das Schicksal durcheinanderbrachte … Jemand hat sich EINGEMISCHT … Was ist da passiert?«, fauchte sie plötzlich Hicks an. »Irgendein dummer ZUFALL? Was war es? Was war es? WAS? Sag schon!«

Ihre Stimme zischte wie ein ganzes Nest von gereizten Giftschlangen.

»Nein, nein«, sagte Hicks schnell, »ich muss mich geirrt haben, *natürlich* ist Bärbeißer mit Grimmhilda der Dämlichen verheiratet …«*

Aber es war schon zu spät.

Die Geschichte hatte ihren Zweck erfüllt. Sie hatte Hicks so sehr in ihren Bann gezogen, dass er sich verraten hatte – wer er wirklich war.

»Jetzt rate ich mal!«, kreischte die Hexe schadenfroh. »Jetzt rate ich mal, wer du bist! DU«, zischte sie mit einer Stimme voller Spott, Verachtung und Triumph, »DU bist der dritte Hicks … Du bist der Junge-der-niemals-hätte-leben-dürfen … Du bist der, den das Schicksal mir schickt, damit ich dich hier in der Dunkelheit verschlinge … Du bist HICKS … DER HARTNÄCKIGE … VOM HAUENSTEIN … DER *DRITTE!*«

»Ja«, gab Hicks zu und begann, heftig zu zittern, »ja, stimmt schon, aber …«

»Ich hab gewonnen! ICH HAB GEWONNEN!«, kreischte die Hexe, völlig außer sich vor Begeisterung.

---

* Aber natürlich wusste Hicks ganz genau, dass Valhallarama und Torben der Teufelskerl nicht verheiratet waren. Stattdessen hatte sie Hicks' Vater, Bärbeißer den Gewaltigen, geheiratet. Und es war Alwin SELBST, der die Weissagung des Runensteins des Schicksals durcheinandergebracht hatte. Wenn du herausfinden willst, wie das geschehen konnte, musst du den fünften Teil von Hicks' Erinnerungen, »Drachenzähmen leicht gemacht. Brandgefährliche Feuerspeier«, lesen.

»Warte, warte!«, schrie Hicks, »ich darf auch einmal raten!«

»Ha!«, rief die Hexe sarkastisch. »Und was rätst du? Wer, glaubst du, bin ich?«

»Du«, antwortete Hicks der Hartnäckige vom Hauenstein der Dritte, während ihm innerhalb von einer Sekunde tausend Namen durch den Kopf rasten, »du bist …«, fuhr er zögernd fort.

Die Hexe seufzte übertrieben laut. »Ich waaaaarteeeeee!«, sang sie krächzend und voller Spott und Hohn.

»Du«, sagte Hicks der Hartnäckige vom Hauenstein der Dritte, als plötzlich in einem gloriosen Augenblick der Erleuchtung *ein* einziger Name ganz für sich allein aus seinen dahinfliegenden Gedanken auftauchte – Thor mochte wissen woher – und sich festsetzte. »Du … bist Alwins Mutter!«

Die Hexe kreischte wütend auf.

»STIMMT DOCH, ODER NICHT?«, brüllte Hicks in die Finsternis, die ihn vollständig einhüllte. »ODER NICHT?«

»Stimmt«, zischte die Hexe, aber jetzt war ihre Stimme nur noch ein sterbender, schwacher Lufthauch.

»UND? WAS MACHEN WIR JETZT?«, brüllte Hicks.

Schweigen.

»HALLO?«, rief Hicks, griff nach seinem Schwert und versuchte, in der Dunkelheit etwas zu erkennen. »WAS MACHEN WIR JETZT??? HAAALLOOO!!!«

Wieder Stille. Ein gruselig-kalter Schauder lief über

Hicks' Rücken. Er wusste, was sie beide, die Hexe und er, jetzt tun mussten.

Aber er war von völliger Schwärze umgeben. So schwarz, dass er genauso gut hätte blind sein können.

Und alle beide hatten das Recht, den anderen oder die andere zu töten.

Und während Hicks rein gar nichts sah, konnte die Hexe in der Dunkelheit sehen.

»Ich bin hier drüüübeeen …«, sang die Hexe spöttisch.

Hicks wirbelte herum.

Um Thors willen … Um Thors willen …

Hicks sprang mit vorgerecktem Schwert in die Richtung, aus der die Stimme gekommen war.

Die Hexe lachte gackernd. »Hiiiiiinter diiiiir!«, sang sie, jetzt von einer ganz anderen Stelle in der Baumhöhle, und wieder wirbelte Hicks herum und griff mit dem Schwert an …

… und stieß in nichts weiter als schwarze Luft.

Schließlich blieb er keuchend und schwitzend stehen. Er wusste, sie war hier irgendwo.

Aber wo?

Schweigen.

Hicks drehte sich rasch um, griff wieder an … und traf wieder nichts.

Sie war nahe … sie war sehr nahe, er konnte sie förmlich fühlen, so nahe war sie.

Und er konnte sie riechen, er war ziemlich sicher, weil

sie so stark stank, und spürte instinktiv, dass sie ganz nahe sein musste. Er heulte auf und schlug mit dem Schwert wild um sich, stieß in diese Richtung, dann wieder in eine andere Richtung vor und verlor schließlich völlig die Kontrolle über sich, als das Schwert nichts als dunkle Luft traf. Entsetzen kroch wie tausend schwarze Käfer über seine Kopfhaut … und dann, mit einem schwachen, rauchigen Niesen, wachte Zahnlos ENDLICH auf.

Seit Hicks in die Baumhöhle gesperrt worden war, hatte Zahnlos kein einziges Mal die Augen geöffnet.

Doch jetzt zuckten seine Augenlider plötzlich; er riss die Augen auf und das schwache Licht seiner Augenstrahlen drang durch die Finsternis …

… und enthüllte eine grausige, grinsende Gestalt. Die Hexe ragte direkt über Hicks auf, so nahe, dass sie ihn berühren konnte, und hatte das Schwert zum tödlichen Schlag hoch über den Kopf erhoben.

Eine Sekunde später und Hicks wäre tot gewesen.

Aber die Hexe hatte seit zwanzig Jahren kein Licht mehr gesehen.

Und das Licht der Augenstrahlen des kleinen Drachen blendete sie, als hätte sie Säure in die Augen bekommen.

Sie stieß einen grauenhaften Schrei aus, ließ das Schwert fallen und bedeckte ihr Gesicht mit beiden Händen, rieb sie, kratzte sie, nur um das Licht nicht mehr sehen zu müssen.

Halb wahnsinnig vor Angst blickte sich Hicks hektisch in der Zelle um und suchte nach einem Ausweg. Egal wie, nur raus und weg von hier.

Und zum ersten Mal in zwanzig Jahren fiel Licht auf die Haufen alter Stofflumpen, auf Berge von Flaschen, Messern, Spinnrädern, angenagte Knochen und eingeritzte Runen.

Und auf dem Boden, direkt vor Hicks' Füßen, lag die seltsame Sammlung der Metallgegenständen, die sich kurz zuvor noch im Magen von Zahnlos befunden hatte.

15. EIN GROSSES DANKESCHÖN AN DIE TOBSÜCHTIGEN

Die Hexe heulte und presste die geblendeten Augen zu. Hicks bückte sich blitzschnell und nahm den Schlüssel vom Boden. »Lass die Augen offen, Zahnlos!«, schrie er seinem Drachen zu und rannte zur Leiter.

Aber natürlich konnte es auch irgendein alter Schlüssel sein. Zum Beispiel für Bärbeißers Waffenschrank. Oder für den Drachenstall. Oder für die Große Truhe unter Bärbeißers Bett, in der er sein Schwert und andere wertvolle Gegenstände aufbewahrte.

Aber in diesem Augenblick war Hicks eingefallen, wo sich Zahnlos befunden hatte, als er diesen alten Schlüssel verschluckt hatte.

Nämlich in der Großen Halle von Norbert der Hohlnuss.*

Die Tobsüchtigen waren die verträumtesten Träumer und genialsten Erfinder im ganzen Barbaren-Archipel.

Wenn ich mir ein großes Gefängnis auf der Berserker-Insel bauen wollte, dachte Hicks, *wen würde ich da wohl als Baumeister anheuern?*

Ganz genau – einen Tobsüchtigen und niemand anders.

---

* Das kannst du in »Drachenzähmen leicht gemacht. Mörderische Drachenflüche« nachlesen.

Und deshalb griff Hicks nach dem Schlüssel und kletterte in Windeseile die halb durchgerissenen Sprossen der alten, zerschlissenen Strickleiter hinauf. Auf seiner Schulter lag der zitternde, schwache, schläfrige Zahnlos, der unablässig wimmerte. Und die geblendete Hexe heulte auf wie eine Sirene und kletterte hinterher.

Aus lauter Angst plapperte Hicks ständig vor sich hin und erreichte schließlich die oberste Sprosse. Mit bebenden Händen zog er den Schlüssel vom Magischen Stein ab.

Die Hexe war jetzt dicht hinter ihm und verfluchte ihn mit schriller Stimme.

Hicks schob den Schlüssel in das Schlüsselloch der Gittertür.

Knochige Hände packten Hicks' Knöchel. Der Schlüssel drehte sich. Die Tür schwang auf.

Und der Vollmond schien der Hexe direkt ins Gesicht.

Wieder kreischte sie auf und krümmte sich vor diesem großartigen Licht zusammen wie ein Fetzen Papier. Mit einem kräftigen Kick schüttelte Hicks die Hexe ab, die in die Dunkelheit zurückstürzte, und stieg rasch die letzten Sprossen hinauf. Mit aller Kraft stieß er die schwere Eisentür an, die mit lautem *BÄNG! KRACH!* ins Schloss fiel und DIE HEXE EINSPERRTE.

Hicks stemmte sich mit dem Rücken gegen die Tür, um ganz sicherzugehen, dass sie wirklich fest zu war. Und dann stand er eine Weile da, keuchend, mit ausgebreiteten Armen und Beinen an die Tür gepresst wie ein toter Seestern, und schnappte nach Luft, nach der wunderbaren, süßen Luft einer Mondnacht.

Danke Thor, danke.

Er lauschte in die Baumhöhle, aber kein Laut war von dort unten zu hören.

Absolute, totale Stille.

Bestimmt war die Hexe tot.

Alwins Mutter …

Hicks hatte noch gar nicht richtig begriffen, was eigentlich gerade passiert war.

Aber was er gehört hatte, erklärte alles.

Jetzt fiel ihm wieder ein, was ihm sein Großvater Alt Faltl einmal erklärt hatte: Je heldenhafter ein Held war, desto größer waren die Hindernisse, die er überwinden musste. Wie hatte Alt Faltl das genannt? Richtig: »Held sein ist schwerer, als man denkt: Dem wahren Helden wird nichts geschenkt.«

Das hatte Hicks ihm damals nicht geglaubt.

Aber jetzt wusste er, wer er war. Und inzwischen war ihm auch klar geworden, dass die Prophezeiung über den Neuen König von Wilderwest vielleicht sogar ihm galt, ihm, dem kleinen, mageren, schmächtigen Hicks, dem Hänfling des Raufbold-Stammes.

Aber das war einfach zu viel für ihn.

Er wollte die ganze Sache so schnell wie möglich vergessen.

Weil die Hexe jetzt tot war, wusste außer ihm selbst niemand von der Prophezeiung. Und er hatte nicht vor, irgendjemandem davon zu erzählen.

Einen Moment lang gönnte er sich den Triumph, die Hexe besiegt zu haben. Bis ihm einfiel, dass Kamikazzi immer noch irgendwo in diesem Wald gefangen war.

Wie sollte er sie nur finden?

Und dann erinnerte ihn ein heftiges, schnelles Pochen seines Herzens daran, dass Fischbein und Torben der Teufelskerl schon bald in Körbe gesteckt und während einer grauenhaften Menschenopferzeremonie dem Biest zum Fraß vorgeworfen werden sollten …

Da schob sich Zahnlos unter Hicks' Wams hervor, gähnte ausgiebig und züngelte mit seiner kleinen gespaltenen Zunge. Endlich war er wieder wach, hatte aber keine Ahnung, welches Drama sich gerade abgespielt hatte.

»Oooh«, seufzte Zahnlos glücklich, »nach dem kleinen Ni-ni-nickerchen fühlt sich Zahnlos viiiel besser.« Er streckte sich genussvoll. »Z-z-zahnlos sogar hu-hu-hungrig! Also. Was machen wir jetzt? Erst mal fre-fressen?«

Hicks' Angst während des Kampfes mit der Hexe hatte wieder unzählige Todesängstiger angelockt, die nun um ihn herumflatterten. »Wir wissen, dass du Aaaaangst hast …«, sangen sie mit ihren Flüsterstimmchen. »Uns kannst du nicht täuschen …«

Zahnlos schob sich weiter hoch, sodass er mit Hicks auf Augenhöhe war. Dann stützte er die beiden Vorderpfötchen auf Hicks' Schultern, der immer noch mit ausgebreiteten Armen und Beinen an der Eisentür lehnte, und schaute ihn ernst an.

»W-w-wo sind wir?«, fragte Zahnlos mit großem Interesse. »Z-z-zahnlos glaubt, das hier ist nicht guter Platz für gemütliches Fressen. Bisschen u-u-unheimlich«, vertraute er Hicks an. »Fä-fä-fällt dir da-da-das nicht auf?«

Hicks musste unwillkürlich lachen, aber es klang ziemlich hysterisch. »Doch, doch, Zahnlos, jetzt, wo du es sagst, fällt es mir auch auf. Ein bisschen unheimlich.«

»So-so-sollten wir nicht lieber nach Hause gehen?«, schlug Zahnlos vor.

»Ja, das sollten wir. Wir gehen nach Hause. Aber vorher müssen wir noch die anderen befreien.«

Hicks stieß noch einmal heftig gegen die Eisentür, als könne er damit alles, was er dort unten in der Baumhöhle erfahren hatte, für alle Zeiten einsperren, zusammen mit der Hexe, sodass es NIE MEHR herauskommen würde.

Dann steckte er sein Schwert in die Scheide und rannte los, über eine schwankende Seilbrücke nach der anderen, und Zahnlos flatterte hinter ihm her und quiekte aufgeregt: »Die anderen? We-we-welche anderen? Kann doch u-u-uns egal sein – uns geht's gut ...« (Drachen sind manchmal sehr egoistisch) – bis er zufällig seinen Bauch zu sehen bekam. »Iiiiieeeehhhh! Uns g-g-geht's nicht gut! Zahnlos ist verletzt!«, quiekte er entsetzt.

»Alles in Ordnung bei dir, Zahnlos, jetzt jedenfalls«, beruhigte ihn Hicks. »Das ist nur die Naht, wo dich die Hexe im Baum aufgeschnitten hat ...«

»EINE HEXE IN EINEM BAUM HAT Z-Z-ZAHNLOS AUFGESCHNITTEN???«, schrie Zahnlos und riss die Augen auf. »Wa-wa-warum hast du sie daran nicht gehindert? Du sollst dich doch um Z-z-zahnlos kümmern!«

»Weil ... weil ... Zahnlos, das ist eine ganz arg lange Geschichte. Ich erkläre sie dir später ...«

»Kamikaaazziii!!! Kamikaaazziii!!!«, schrie Hicks in den Wald hinein, so laut er zu schreien wagte. »Kamikaaazziii?« Aber der Wald gab keine Antwort.

Nachdem er eine Weile gerufen hatte: »Hat keinen Zweck«, erklärte er Zahnlos, während er sich ein wenig ausruhte, weil er vom Schreien Seitenstechen bekommen hatte. »Hier im Wald gibt es bestimmt Tausende und Abertausende Bäume und diese unheimlichen Bäume sehen alle genau gleich aus!«

Und wir haben uns verirrt, dachte Hicks für sich.

Zahnlos gab keine Antwort.

Er hockte auf einer der Planken der Seilbrücke und war viel zu sehr damit beschäftigt, etwas zu fressen.

Wie findet man jemand, der in einem Baum gefangen ist, welcher genauso aussieht wie alle anderen 35672 Bäume in diesem Wald?

»Wie sollen wir sie hier jemals finden?«, fragte Hicks mit wachsender Verzweiflung. »Das ist, als würde man am Strand nach einer ganz bestimmten Sorte von Plankton suchen! Ich habe allmählich das furchtbare Gefühl, dass es jetzt so weit ist. Das ist das Abenteuer, bei dem mich das Glück endgültig verlässt ... Zahnlos! Was frisst du denn da?«, schimpfte Hicks. »Ich kann's nicht fassen, dass du deine Lektion immer noch nicht gelernt hast! IST DAS ÜBERHAUPT ESSBAR?«

»Schmeckt p-p-prima!«, schmollte Zahnlos beleidigt. »Meister ist ga-ga-ganz gemein mit armem Zahnlos! Schau! Ist nicht aus Metall! Ist nur eine Stra-stra-strandschnecke!«

Zahnlos hielt das Tier hoch, an dem er gerade herumgenagt hatte. Es war tatsächlich eine Strandschnecke, für jeden Jagddrachen ein Leckerbissen. Sie bohrten ihre langen Krallen in die Schalen, pulten die kleinen Schnecken heraus und fraßen sie lebendig wie kleine, schleimige Bonbons, die sich krümmten und wanden, wenn sie gefressen wurden.

Eklig, aber wahr.

Hicks nahm Zahnlos das leere Schneckenhaus aus der Pfote und betrachtete es verwundert.

»Eine ... Strandschnecke?«, sagte er nachdenklich. Strandschnecken lebten normalerweise am Meer und nicht in zweihundertfünfzig Fuß hohen Baumwipfeln.

»Was hat eine Strandschnecke hier oben zu suchen?«

»Da *sind* ga-ga-ganz arg viele!«, sagte Zahnlos aufgeregt und deutete mit dem Flügel auf die halb verrotteten Planken der Seilbrücke.

Und er hatte recht.

Hicks wäre es nicht aufgefallen, er war viel zu sehr damit beschäftigt gewesen, in die Baumwipfel hinaufzuschauen und nach Kamikazzi zu rufen. Aber Zahnlos hatte die Schnecken mit seinen kleinen scharfen Drachenaugen sofort entdeckt.

Es war eine ganze Reihe von winzigen Strandschnecken, deren braune Schalen in unregelmäßigen Abständen auf den Planken der Seilbrücke im Mondlicht glitzerten.

Und so, wie sie immer wieder auf den Planken zu sehen waren, bildeten sie … eine Art *Spur,* die irgendwohin führte …

Während Hicks die Spur betrachtete, kam ihm ein altes Märchen in den Sinn, in dem ein Junge von einer Hexe durch eine Spur aus kleinen weißen Kieselsteinen in einen Wald gelockt wurde, aus dem er dann nicht mehr herausfinden konnte.

Kamikazzi hatte immer einen Beutel mit Strandschnecken bei sich – als kleine Leckerbissen für ihren Drachen Sturmfliege.

Konnte es sein, dass Kamikazzi die Strandschnecken

immer wieder hatte fallen lassen, als man sie in ihren Kerker brachte, damit ihre Retter sie leichter finden konnten?

Kamikazzi war eine ziemlich einfallsreiche Person; genau wie Hicks fand sie immer für alles eine Lösung. Das wäre genau der Einfall, auf den sie in so einer Situation kommen würde …

Hicks wurde immer aufgeregter. Rasch folgte er der Spur über die schwankenden, krummen Seilbrücken, die sich wie ein wirres Labyrinth durch das Blätterdach des Waldes wanden. Manchmal verlor er die Spur für eine Weile – aber dann fand er immer wieder eine weitere Strandschnecke, sogar dann, wenn der Abstand zwischen den Schnecken ziemlich groß war.

Zahnlos hielt die ganze Suche natürlich für ein tolles Spiel. »Nicht auffressen!«, warnte ihn Hicks streng. »Wir brauchen sie noch, ohne die Schneckenspur finden wir den Rückweg zum Berserkerdorf nicht mehr!«

Bis dann irgendwann die Spur endete – vor einem Baum, der viel kleiner war als der, in dem Hicks und Alwins Mutter gefangen gewesen waren.

Hicks stockte der Atem, als er mit zitternden Händen das dichte Gewirr von Efeuranken beiseiteschob, das den Baumstamm völlig bedeckte.

Und da war sie, die Tür, ein Eisengitter, das in den Baumstamm eingelassen war.

Hicks nahm seinen Schlüssel heraus und schickte ein Stoßgebet zu Thor im Himmelberg Asgard hinauf, dass es der richtige Schlüssel war.

Er steckte ihn in das Schloss und drehte ihn um ... und wie er gehofft hatte, funktionierte der Schlüssel – denn er war ein *Schlüssel für alle Schlösser,* es war der *Schlüssel-aller-Schlüssel*, eine der wunderbarsten Erfindungen der Tobsüchtigen.

Hicks schickte dem Tobsüchtigen-Stamm im Stillen ein riesiges DANKESCHÖN. Die Tobsüchtigen waren samt und sonders so verrückt wie Makrelen in Kichererbsensoße und außerdem brutal und gefährlich, aber als Erfinder waren sie absolut unschlagbar.* Es machte sehr laut KLICK! – und die Eisengittertür schwang quiiietschend auf.

Hinter der Tür war eine Falltür im Boden eingelassen, die Hicks anhob. Er beugte sich in die schwarze Öffnung, die wie ein Brunnenschacht aussah, und rief hinunter: »KAMIKAZZI? KAMIKAZZI? KAMIKAZZI?«

Kurze Zeit herrschte Stille. Vielleicht war sie doch nicht dort unten, vielleicht hatte er sich getäuscht, vielleicht war er zu spät gekommen ...

Aber dann scholl plötzlich ein FREUDENSCHREI von tief unten herauf und echote durch den ganzen hohlen Baum.

---

* Was sie so alles erfanden, kannst du im 7. Band von Hicks Erinnerungen, »Drachenzähmen leicht gemacht. Im Auge des Drachensturms«, nachlesen.

Es war ein Freudenschrei, aber er klang so frech, dass er nur von einer Person auf der Welt kommen konnte …

Und tatsächlich tauchte eine Minute später ein unglaublich wirrer Haarschopf aus der Falltüröffnung auf, darunter ein wildes kleines Gesicht.

»Hicks der Hartnäckige vom Hauenstein der Dritte«, sagte Kamikazzi grinsend, »wird ja auch langsam Zeit …« Aber ohne jeden Zweifel war sie sehr erleichtert, ihn zu sehen.

»Kamikazzi«, entgegnete Hicks mit ebenso breitem Grinsen.

»Muss zugeben«, sagte Kamikazzi, wobei sie so tat, als sei es ihr eigentlich ziemlich gleichgültig, ob er sie gefunden hatte oder nicht, sprang aus der Baumhöhle und wischte sich die Kleider sauber. »Bin ZIEMLICH froh, dich zu sehen.« (Für Kamikazzi war das ungefähr dasselbe wie eine riesige, tränenreiche Wiedersehensumarmung.) »Ich bin schon von so ziemlich jeder Insel im Archipel geflohen, aber in DIESEM Gefängnis hab ich die Schlösser nicht knacken können, kein einziger von meinen Schlüsseln funktionierte, nirgendwo konnte ich einen Fluchttunnel graben und es war so DUNKEL, dass ich irgendwann fast die Hoffnung verloren hätte ... Aber natürlich hatte ich *keine Sekunde lang Angst!«,* fügte sie sofort aggressiv hinzu.

»Nein, nein, natürlich nicht«, sagte Hicks schnell.

»Aber trotzdem, es war irgendwie ziemlich ...« Kamikazzi versagte die Stimme und sie schauderte unwillkürlich.

Glücklicherweise gehörte Kamikazzi nicht zu den Mädchen, die sich leicht unterkriegen ließen. Sie war eher wie ein Gummiball, der immer wieder hochsprang und jedes Mal die richtige runde Form annahm, selbst wenn man ihn eine Weile zusammenquetschte. Nach zwei oder drei Minuten war sie wieder ganz die alte, freche, tollkühne Kamikazzi.

»Was ich eigentlich sagen wollte ... ich hätte natürlich nicht mehr lange gebraucht, um mich selbst zu befreien

… trotzdem: ganz ordentliche Leistung … für einen Jungen, meine ich, und noch dazu für einen Raufbold-Jungen … was ich wirklich sagen will, ist, äh … na ja, äh, danke«, sagte Kamikazzi.

»Kein Problem«, sagte Hicks lächelnd. »War mir ein Vergnügen.«

»Schluss mit der Gefühlsduselei!«, rief Kamikazzi und riss ihr Schwert aus der Scheide. »Jetzt hole ich mir UG, diesen Kotzbrocken. DER hat mich nämlich gefangen genommen und mich hier eingesperrt. Und er hat mir meine Sturmfliege geklaut und sie in seine Hassschläger-Burg verschleppt!«

»Ja – UG nutzt wahrscheinlich die Berserker aus, damit sie seine Feinde aus der Welt schaffen und er sich nicht selbst die Hände schmutzig machen muss«, sagte Hicks. »Aber zuerst müssen wir ganz dringend ins

Berserkerdorf zurück. Fischbein steckt ein bisschen in Schwierigkeiten …«

»Passt super«, meinte Kamikazzi tatendurstig. »Ein kleiner Umweg macht mir nichts aus, bin sowieso in bester Berserker-Blutvergießer-Laune, kann ich dir nur flüstern … diese kettenrasselnden mondanheulenden KIDNAPPER haben Gehirne so löchrig wie ein helvetischer Käse! Den Tag werden sie auf ewige Zeiten bereuen, an dem sie den flinken Fingern und hurtigen Füßen einer SUMPFDIEBIN Ketten anlegten, sag ich dir!«

»Na ja, oookaaay«, sagte Hicks, dann wandte er sich um und rannte die Seilbrücken entlang in Richtung des Berserkerdorfs. »Ich verstehe ja, dass du ihnen ein bisschen böse bist, aber vergiss nicht, dass wir nur zu zweit sind, und sie sind … wie viele …? Zweitausend? Würde sagen, sie sind ein klein wenig in der Überzahl, meinst du nicht auch? Deshalb plane ich eigentlich eher, heimlich hineinzuschleichen, Fischbein und ein paar andere Leute zu befreien und still und leise zu verschwinden …«

»Zweitausend EX-Berserker!«, schrie Kamikazzi und runzelte blutrünstig die Stirn. »Ich werde sie nämlich ALLE töten! Ich fange mit dem größten und fettesten an und arbeite mich dann zum kleinsten hinunter!«

»Beruhige dich erst mal ein bisschen, Kamikazzi«, riet ihr Hicks. »Im Moment läuft doch alles super. Vor einer halben Stunde sah die Sache noch ziemlich verzweifelt aus, aber jetzt … Zahnlos ist wieder gesund, *ich* bin der Hexe entkommen, dann hab ich *dich* gefunden und jetzt fühle ich zum ersten Mal, dass sich mein Glück bei diesem Abenteuer gewendet hat. Lass dein Schwert erst mal stecken. Wir KLAUEN die Gefangenen ganz einfach, vielleicht kommen wir gerade noch rechtzeitig …«

»Kann ich nicht wenigstens *einen* töten?«, bettelte Kamikazzi, die unsäglich enttäuscht war. »Einen ganz kleinen Berserker? Komm schon, sei keine Spaßbremse! In meinem Kerker war es so FINSTER und die Berserker sind doch sowieso totale Vollpfosten!«

Und die beiden Freunde rannten weiter über die Seilbrücken, wobei sie der Spur der kleinen glänzenden Strandschnecken folgten, zurück zum Dorf der Berserker, das noch in tiefem Schlaf lag, und mit immer größerer Hoffnung (jedenfalls bei Hicks), dass dieses Abenteuer doch noch gut und glücklich und ohne Blutvergießen enden würde.

Hicks hätte darüber vielleicht anders gedacht, wenn er auf dem Rückweg kurz bei seinem eigenen Gefängnisbaum angehalten hätte, in dem die Hexe lag.

Denn es wäre WIRKLICH viel besser gewesen, wenn er die Gittertür nicht nur hinter sich zugeworfen – sondern sie auch wieder richtig *abgeschlossen* hätte.

Hatte er aber nicht. Wie konnte er so etwas nur vergessen?

Denn jetzt war unter der Falltür ein Kratzen und Scharren zu hören.

Das konnten natürlich auch Mäuse sein oder Ratten … oder aber die langen, scharfen Fingernägel einer Hexe.

Langsam, gaaanz langsam wurde die Falltür hochgeschoben.

Zwei Augen spähten heraus, schlossen sich aber sofort wieder, als das schmerzhaft grelle Mondlicht auf sie fiel.

Die Hexe war immer noch AM LEBEN.

16. DIE MITTEN-IN-DER-NACHT-ZEREMONIE

Hicks und Kamikazzi rannten auf der Strandschneckenspur durch das ganze Seilbrückenlabyrinth, so schnell sie es auf den morschen Planken wagen konnten. Währenddessen folgte ihnen Zahnlos sehr viel gemächlicher, weil er unterwegs sämtliche Strandschnecken auffraß.

Einmal gab es einen Augenblick, der ihnen einen gewaltigen Schrecken einjagte, als Hicks' Fuß durch eine morsche Planke krachte. Aber auch das ging gerade noch mal gut. Hicks hoffte inständig, dass sie nicht zu spät kommen würden, aber je näher sie dem Berserkerdorf kamen, desto unheilvoller wurde seine Stimmung. Die Zeremonie konnte jeden Augenblick beginnen.

Der Vollmond schien hell und klar, er strahlte fast vor Vorfreude auf das blutige Spektakel. Schon schnatterten die Baumdrachen aufgeregt miteinander und selbst die Bienen, die in den vergangenen Stunden in dicken Haufen schläfrig und still in den Bäumen gehangen hatten, summten nun in neu erwachtem Eifer und voller Aufregung, als ob sich schon sehr bald etwas Großartiges ereignen würde.

»Schnell! Schnell!«, rief Hicks Kamikazzi zu. »Wir könnten es gerade noch schaffen!«

Bestimmt würden sie das Dorf noch rechtzeitig erreichen? Jetzt, wo doch alles fast in Ordnung kommen konnte …

Aber als Hicks und Kamikazzi keuchend, außer Atem und völlig geschafft an der letzten Hängebrücke ankamen, die zum Baumwipfeldorf der Berserker hinüberführte, brach ringsum in den Bäumen plötzlich ein unglaublicher Lärm los.

»Wachet auf! Wachet auf! Es ist Mitten-in-der-Nacht! Mitten-in-der-Nacht!«

Und in dichten Schwärmen flatterten die Todesängstiger aus ihren Schlafbäumen hoch.

Wären Hicks und Kamikazzi nur fünf Minuten früher angekommen, hätten sie sämtliche Käfige öffnen und sich mit den Gefangenen leise und heimlich in der Dunkelheit davonschleichen können.

Aber für eine heimliche Befreiungsaktion gab es jetzt keine Gelegenheit mehr.

Hicks stürmte über die letzte Hängebrücke und schlitterte über die moosbewachsene Plattform zu den Käfigen hinüber. Torben der Teufelskerl, die anderen Verlobten und Fischbein waren schon hellwach.

Verlobter#1: »Schaut mal, das ist doch der letzte Verlobte! Spinnt der? Warum kommt er zurück?«

Verlobter#3: »Du läufst in die verkehrte Richtung, mein Junge! Die Kettentrottel wachen bald auf. Hau ab, solange du noch kannst!«

Verlobter#1: »Der Dritte hat recht! Mach dich vom Acker!«

Verlobter#3: »Genau! Vom Acker!«

Verlobter#9: »Ist auch meine Empfehlung!«

»Was machst du denn, Hicks? Dreh um, lauf, so schnell du kannst!«, brüllte Torben.

»Aber nicht, wenn du einen Plan hast?«, kam Fischbeins Stimme von irgendwo aus seinem Käfig, an dem die Todesängstiger in so dichten Trauben hingen, dass es aussah, als sei der Käfig mit einem wimmelnden hellgrauen Pelz bedeckt. »MÜSSTE ABER SCHON EIN ECHT, ECHT, ECHT GUTER PLAN SEIN …«

Hicks sah, dass in den Baumhäusern schon die ersten Fackeln entzündet wurden. Rufe wurden laut: »HE, DA OBEN! HOLLA!« Ketten rasselten, hier und dort schob sich ein Kopf oder ein Arm durch eine Tür.

Keine Zeit mehr, um auch nur einen einzigen Verlobten zu befreien.

»Kamikazzi! Lauf nach Hause, sofort!«, brüllte Hicks.

»Wie jetzt – spinnst du, oder wie? Dann verpasse ich doch die ganze Show! Und überhaupt: Wer bist du denn, dass du einer Sumpfdiebin Befehle geben willst, hä?«, schrie Kamikazzi rot vor Wut zurück. »Hau doch selber ab, du Wurstpisser!«

»Okay, okay, dann versteck dich wenigstens auf einem Baum!«, brüllte Hicks wütend.

»Wasmachstdudenn? Wasmachstdudenn?«,

quiekte Zahnlos außer sich vor Entsetzen. »Du ge-ge-gehst doch falschen Weg!«, jammerte er Hicks flehend hinterher, als dieser schnell IN seinen eigenen Käfig sprang und mit zitternden Fingern das Schloss mit dem Schlüssel-aller-Schlüssel abschloss. Währenddessen huschte Kamikazzi flink wie ein Hörnchendrache auf einen besonders hohen Baum und versteckte sich im dichten Laub.

Hicks warf ein paar Tierfelle über sich und machte sich daran, sich so fest wie möglich mit Ketten einzuwickeln. Zahnlos flatterte völlig fassungslos und verängstigt um seinen Kopf. »Du so-so-sollst doch fliehen! Da-da-das ist nicht fliehen! Fliehen ist aus Käfig weglaufen! Ni-ni-nicht HINEINlaufen!«

Es war buchstäblich in letzter Sekunde, denn inzwischen waren die Berserker aufgewacht, gähnten, furzten, rülpsten und streckten sich äußerst geräuschvoll und ein besonders bulliger, fetter Berserker, der vor lauter Ketten kaum noch laufen konnte, setzte ein mächtiges, drei Fuß langes Waldhorn mit unglaublich vielen spiralförmigen Stimmbögen an die wulstigen Lippen und gab einen schmetternden Ton von sich. Dann brüllte er:

»DIE MITTEN-IN-DER-NACHT-ZEREMONIE MÖGE BEGINNEN!«

Das Berserker-Baumwipfeldorf war rings um eine große Lichtung im Wald gebaut worden. Seilbrücken zogen sich in mehreren vollkommenen Kreisen um die Lichtung, sodass die Bäume, Brücken und Baumhäuser eine Art riesiges Amphitheater bildeten – und von dort oben konnten sich sämtliche Berserker die Zeremonie praktisch von Logenplätzen aus anschauen.

Aufgeregt miteinander schnatternd, versammelten sie sich zu Hunderten entlang der Seilbrücken.

»BEREITET DIE VERLOBTEN VOR!«, brüllte der Berserkerhäuptling und dann erschien – Schritt – Tapp – Schritt – Tapp – Schritt – Tapp – auch Alwin der Verräter und hinkte zu den Käfigen hinüber.

Zu diesem Zeitpunkt saß Hicks bereits erleichtert und aufrecht im Käfig, in Ketten eingewickelt wie eine Mumie aus Eisen.

»AAAAAAAAARGHHH!!!!!«, schrie Alwin der Verräter und sprang vor Entsetzen einen Schritt zurück, als hätte ihn eine Schwarze Mamba gebissen. Sein einziges Auge platzte fast aus der Höhle. »WAS … wie hast du … wann bist du … du solltest doch in … was hast du HIER zu suchen???«

Hicks gähnte ausgiebig. »Na ja, ich hänge hier ab und warte darauf, dass ihr endlich mit eurer bescheuerten Mitten-in-der-Nacht-Zeremonie anfangt«, antwortete er lässig. »Was hätte ich denn sonst tun sollen? Nach Vogeleiern suchen? Brustschwimmen trainieren? So arg viel KANN man nämlich nicht unternehmen, wenn man in Ketten gewickelt in einem Käfig hockt.«

»Aber … aber … aber …«, stotterte Alwin der Verräter und starrte Hicks an wie ein Gespenst.

»NUN MACH SCHON, ALPHONSE! BRING DAS ERSTE OPFER!«, brüllte der Berserkerhäuptling.

Das Trommeln setzte ein, derselbe Rhythmus, den Hicks schon in der Bucht des Gebrochenen Herzens aus der Ferne gehört hatte. Das schien schon eine Ewigkeit her zu sein.

Der gesamte Berserker-Stamm war erschienen, um der Zeremonie beizuwohnen. Ringsum standen sie dicht gedrängt auf den Brücken und Plattformen, rasselten vor Aufregung mit ihren Ketten, heulten den Mond und die Sterne an und veranstalteten überhaupt einen Heidenradau. Allmählich verloren sie die Kontrolle, weil sie sich in ihre Berserkerwut hineinsteigerten, und der eine oder die andere drehte total durch und sprang in seiner Erregung über die Handseile der Brücken und in die Tiefe.

Dann begannen die Berserker, wie auf Kommando auf die Brückenplanken zu stampfen, und schrien im Rhythmus der Trommeln:

»MITTNACHT! MITTNACHT! MITTNACHT!«

Die Trommeln wurden schneller, die Gesänge und das Gebrüll steigerten sich mit ihnen, wurden immer lauter und schriller: »MITTNACHT! MITTNACHT! MITTNACHT!«

... und steigerten sich weiter, schneller, schriller, lauter:

»MITTNACHT!

FÜTTERT DAS BIEST!

MITTNACHT!

FÜTTERT DAS BIEST!!

FÜTTERT DAS BIEST!!!«

Aber es waren nicht das Gebrüll oder die rasenden Trommelwirbel, die die Zeremonie so entsetzlich machten.

Sondern ein ganz anderes Geräusch.

Ein tiefes Brummen ... ein Knurren ... es schien tief aus dem dichten grünen Blätterdickicht zu kommen, das die Lichtung dort unten bedeckte, das unersättliche, gierige Grunzen, Schnauben, Knurren eines hungrigen Ungeheuers, das dort unten versteckt lauerte – und das genau wusste, dass die Fütterungszeit gekommen war. Hicks' Herz hämmerte und schlug Saltos, als ihm jetzt, viel zu spät, dämmerte, dass er AUF GAR KEINEN FALL an das Biest verfüttert werden wollte.

Der Oberberserker hatte zu Ehren der Zeremonie ein paar seiner Ketten abgelegt. Mit erhobenen Händen befahl er Schweigen.

»Oh Mächtiger Thor«, brüllte der alte Wirrkopf, »so

höre denn die Stimmen von uns armen, irdischen Irren! Die Stunde der Fütterung des Biests vom Herzen des Dschungels ist gekommen! Nimm unser armseliges Opfer in Güte an, oh Mächtiger Thor, auf dass du uns stark und unbesiegbar machst im Kampf gegen unsere Feinde, so wie du selbst bist! Auf dein und unser Wohl!«

Und die Berserker stießen krachend mit den randvoll gefüllten Trinkhörnern an und prosteten dem Vollmond zu – mit Met, der aus dem Honig der Berserkerbienen gegoren worden war.

Den Verlobten war inzwischen klar geworden, dass ihr Ende nahe war; jeder einzelne war entschlossen, alle anderen mit seinem Mut und seiner Tapferkeit zu übertreffen. Alle wollten sich melden, um als Erster geopfert zu werden, aber weil sie die Hände nicht hochhalten konnten, warfen sie sich voller Eifer gegen die Gitterstäbe ihrer Käfige.

Verlobter#3: »ICH ZUERST! ICH ZUERST!«

Verlobter#1: »Hinten anstellen, du Landei! Ich wurde als Erster gefangen genommen!«

Verlobter#10: »Was nur beweist, dass du die Sache vergeigt hast! Und deshalb muss *ich* zuerst drankommen, mein Herz ist nämlich total gebrochen und ich sterbe wonnevoll für die Liebe meiner geliebten Prinzessin Tussinella!«

Verlobter#1: »Ach, halt doch die Schnauze, du Angeber …«

Und so weiter.

»HALTET ENDLICH DIE KLAPPE!«, schrie Alwin schrill und vergaß momentan vor lauter Wut sogar seinen französischen Akzent.

Denn was Alwin am liebsten mochte, waren vor Todesangst bibbernde, um Gnade flehende Opfer, aber nicht dreizehn unverschämt tapfere Verlobte, die sich darüber stritten, wer als Erster sterben durfte.

»Der Junge kommt zuerst dran«, rief Alwin höhnisch, »denn DIESES MAL will ich ABSOLUT SICHER sein, dass die kleine Ratte wirklich und wahrhaftig TOT ist.«

Und so wurde Hicks aus seinem Käfig geholt und zu einem Weidekorbkäfig geschleppt, der mit einem langen Seil an einer großen Winde hing. In diesem Käfig wurde er mit dem Kopf nach unten festgebunden; dann wurde die Tür verschlossen (die Berserker wollten kein Risiko eingehen).

Alwin höchstpersönlich verschloss die Käfigtür.

»Leb wohl, Hicks der Hartnäckige vom Hauenstein der Dritte«, flüsterte Alwin der Verräter und winkte dem umgekehrt im Käfig hängenden Hicks mit der guten Hand schadenfroh zu.

»Ich würde gern sagen, auf Wiedersehen in Walhalla«, antwortete Hicks durch zusammengebissene Zähne, »aber ich glaube nicht, dass du dorthin kommen wirst.«

Alwin lachte spöttisch und schlug lässig mit der Hand auf den Käfig. »Ab nach unten!«

Die Zuschauer jubelten, als zwei mächtige Berserker die Winde zu drehen begannen. Der Käfig wurde angehoben, der galgenartige Arm, an dem er hing, wurde über die Lichtung hinausgeschwenkt, bis der Käfig mitten in der Luft hing. Dann ließen sie den Käfig langsam, ganz, ganz langsam in den Dschungel hinunter.

»Oh, um Thors willen«, stöhnte Kamikazzi oben in ihrem Versteck, wo sie wie eine kleine Katze an einem Ast hing. »Wie will er denn aus DIESER Sache lebend herauskommen?«

»Was ist da los?«, brüllte Fischbein, der natürlich nicht sehen konnte, was los war, weil ihm sechs Schichten von Todesängstigern die Sicht versperrten.

»Hurra!«, brüllte Torben der Teufelskerl.

»Was? Ist er entkommen?«, fragte Fischbein begierig und spürte bereits neue Hoffnung in sich aufkeimen.

»Nein, nein«, antwortete Torben. »Aber er ist SO MUTIG! Was für ein Held! Es war mir eine Ehre, ihn gekannt zu haben!«

Und immer tiefer schwebte der Käfig hinab. Sie konnten den kleinen Jungen umgekehrt im Käfig hängen und hin und her schwingen sehen wie ein armes Schlachthähnchen, das an den Beinen aufgehängt war und darauf wartete, geköpft zu werden. Zahnlos flatterte halb benommen vor Entsetzen um den Käfig herum. Todesängstiger schwirrten erwartungsvoll in ihrer Nähe.

Und tiefer und tiefer senkte sich der Käfig …

Dann blieb er für einen Moment direkt über dem grünen Blättermeer schweben wie ein Köder, den ein Angler über dem Wasser, direkt vor dem gierig aufgesperrten Maul eines Lachses oder eines Hechts baumeln ließ.

Und wie ein Köder wackelte und schwankte der Käfig verführerisch hin und her.

»FÜTTERT DAS BIEST! FÜTTERT DAS BIEST! FÜTTERT DAS BIEST! FÜTTERN! FÜTTERN! FÜTTERN!!!«, brüllten die Berserker, die mit jedem Schrei weiter ausrasteten und im Takt auf alles trommelten, was ihnen unter die Fäuste kam. Sie heulten im Chor, stampften, hüpften, tanzten, rasselten mit den Ketten und beugten sich weit über die Geländer, um ja nicht zu verpassen, was dort unten gleich geschehen würde.

Kamikazzi starrte von ihrem Ast herab und vergaß zu atmen.

»LOS, HICKS! LOS!«, schrie sie aufgeregt. Sie hatte solches Vertrauen in Hicks, dass sie wirklich immer noch glaubte, er könne sich aus dieser völlig aussichtslosen Lage irgendwie befreien.

Aber Hicks wurde auch von anderen Augen beobachtet.

Hexenaugen, verborgen in den dunkelsten Schatten des Waldes, berechnend, gierig, schadenfroh, bösartig, die immer schärfer blickten, je mehr sie sich an das Mondlicht gewöhnten …

Mittlerweile spielte sich im Käfig ein ganz anderes

Drama ab. Kaum hatte sich der Käfig nach unten in Bewegung gesetzt, hatte Hicks auch schon angefangen, an seinen Ketten herumzufummeln. Verzweifelt versuchte er, sich mit seinem magischen Schlüssel zu befreien. Aber seine Hände waren schweißnass vor Furcht und Entsetzen.

Außerdem war es viel schwieriger, die Sache MIT DEM KOPF NACH UNTEN hinzukriegen. Das hatte er nicht geübt – und was noch schlimmer war: Das Gebrüll der hungrigen Bestie unten im Dschungel war so furchtbar, dass er sich kaum auf seine Hände konzentrieren konnte, ganz abgesehen davon, dass Zahnlos in heillosem Terror um den Käfig flatterte und ihm ständig in den Weg kam und unablässig quiekte: »Krise! K-k-krise! Da-da-das ist eine Krise!«

Deshalb hatte er gerade mal die HÄLFTE der Ketten geschafft, als die Unterseite des Käfigs in das Dunkel des Blätterdickichts eintauchte, was nun definitiv nicht so lief, wie Hicks es geplant hatte.

Hicks hatte nämlich berechnet, dass er die Fütterung nur überleben konnte, wenn es ihm gelang, ALLE Ketten zu lösen, *bevor* der Käfig das Blätterdickicht erreichte, damit er noch Zeit genug hatte, um auch die *Käfigtür* aufzuschließen.

Aber das Leben ist nun mal nicht perfekt und nicht immer läuft alles so wie geplant und deshalb sank der Käfig tiefer, tiefer und immer tiefer, während Hicks verzweifelt

Leb wohl, Hicks der Hartnäckige vom Hauenstein der Dritte …
K-K-KRISE!
KRISE!!!
KRISE
K-K KRISE
RR…
RAAAA
ROOOOA

eine Kette nach der anderen abstreifte und, kaum dass sie von ihm abfiel, schon an der nächsten fummelte.

»Da-da-das ist ein ga-ga-ganz SCHLECHTER Plan!«, schrie Zahnlos, völlig außer sich vor Angst.

»Zu spät«, murmelte Hicks, obwohl er Zahnlos von ganzem Herzen zustimmte. »Zu spät ...«

»VERGISS NICHT – ALLE DRACHEN HABEN EINEN SCHWACHEN PUNKT!«, hörte er plötzlich Kamikazzis schrille Stimme ermutigend über dem Lärm der Berserker. »STECHE IHM IN DIE AUGEN! BEISSE IHN IN DIE NASE! DRACHENNASEN SIND SEHR EMPFINDLICH!«

Danke, danke, Kamikazzi, sehr hilfreich ..., dachte Hicks. *Und was ist, wenn er nicht so freundlich ist, mich direkt vor seine Nase zu halten, damit ich ihn beißen kann? Was ist, wenn ich nur seinen ZÄHNEN nahe komme?*

»ODER STELL DICH TOT!«, brüllte Kamikazzi. »DAS FUNKTIONIERT PRIMA, ICH HAB'S SELBER AUSPROBIERT!«

Funktioniert nur, wenn ich dann nicht schon richtig tot bin!, dachte Hicks.

Weiter und immer weiter tauchte der Käfig in den Blätterdschungel hinunter ... die nächste Kette war schwieriger und der Schlüssel verhakte sich kurz ... *KommschonKommschonKommschon* ... Hicks schluchzte fast auf vor Frustration, als er zitternd versuchte, den Schlüssel zu drehen ... *Komm schon ... Mach endlich ...* Aber das Schloss wollte nicht nachgeben ...

… *Peng! Klirr!* Plötzlich sprang das Schloss auf und die Kette fiel scheppernd und rasselnd auf den Käfigboden.

Nur noch eine …

WUMMS!!!!!

Die Zuschauer hoch oben auf den Baumwipfelbrücken fuhren voller Entsetzen zurück, als plötzlich ETWAS wie ein Vulkanausbruch aus dem Blätterdschungel heraus explodierte.

Der Kopf des wirklich ENORM RIESIGEN Biests.

Hicks selber sah es nicht, er spürte nur die gewaltige Erschütterung, als der Kopf mit unvorstellbarer Kraft von unten gegen den Käfig krachte und ihn wie ein zusammengeknülltes Stück Papier in die Höhe schleuderte.

»Iiiiiihhhh!!!!«, quiekte Zahnlos, außer sich vor Angst.

Klirr, rassel … die letzte Kette fiel von Hicks ab. Hicks stieg aus dem Kettenhaufen und schob mit heftig zitternden Händen den magischen Schlüssel in das Schloss der Käfigtür.

BUMMMMMM!!!!!

Wieder wurde der Käfig von der urgewaltigen Kraft getroffen und schwang heftig nach links. Hicks klammerte sich verzweifelt an die Gitterstäbe, während er den Schlüssel zu drehen versuchte, was in einem Käfig sicherlich nicht ganz leicht ist, der wie ein Federball durch die Luft geschleudert wird.

Hicks wusste, was das Biest machte. Er hatte es oft genug zu sehen bekommen. Die Kreatur spielte mit ihrer

Beute, bevor sie sie fraß, wie ein Killerwal, der einen Seehund ein paarmal in die Luft schleudert, bevor er ihn auffrisst.

KNIRRRRRSCHSCHSCH!!!!

Kamikazzi zuckte entsetzt zurück, als das Biest erneut den Käfig herumschleuderte.

Und dann kam das ohrenbetäubende sirenenartige Kreischen, als sich das Biest nun endgültig auf die Beute stürzte.

Den Zuschauern lief es heiß und kalt über den Rücken, als sie das Knirschen und Kreischen hörten – zwanzig Fuß lange Raubtierzähne schlugen krachend in die Eisenstäbe, die knackend zersplitterten.

Das Blätterdickicht wölbte und wogte heftig wie Wellen in einem Whirlpool.

Das Biest brüllte.

Dann wurde es still.

Totenstill.

Die Menge oben auf den Seilbrücken stöhnte befriedigt auf.

Fischbein murmelte vor sich hin: »Bestimmt ist alles in Ordnung … er schafft das … er schafft es immer … irgendwie … oder nicht?«

»DANKE, OH GROSSER GOTT THOR, OH KÖNIG DES DSCHUNGELS UND DER INSELN UND ÜBERHAUPT VON ALLEM!!!«, brüllte der Berserkerhäuptling. »HOLT DEN KÄFIG WIEDER RAUF!!!«

Unter dem gewaltigen Jubel des Berserkerstammes wurde die Winde wieder in Gang gesetzt und der Käfig aus dem Blätterdschungel gehievt.

Das Seil straffte sich, immer mehr Seil wurde aufgerollt, der Jubel wurde immer lauter …

… aber was dann an dem Seil hing, war kein Weidenkorbkäfig, auch kein noch so kläglicher Überrest eines Weidenkorbkäfigs, sondern ein einsames, armseliges Stück Korbgeflecht, das traurig am Haken baumelte.

Kamikazzi starrte wie gebannt auf die jammervollen Überreste, die schief und irgendwie mitleiderregend am Seil hingen.

»Macht den nächsten Verlobten bereit«, brüllte der Häuptling der Berserker. »Zieht seinen Käfig hoch und senkt ihn in den Blätterdschungel!«

»Was … was ist passiert … Was … ist passiert …?«, stöhnte Fischbein, der durch den dichten Behang der Todesängstiger immer noch nicht sehen konnte, was außerhalb seines Käfigs vor sich ging. »Ist er … hat er es nicht mehr aus dem Käfig geschafft …?«, fragte er, während die Berserker nun *seinen* Käfig am Haken der Winde befestigten.

17. DAS BIEST

Hicks stürzte aus dem zerschmetterten Käfig …

… und wurde mitten im Fall von der unsäglich großen Pranke des Drachenmonsters aufgefangen, das ihn genauso aus der Luft schnappte, wie es kleinere Drachen mit Hummeln und Bienen taten. (Ich muss hier leider erklären, dass es dafür einen ziemlich ekligen Grund gibt: Drachen fressen ihre Beute gern *lebend*. Das ist ungefähr so, wie auch du vermutlich lieber eine frische, saftige, dicke Erdbeere isst als eine, die platt gequetscht auf dem Boden liegt.)

Das Biest warf Hicks wieder in die Luft, legte den Kopf weit in den Nacken und riss die gewaltige Drachenschnauze auf, um ihn aufzufangen.

Die Schnauze klaffte unter ihm, so weit aufgerissen wie eine riesige schwarze Höhle, gesäumt von unzähligen äußerst scharf gespitzten Zähnen, die wie Stalaktiten und Stalagmiten aufragten. Als Hicks durch die Luft wirbelte, hatte er gerade noch Zeit, »HALT!« zu schreien – auf Drachenesisch, bevor er in den Schlund des Ungeheuers stürzte.

Absolute Finsternis und eine Hitze, die ihn fast verbrannte … Hicks begann bereits zu denken, was ja unter diesen Umständen nicht ganz abwegig war, *dass jetzt vielleicht wirklich und endgültig sein Ende gekommen war …*

… als das Monster den Schlund wieder ein wenig öffnete, hineingriff und Hicks mit einer Krallenspitze herausfischte, einen Herzschlag bevor er verschluckt worden wäre.

»HALT!«, sagte Hicks noch einmal und bekam einen Hustenanfall, während er an der Krallenspitze hing und der widerliche grüne Drachenspuckeschleim in langen Fäden von ihm herabtropfte.

Der Monsterdrache hob Hicks vor eines seiner großen gelben Augen und betrachtete ihn aufmerksam.

Und zwischen seinen Hustenanfällen konnte auch Hicks den Drachen genau betrachten.

Er konnte kaum glauben, was er da zu sehen bekam.

Der Drache war ein *Seedrache*.

Und nicht nur *irgendein* Seedrache, oh nein.

Sondern ein außerordentlich seltener Seedragonus Giganticus Maximus.

Daran gab es für Hicks keinerlei Zweifel, denn er hatte einen Drachen dieser Art schon einmal gesehen, vor ungefähr einem Jahr oder so, bei seinem allerersten Abenteuer im Piratenausbildungsprogramm.*

Aber was hatte ein *Seedrache* hier, mitten im Urwald, zu suchen?

Das Biest war mit schwersten Ketten an den Boden gefesselt.

---

* Lies nach in Hicks' zweitem Abenteuer: »Drachenzähmen leicht gemacht. Wilde Piraten voraus!«

Der Seedrache atmete keuchend, in kurzen, asthmatischen Zügen, die so rasselten, dass Hicks es kaum mit anhören konnte, und seine Schuppenhaut war so trocken wie uraltes Pergament. Noch erstickender waren die Rauchwolken, die aus seinen Nüstern wallten – ein erbsensuppengrüner Rauch, der mit halb ersticktem, unvorstellbar verzweifeltem Röcheln herausquoll.

Rings um seinen gewaltigen Leib war der Wald weiter gewachsen; Eschen wuchsen zwischen den Zacken des Rückenkamms hindurch. Der Nacken war nicht nur mit Eisenketten gefesselt, sondern steckte auch in mehreren gewaltigen Halsringen aus Eisen, auf deren Innenseite scharfe Eisendornen angebracht waren und die so dicht um seinen Hals lagen, dass er den Kopf kaum bewegen konnte, ohne sich zu verletzen.

Hicks hatte noch nie Ketten und Halsringe wie diese gesehen, mit denen der Drache gefesselt war.

Einfach unvorstellbar, wie riesig die Schmieden gewesen sein mussten, in denen diese Ketten und Ringe geschmiedet worden waren. Jedes einzelne Kettenglied hatte die Größe eines Wohnzimmers; bestimmt hatte man fünfzig Männer gebraucht, um ein einziges Kettenglied zu tragen. Waren es Riesen gewesen, die diese Kettenglieder geschmiedet, miteinander verbunden und an den Pfeilern befestigt hatten, die so tief in die Erde gerammt worden waren, dass sich der Monsterdrache nicht losreißen konnte?

Du armes Biest, dachte Hicks, *du armes Biest* ...

Das große gelbe Auge blickte Hicks an und so tief war die Trauer und die fast wahnsinnige Melancholie, die Hicks in diesem Auge sah, dass seine Todesangst verflog und von Mitleid verdrängt wurde. Und das, obwohl das Biest nun die Schnauze wieder öffnete, nachdem es seine Neugier befriedigt und festgestellt hatte, dass es die Beute unbesorgt fressen konnte.

Du armes Biest, dachte Hicks, *du armes Biest …*

Dieses Mitleid war es, dieser kurze Augenblick, der Hicks das Leben rettete, denn wenn er nichts als Angst empfunden hätte, wäre er nicht in der Lage gewesen, klar zu denken.

Aber das Mitleid war das Gefühl, das ihn an die Geschichte von Hicks dem Hartnäckigen vom Hauenstein dem Zweiten erinnerte, und gleichzeitig tauchte plötzlich die Erinnerung an Alwins Mutter wieder auf, als sie die Narbe auf Zahnlos' Brust ertastet hatte. »Sehr seltsam, die Narbe … genau an derselben Stelle …«

Hicks blickte an den Krallen vorbei nach unten – er konnte die Brust von hier oben ganz gut sehen.

Und auf der Brust, genau über dem Herzen, war eine feine Linie zu sehen, die sich hellgrün von der tiefgrünen Schuppenhaut abhob.

Die Narbe einer alten Wunde, schon so lange verheilt, dass sie nur noch als dünne Linie zu erkennen war.

Und Hicks dachte an einen Drachen, der still am Strand neben seinem toten Meister saß, noch immer aus der frischen Wunde auf seiner Brust blutend, die ihm vom Schwert Sturmklinge zugefügt worden war. Die Sturmklinge hatte sein Herz verfehlt, aber das Herz war dennoch gebrochen.

»Wildwut!«, schrie Hicks auf. »DU bist der Drache WILDWUT!«

Jetzt hielt der Drache wirklich inne. Unbeweglich lag er da wie eine Statue, während seine Gedanken durch die Jahre zurückglitten und sein stumpfer Blick allmählich immer lebendiger und aufmerksamer wurde.

Schließlich begann der Drache zu sprechen, mit einer Stimme, die so lange nicht mehr benutzt worden war, dass sie rasselte und ächzte wie die rostigen Ketten der Berserker.

»Das WAR einmal mein Name«, knurrte der Drache. »Doch was bedeutet dir mein Name, Mensch? Wieso wagst du es, ihn zu benutzen? Und woher kennst du ihn? Und warum sprichst du in der Heiligen Sprache der Grünblüter?«

Hicks konnte es kaum fassen. Es war tatsächlich der Drache Wildwut, der vor hundert Jahren von Grimmbarts Männern gefangen genommen und seither in diesem grausamen Inselgefängnis eingesperrt war.

»Ich kenne deinen Namen«, sagte Hicks, »weil ich ein Nachkomme deines menschlichen Blutbruders bin ... denn ICH bin Hicks der Hartnäckige vom Hauenstein der Dritte, der Sohn von Bärbeißer dem Gewaltigen und Valhallarama der Mächtig Schönen ... und ich bin ein Drachenflüsterer wie mein Vorfahr, Hicks der Hartnäckige vom Hauenstein der Zweite, der dein Blutsbruder war. Bei deiner Liebe zu meinem Vorfahr bitte ich dich, mich anzuhören. Schau, ich spreche zu dir auf Drachenesisch ...«

Dabei blickte Hicks dem Biest direkt in das gelbe Auge, musste dann aber sofort die eigenen Augen schließen, denn der Blick eines Drachen ist so scharf und schneidend wie ein Lichtblitz.

»Du sagst die Wahrheit«, stellte der Drache überrascht fest.

Seedrachenaugen funktionieren so ähnlich wie Lügendetektoren.

»Aber viel Gutes bringt es dir nicht«, fuhr der Drache müde fort. »Ich muss dich warnen, Junge-mit dem-Namen-den-ich-einst-liebte, dass von dieser Liebe nichts mehr übrig ist. Nicht das Geringste. Nicht mal ein Drachenflüstern. Hundert Jahre Gefangenschaft haben diese Liebe erstarren, erkalten und austrocknen lassen, nichts ist mehr übrig. Ich bin für immer geheilt. Könnte ich die Zeit zurückdrehen, würde ich nicht mehr in jener verfluchten

Bucht verweilen und kostbare Salztränen über seinem Leichnam vergießen, während die bösartigen Menschen über mich herfallen, mich in Ketten werfen und in diesem finsteren Wald vergraben. Nein, ich würde meine Flügel ausbreiten und in den hellen blauen Himmel hinaufsteigen und ihn den Fischen zum Fraß überlassen ... Ich wurde bitter, bitter bestraft für meine Schwäche, einem Menschen vertraut und ihn geliebt zu haben.«

Hicks' Zuversicht schwand dahin. Er hatte sich völlig darauf verlassen, dass der Seedrache für den Nachfahren seines geliebten Blutbruders vielleicht eine Schwäche haben würde.

Trotzdem sagte er so zuversichtlich, wie er nur konnte (mit Drachen sollte man immer fest und unerschütterlich sprechen, wenn man von ihnen respektiert werden will): »Ich bin nicht gekommen, um mit dir über die Vergangenheit zu reden, oh Mächtiger Drache. Sondern ich bin gekommen, um dich zu befreien.«

»Du? DU willst MICH befreien?«, fauchte der Seedrache sarkastisch. »Schau dir doch nur meine Ketten an, du menschlicher Wurm ... Ich habe ein Jahrhundert lang an diesen Fesseln genagt, aber sie halten immer noch. Und nun kommt ein Winzling wie DU daher und will MICH befreien?«

»Ich habe einen Schlüssel«, erklärte Hicks und zog ihn aus der Tasche. »Wenn du mich frisst, wird der

Schlüssel für immer verloren sein ... Aber wenn wir uns einigen, kann ich dich befreien.«

Der Drache schwieg eine lange Weile.

Was der Drache dann sagte, war sehr, sehr wichtig. Hicks erfuhr erst viel, viel später, WIE wichtig es war.

»Ich denke, es ist nur fair, dass ich dich warne, Junge-mit-dem-Namen-den-ich-einst-liebte. Wirklich frei kann ich nur sein, wenn jeder einzelne Mensch bis hin zum allerletzten Menschen tot ist und für immer in der Erde schläft. Die einzige Hoffnung, die mich davon abhielt, diesen verfluchten Wald mit meinem Feueratem in Brand zu stecken und uns alle in einer gewaltigen Rauchwolke in die Walhalla zu versetzen, ist die Hoffnung auf RACHE. Der Gedanke, dass ich eines Tages einen Aufstand der Drachen anführen würde, der die Menschheit für immer vom Antlitz der Erde fegt. Denn bei unserem ersten, fehlgeschlagenen Aufstand habe ich eines gelernt: Menschen und Drachen können sich diese Welt nicht teilen. Sie sind unversöhnliche Feinde. Ich habe dich gewarnt, Junge. Wenn du mich freilässt, tust du es auf eigene Gefahr.«

»S-s-sei v-v-vorsichtig«, flüsterte Zahnlos Hicks aufgeregt zu. »Sei ga-ga-ganz vorsichtig ...«

Aber Hicks war jung und optimistisch und von Natur aus ein hoffnungsvoller Junge. Und so antwortete er: »Dann fessle ich dich mit einem Versprechen. Ein

Drache kann ein Versprechen nicht brechen, wenn er es bei seinem eigenen Herzen geschworen hat.«

»Welchen Handel schlägst du vor?«, erkundigte sich der Seedrache mit wachsendem Interesse.

Zahnlos ließ sich auf Hicks' Schulter nieder. Er senkte den Kopf tief herab, reckte ihn vor und legte die Ohren an. »N-n-nimm ihm ein richtig gutes Versprechen ab«, drängte Zahnlos. »F-f-fessle ihn mit dem Versprechen. Leg ihn in si-si-sichere Ketten. Hör auf Zahnlos, dieser Drache ist ga-ga-ganz gefährlich!«

»Mein Angebot ist«, verkündete Hicks, »dass ich dich befreie, und zum Dank wirst du versprechen, mir zu helfen, jeden einzelnen Menschen zu befreien, der auf dieser Insel gefangen gehalten wird. Und dass du zukünftig weder mir noch irgendeinem anderen Menschen etwas antust. Du wirst zur großen Wildnis im Norden fliegen oder zu den großen Meeren im Westen, wo es keine Menschen gibt, die dir diese furchtbar lange Gefangenschaft angetan haben, und dort wirst du in Frieden und Freiheit glücklich weiterleben. Versprichst du das?«

Wieder folgte ein langes, langes Schweigen.

»Ich verspreche es«, sagte der Drache schließlich und sprach das gesamte Versprechen genau nach, das ihm Hicks vorgesagt hatte.

»Klaue aufs Herz und Großes Drachenehrenwort?«, sagte Hicks.

Der Drache zog die Hand schnell über die Brust und sprach auch diese Worte nach. »Klaue aufs Herz und Großes Drachenehrenwort.«

Und Hicks schob den Schlüssel in die Schlösser, mit denen die mächtigen Ketten verschlossen waren, und befreite den Drachen Wildwut.

Es dauerte eine ganze Weile, bis sämtliche Ketten, Fesseln und Dornenhalsringe aufgeschlossen waren, denn Hicks musste in den gewaltigen Schlössern die winzigen Schlüssellöcher finden, und die Schlösser selbst waren mit dem Moos, den Flechten und dem Schlamm eines ganzen Jahrhunderts so verschmiert, verkrustet und verdreckt, dass er die Schlüssellöcher erst mühsam freikratzen musste. Und jedes Mal, wenn er den Schlüssel-aller-Schlüssel in ein Schlüsselloch schob, flehte er zu Thor, dass das Schloss trotz des hundertjährigen Rosts noch funktionieren würde. Aber obwohl sich die meisten Schlösser am Anfang ein wenig sträubten, öffneten sie sich doch mit widerwilligem Quietschen.

Die Tobsüchtigen waren wirklich geniale Erfinder, das musste man ihnen lassen.

Mit besonders großer Genugtuung befreite Hicks schließlich auch die Flügel des riesigen Drachen. Zuerst waren die Flügel überhaupt nicht zu erkennen, so durchwuchert waren sie mit Dornengestrüpp, Ästen und Büschen. Doch dann fielen die Ketten und Hicks beobachtete fasziniert, wie der rechte Flügel zuerst ein wenig zitterte, dann zuckte … und dann war es, als würde der ganze Wald erschüttert. Der Drache befreite den Flügel aus dem grünen Joch und breitete ihn wie ein riesiges, allerdings ein wenig löchriges Wikingersegel aus, wobei er ganze Bäume samt ihrem Wurzelwerk mit sich riss.

Höher und höher hob der Drache den Flügel, während Hicks in hektischer Eile über den Rücken des Drachen rannte, sich mit dem Schwert wild einen Pfad durch Büsche und Äste bahnte und ab und zu auf den schleim- und dreckbedeckten Schuppen entlangrutschte, um möglichst schnell zum anderen Flügel zu gelangen und auch diesen zu befreien.

Und nun erst breitete der Drache beide Flügel weit aus, stemmte mühsam den riesigen, schweren Leib hoch und kam schwankend auf die Beine, wobei er Dutzende Bäume umriss. Hicks stieß vor Freude die Faust in die Luft und jauchzte wild, als der Drache sich zu seiner ganzen majestätischen Größe aufrichtete, mit den Flügeln vorsichtig zu schlagen begann und voller Staunen das wunderbare Gefühl des Windes in den Flügeln spürte, die sich wie unglaublich große Banner, zerfetzt und löchrig, aber herrlich und triumphal über ihm ausbreiteten.

18. STERBEN – ABER WIE EIN HELD!

Mittlerweile hatte Fischbein hoch oben im Berserkerdorf in den Baumwipfeln mit seinen ganz eigenen Problemen zu kämpfen. Denn Alwin hatte darauf bestanden, dass ER als Nächster dran glauben sollte.

»Alles Gute, Fischbein«, brüllte Torben der Teufelskerl, als Fischbeins Käfig über den grünen Abgrund gehievt wurde. »Denk immer dran: Du stirbst zwar, aber als Held und als Verlobter von Tussinella O'UGerly!«

Verlobter#1: »Darauf kannst du stolz sein!«

Verlobter#3: »Ganz genau, stolz wie ein Pfau!«

Verlobter#9: »Auf immer und ewig!«

»Ich sterbe als Held, ich sterbe als Held«, murmelte der arme Fischbein vor sich hin und verging fast vor Angst, weshalb die Todesängstiger in noch dichteren Schwärmen um seinen Käfig summten und surrten und unablässig kreischten: »Er stiiiirbt! Er stiiiirbt!!! Er stiiiirbt wie ein Heeeeld ...«

»HA HA HA HA HA HA HA HA!«, röhrten die Berserker, die ringsum vor Lachen fast von den Seilbrücken fielen. »Schaut doch, die Todesängstiger! Der Junge pisst sich voll vor Angst!«

»Bitte ... lass mich wie ein HELD sterben«, flehte Fischbein sich selbst an, »und nicht wie der WITZ des Jahrhunderts!«

Und zu Fischbeins großer Überraschung glaubte er Kamikazzis Stimme zu hören, die sogar den ganzen Tumult überschrie, den die Berserker veranstalteten (denn sie hatte eine besonders schrille, durchdringende Stimme, wenn sie gehört werden wollte). »SING!«, schrie die Klingt-wie-Kamikazzi-Stimme, »SING DEIN STAMMESLIED!«

Und Fischbein fiel ein, dass Hicks genau das getan hatte, als er an den Hängen des Vulkans den Tod vor sich gesehen hatte.*

Aber welche Stammeshymne sollte er denn singen? Woher kam er überhaupt? Zu *welchem Stamm* gehörte er? Wer konnte schon wissen, von wo Fischbeins Hummerreuse vor dreizehneinhalb Jahren in See gestochen war?

Wieder einmal entdeckte Fischbein, als er in diesem Augenblick der höchsten Lebensgefahr im Dunkeln saß, wer er wirklich war.

Ich bin ein Raufbold, dachte Fischbein, *und wenn ich nicht als Raufbold geboren wurde, bin ich eben ein Raufbold mit Migrationshintergrund.*

Und Fischbein stimmte das Lied der Raufbolde an und merkte zum ersten Mal, wie gut es zu ihm passte.

---

* Diese Geschichte wird in »Drachenzähmen leicht gemacht. Brandgefährliche Feuerspeier« erzählt.

Ich wollt hier gar nicht hin
Und wollt gleich wieder fort.
Der Wind hat mich getrieben
An diesen düsteren Ort!

BRAVO! HURRA! WAS FÜR EIN HELD!

Die Schwärme der Todesängstiger um Fischbeins Käfig lichteten sich immer mehr, als er in den Abgrund hinuntergelassen wurde. Die Singerei hatte dafür gesorgt, dass Fischbeins Angst abnahm, sodass er für die Todesängstiger nicht mehr so verlockend roch. Als Fischbein das sah, wurde seine Stimme noch kräftiger, und schließlich schmetterte er trotzig und stolz das Lied gleich noch einmal zu den Berserkern hinauf.

Als die Berserker sahen, dass die Todesängstiger in großen Schwärmen vom Käfig wegflogen, hörten sie allmählich auf zu lachen. Und als sich der Käfig immer mehr dem Blätterdschungel näherte, flatterten auch die letzten der winzigen Ängstigerdrachen wie Schmetterlinge in die Höhe. Fischbein war nun wieder klar zu sehen. Er stand mit geschwellter Brust im Käfig und brüllte das Lied, so laut er nur konnte, gleich noch einmal hinaus.

Ich wollt hier gar nicht hin
Und wollt gleich wieder fort.
Der Wind hat mich getrieben
An diesen düsteren Ort!

Nichts bewundern die Stämme des Archipels mehr als Tapferkeit. Selbst total durchgeknallte Stämme wie die Berserker begegnen einem mutigen Wikinger mit größter Hochachtung. Und deshalb brüllte nun ein Berserker: »ER IST EIN ECHTER HELD!«

Daraufhin begannen sämtliche Berserker und sogar die Verlobten zu jubeln, was ihre Stimmbänder hergaben, brachen in zustimmendes Geheul und donnernden Applaus aus, während sich der Käfig immer weiter absenkte und Fischbein seinem heldenhaften Ende näher brachte.

Das war der Augenblick, in dem es geschah.

Tief unten begann ein Rumpeln und Beben.

Gewaltige Bäume mit Stämmen, in die man sogar ein ganzes Haus hätte bauen können, zitterten und wankten wie Grashalme im Wind und die Hängebrücken, die zwischen ihren Wipfeln gespannt waren, begannen nun so heftig zu schaukeln, dass sich niemand mehr festhalten konnte. Ein wahrer Berserkerregen setzte ein. Dutzende schreiender Berserker stürzten in den grünen Abgrund.

»Was ist los?«, schrie Torben der Teufelskerl, als der ganze Wald zu wanken anfing, die Stämme knarrten, die Seilbrücken rissen, als würden Wald und Dorf wie eine grüne Welle in einen unsichtbaren Strudel gezogen. »Ist das ein Erdbeben?«

»Weiß nicht«, schrie der Vorletzte Verlobte zurück und klammerte sich verzweifelt an den Käfigstäben fest.

Der Dschungel ächzte und bebte, als immer mehr Bäume samt ihrem Wurzelgeflecht aus dem Boden gerissen wurden …

… und dann stieg direkt vor ihren vor Entsetzen weit aufgerissenen Augen ein unglaublich großer Drachenkopf aus dem grünen Dickicht, die Schnauze weit aufgerissen. Und der Drache stieß ein prächtiges, majestätisches Brüllen aus und schoss aus dem Wald heraus, als breche er aus einem riesigen grünen Ei.

Wieder ließ der Drache seinen furchtbaren, grausamen Schrei hören, während ringsum mächtige Bäume durch die Luft wirbelten. Der Drache brach mit Getöse aus dem Abgrund heraus und er war so gewaltig, dass er den Mond verdunkelte, als er seine unglaublich riesigen, halb zerfetzten Flügel zu ihrer ganzen majestätischen Größe ausbreitete. Dann begann er mit ihnen zu schlagen und erzeugte dabei einen Wind, der wie ein Sturm durch den Wald fegte.

Und das gewaltige Biest schwang sich in die Höhe.

»Oh Thor, oh Thor, steh mir bei …«, flüsterte Fischbein geschockt, während er angestrengt zu der Gestalt hinaufstarrte, die wie eine riesige Wolke in den Himmel aufstieg. »Oh Thor, Wotan, Freja, all ihr Götter, steht mir bei …«

Und dann sah er *ihn*.

Auf dem Kopf des gigantischen Drachen, direkt vor den Ohren, stand der erste Mensch seit über hundert Jahren, der es wagte, auf dem Drachen Wildwut zu reiten, das Schwert triumphierend gen Himmel gereckt.

Es war Hicks.

19. EINE UNERWARTETE ENTWICKLUNG

Es war ein ziemlich eindrucksvoller Auftritt.

Für Hicks war es sogar ein *sehr guter* Auftritt, als er da auf dem Rücken des majestätischen Drachen Wildwut stand. Er blickte auf die Berserker hinab, die sich verzweifelt an die zerrissenen Brückenseile klammerten oder unten im Blätterdickicht lagen und die nun plötzlich alle sehr klein und schwach aussahen.

Die Berserker wiederum blickten voller Ehrfurcht und mit totaler Verblüffung zu dem mächtigen Drachen auf, der über ihnen schwebte, und zu der winzigen kleinen Gestalt, die auf dem Drachen ritt.

»HALT!«, brüllte Hicks der Hartnäckige vom Hauenstein der Dritte. »HALT! Das Biest der Berserker-Insel ist jetzt unter MEINER Kontrolle! TUT, WAS ICH BEFEHLE, denn sonst wird er mit seinem Flammenatem den ganzen Wald in eine Feuerhölle verwandeln!«

Dem Berserkerhäuptling blieb der Mund offen stehen. »Das ... Biest ...«, flüsterte er. »Ich kann's nicht fassen ... das Biest ... wie hat der Junge das gemacht ...? Ist er ein Hexer? Er ist bestimmt ein mächtiger Zauberer!«

Alwin der Verräter war kreideweiß im Gesicht. »Wie hat er es *dieses Mal* gemacht?«, murmelte er vor sich hin. »Wie hat er es *dieses Mal* gemacht?«

»LASST DIE VERLOBTEN FREI!«, brüllte Hicks. »ZIEHT FISCHBEIN WIEDER HINAUF! LASST ALLE GEFANGENEN IN DEN BAUMHÖHLEN FREI! MACHT SCHON – ODER MUSS DER DRACHE ERST EUER DORF IN SCHUTT UND ASCHE LEGEN?«

»Woher weiß er das mit den Baumhöhlenkerkern?«, wunderte sich der Häuptling und schnappte vor Verblüffung nach Atem. »WIR WERDEN UNS NIEMALS ERGEBEN!!!«, brüllte er dann und drohte Hicks und dem Drachen Wildwut mit der Faust. »WIR TRAGEN FEUERFESTE KLAMOTTEN, KAPIERT? UND WIR SIND IRRE!«

»WIR SIND IRRE KETTENKÜSSER!«, brüllten die übrigen Berserker von den Brücken herab oder vom Abgrund herauf.

Glücklicherweise mischte sich genau in diesem Moment Kamikazzi ein, denn Hicks hatte eigentlich nicht vor, seine Drohung wahr zu machen und den Wald abzufackeln.

Aber Kamikazzi hatte sich inzwischen auf ihrem luftigen Ausguckast noch weiter vorgeschoben, bis sie direkt über dem Häuptling hing. Und jetzt ließ sie sich einfach fallen wie eine kleine Katze und mit perfektem Timing, sodass sie eine Punktlandung genau auf seinem dicken Schädel machte.

Der Häuptling mochte mit vielem gerechnet haben, aber keinesfalls mit einer kleinen blonden Sumpfdiebin, die ihm völlig unerwartet aus dem Nachthimmel auf den

Kopf fiel und ihm ein *sehr* scharfes Schwert gegen die Kehle presste. Er stieß einen erstickten Schrei aus.

»Hör mal zu, du Planktonhirni, du kettenrasselnder Eierverkäufer, du Dumpfbacke«, zischte ihm Kamikazzi ins Ohr. »Wenn du nicht *genau das* tust, was Hicks dir sagt, brauchst du deine feuerfesten Klamotten gar nicht, weil ich dir mit größtem Vergnügen die feiste Kehle aufschlitzen werde, mein Ehrenwort als Sumpfdiebin, darauf kannst du Gift nehmen, Bürschchen …«

Da wurde der Häuptling sehr nachdenklich.

So gaga er auch sein mochte, er war trotzdem scharf darauf, den nächsten Morgen noch in einem Stück zu erleben.

»Töte ihn nur, wenn es wirklich nicht anders geht, Kamikazzi!«, rief Hicks vom Drachen herab.

»Oh, aber es geht nun mal nicht anders, Hicks!«, rief Kamikazzi grinsend zurück.

Kamikazzi war die schwierigste Gefangene gewesen, die der Berserkerhäuptling jemals gefangen genommen hatte. Obwohl sie so klein war, waren fünf ausgewachsene Berserker nötig gewesen, um sie in Ketten zu legen, und als sie auf die Insel gebracht wurde, hatte sie den Berserkern so gemeine Beleidigungen an die Köpfe geworfen, dass ein Berserker sogar in Tränen ausgebrochen war.

Der Häuptling hatte das furchtbare Gefühl, dass sie genau das meinte, was sie sagte.

»Äh … also … wenn ich recht darüber nachdenke«, sagte er und hüstelte entschuldigend, »vielleicht hast du nicht ganz unrecht ... ALLE MACHEN DAS, WAS DER ROTHAARIGE KNABE SAGT!«

Nun mochten die Berserker zwar totale Vollpfosten sein, aber wie alle Stämme im Archipel befolgten auch sie jeden Befehl, den ihnen ihr Häuptling gab.

Und so herrschte schon bald ein großes Gewusel auf den Seilbrücken, die noch intakt waren, als die Berserker wie eine Herde kettenrasselnder Elefanten zu den Käfigen und zu den Baumhöhlenkerkern überall auf der Insel rannten. Wenn man ihnen einen Auftrag gab, bei dem sie nicht groß nachdenken mussten, führten sie ihn sehr genau und zuverlässig aus. Seit mindestens hundert Jahren hatten sie die Baumhöhlenkerker bewacht und in dieser Zeit hatte es kein einziger Gefangener geschafft, wieder aus dem Kerker herauszukommen. Jeder einzelne Berserker hätte frohen Mutes sein Leben gelassen, um einen Ausbruch zu verhindern.

Und jetzt widmeten sie sich mit derselben Tatkraft und irren Sturheit der Aufgabe, diese Gefangenen freizulassen. Wenn ein Gefangener in einem Baumhöhlenkerker zu schwach war, die Strickleiter zur Falltür selbst hinaufzuklettern, stiegen die Berserker tatsächlich selbst hinunter, nahmen den Gefangenen auf die mächtigen Schultern und trugen ihn hinauf. Ein paar Gefangene waren so lange Zeit gefangen gewesen, dass sie völlig vergessen hatten, wie das Leben draußen war, und wollten daher ihre Zellen gar nicht mehr verlassen.

Auch mit diesen Widerspenstigen wurde kurzer Prozess gemacht.

»ALLE RAUS!«, brüllte ein muskelbepackter Berserker und warf sich einen armen, völlig verschrumpelten Alten über die Schultern, ohne Rücksicht darauf, dass der Alte längst vergessen hatte, wie er hieß oder zu welchem Stamm er gehörte, und dass er auf keinen Fall die Baumhöhlenfrösche verlassen wollte, die seit sechzig Jahren seine Lebenspartner gewesen waren. »BEFEHL VOM BOSS! KEINE WIDERREDE! ALLE RAUS AUS DEM KERKER, SOFORT!«

Es dauerte nicht lange und schon waren die Seilbrücken dicht vollgepackt mit Gefangenen, die in ihren zerfetzten, schmutzigen Kleidern über die Planken schlurften und in die ungewohnte Helligkeit blinzelten, manche mit neuer Hoffnung in den Augen, andere völlig verängstigt und verunsichert.

»FESSELN ABNEHMEN!«, brüllte Hicks, der auf dem Drachen Wildwut immer noch über der Szene schwebte. »ALLE SCHLÖSSER WERDEN AUFGESCHLOSSEN! ALLE GEFANGENEN FREIGELASSEN! AUCH DIE DRACHEN!«

Und so wurden sogar die Windpockler und die Espenlaubler von den übereifrigen Berserkern befreit.

»Willst du nicht wissen, wie alt ich bin, du eisenrasselnder Nullchecker?«, fragte Kamikazzi mit freundlichem Lächeln, während sie dem Häuptling das Schwert noch ein bisschen fester in die Falte des Doppelkinns drückte.

»Nicht besonders«, antwortete der Häuptling.

»Elfeinviertel«, verriet ihm Kamikazzi grinsend. »Und obwohl ich die zäheste, mutigste und brillanteste Elfeinvierteljährige im ganzen Archipel bin, würde mich doch interessieren, wie es sich anfühlt, wenn ein großer, muskelbepackter durchgeknallter Kriegerhäuptling wie du von einer winzig kleinen Elfeinvierteljährigen kaltgestellt wird?«

Kein besonders gutes Gefühl, genau genommen. Dem Häuptling kamen beinahe die Tränen.

Aber alle waren schließlich Wikinger und so kam es, dass die Verlobten und die übrigen Gefangenen, kaum dass man ihnen die Ketten abgenommen hatte, auch schon nach den nächstbesten Waffen griffen und nach Herzenslust auf die Berserker einzuschlagen begannen. Ein heftiger Kampf entwickelte sich, der als »Schlacht der Baumwipfelirren« in die Sagen und Legenden eingegangen ist. Wenn Berserker gereizt werden, drehen sie durch und dann bieten sie einen wahrhaft unglaublichen, furchterregenden Anblick. Sie schwangen sich durch die Äste und Wipfel, fuchtelten mit den Schwertern und Säbeln und Streitäxten und schnaubten und brüllten und tobten wie wilde Raubtiere. Manche hatten sogar Schaum um den Mund.

Und die Verlobten, die allesamt prächtige, äußerst geschickte Schwert- und Säbelkämpfer waren, erlebten eine Sternstunde.

Verlobter#1: »DA, NIMM DAS, DU HAARIGER BAUMAFFE! UND DAS! UND DAS! UND DAS!«

Verlobter#2: »Oh, dein Deluxe-Seitenstechausfall sieht irre gut aus, alter Junge … den Trick musst du mir unbedingt zeigen …«

Verlobter#1: »Kein Problem, Kumpel, leicht zu lernen, nichts weiter als eine besonders geschickte Bewegung, locker aus dem Handgelenk …«

Berserker (beißt sich vor Ärger in den eigenen Arm): »WÜRDEST DU DICH BITTE … ZUR ABWECHSLUNG … MAL AUF MICH … KONZENTRIEREN?«

Verlobter#1: »Großer Thor, was sind das doch für Sensibelchen … Aber hallo – ist das nicht ein Kleingefleckter Rotschwanzdrache dort drüben?«

Auf solche uralten Tricks fallen Berserker grundsätzlich IMMER herein und so konnte ihn Verlobter#1 mit einem kurzen Schwerthieb von der Seilbrücke stoßen.

Manchmal sind eben die ältesten Tricks immer noch die besten.

Kamikazzi schaffte es ganz allein, drei Berserker auszuschalten – eine supergute Leistung, wenn man bedenkt, dass die Berserker ungewöhnlich geschickte, Furcht einflößende Krieger waren. (Allerdings hatte sie natürlich einen großen Vorteil, weil sie sich von OBEN auf sie herabfallen ließ, wodurch sie einen für die Berserker ziemlich schmerzhaften Überraschungseffekt erzielte.)

»Das wird dir eine Lehre sein, NIEMALS MEHR einer SUMPFDIEBIN Ketten anzulegen!«, schrie Kamikazzi voller Übermut.

Torben Teufelskerl der Held kämpfte natürlich wie ein Großmeister: Er gab sich mit nie weniger als drei Gegnern gleichzeitig zufrieden und besiegte sie alle in elegantestem Schwertkampfstil.

Als Hicks sah, wie die Baumhöhlengefangenen endlich frei und kettenlos durch das Berserkerdorf taumelten, stieß er einen triumphierenden Jubelruf aus. Er konnte es kaum fassen, was er getan hatte. Nicht nur war er selbst dem fast schon sicheren Tod entronnen, sondern es sah auch so aus, als hätte er alle anderen gerettet.

Aber er hätte es besser wissen müssen und sich nicht zu früh freuen sollen.

Er hätte wissen müssen, dass der Augenblick des größten Triumphes immer auch der Augenblick der größten Gefahr ist.

Als der Drache Wildwut Hicks' triumphierenden Schrei hörte, kniff er voller bösartiger Verbitterung die Augen zusammen.

Und dann hob er den Kopf und schickte einen gewaltigen Feuerstoß direkt in den Wald – und brach damit die Vereinbarung, die er mit Hicks getroffen hatte.

Hicks erstickte der Freudenschrei in der Kehle.

Die Flammen trafen auf einen besonders großen Baum, der sofort hoch aufloderte.

Eine Feuerexplosion – Hicks hatte noch nie etwas Derartiges gesehen.

»*Was ist mit deinem Versprechen?*«, schrie Hicks, als der Drache in der Luft lässig eine kleine Spirale flog und sich für einen weiteren Feuerstoßangriff bereit machte. »KEIN FEUER, BIS DU DAS ARCHIPEL VERLASSEN HAST! DU HAST ES VERSPROCHEN!!!«

Als Antwort schickte der Drache nur einen weiteren Feuerstoß in den Wald hinab und schon explodierte ein weiterer Riesenbaum in Flammen. Das Feuer griff schnell auf die nächsten Bäume über, die wie Fackeln aufloderten. Funken sprühten wie ein monströses Feuerwerk in den Nachthimmel wie die glühenden Überreste des nutzlosen Versprechens, das der Drache gegeben hatte.

»*Z-z-zahnlos hat dir doch gesagt, i-i-ihm darfst du nicht trauen*«, sagte Zahnlos, was unter diesen Umständen nicht besonders hilfreich war.

»*Du hast es versprochen*«, flüsterte Hicks entsetzt, »*du hast es doch versprochen …*«

»*Um etwas zu versprechen, muss man ein Herz haben*«, knurrte der Drache. »*Und mein Herz ist schon vor langer, langer Zeit gebrochen. Jetzt ist höchstens noch ein halbes Herz übrig. Und deshalb halte ich mein Versprechen nur zur Hälfte. Ich werde mich ein Jahr lang vom Archipel fernhalten. Ich gebe dir ein Jahr, nicht mehr, Junge-mit-dem-Namen-den-ich-einst-liebte … Aber dann werde* ich zurückkehren und dafür gebe ich dir jetzt ein neues Versprechen ...«

Hicks war ziemlich sicher, dass ihm das neue Versprechen nicht besonders gefallen würde, und er täuschte sich nicht.

»Das neue Versprechen ist: Ich werde zurückkehren und DANN wird es einen neuen Drachenaufstand geben und er wird erfolgreich sein. Wir werden diese Welt mit unserem Drachenfeuer vollkommen einäschern. Kein elendes Menschenwesen wird am Leben bleiben, nicht ein einziges. Denn hundert Jahre lang habe ich in die Vergangenheit und in die Zukunft geblickt und das kann ich dir sagen, Junge: Menschen und Drachen können nicht zusammenleben ...«

Die Worte des Drachen waren grausam, furchtbar, entsetzlich, und wurden so verbittert hinausgezischt, dass sie das Röhren des Windes und der Flammen und das Kampfgeschrei übertönten.

»NEIN!«, schrie Hicks. »DAS IST NICHT WAHR! Hicks der Hartnäckige vom Hauenstein der Zweite glaubte es nicht und ich glaube es auch nicht!«

»Hicks der Hartnäckige vom Hauenstein der Zweite ist TOT«, gab der Drache gleichmütig zurück und schwang sich noch höher in die Lüfte, höher und immer höher. »Schau nach unten, Junge, schau hinab auf die WIRKLICHE Welt.«

Und Hicks blickte hinunter und sah das Archipel wie winzige grüne Flecken in einem endlosen blauen Meer.

»In dieser Welt«, fuhr der Drache verbittert fort, »werden meine Drachenbrüder überall in Ketten gehalten. Die Menschen haben uns gezähmt und versklavt wie Hunde ... Sie reiten auf uns wie auf Pferden ... Sie nehmen uns unser Feuer und stutzen uns die Flügel und brechen unsere Herzen. Es gibt nicht mehr genug Platz auf unserem Planeten für Drachen und für Menschen«, sagte der Drache, doch nun klang seine Stimme unendlich müde und traurig. »Und wenn ich in die Zukunft blicke, sehe ich, dass unsere Zeit immer knapper wird. Und noch etwas sehe ich: Wenn ich dich, DICH, HICKS, nicht aufhalte, wirst du unser Ende besiegeln. Denn DU wirst es sein, der uns endgültig in die Vergessenheit führt ...«

»Wer - ich?«, rief Hicks entsetzt. »Aber ich LIEBE die Drachen! Du hast das alles völlig falsch verstanden!«

»Wenn du zum Manne heranwächst, wird es unser Ende sein«, wiederholte der Drache. »Und deshalb muss ich alle Drachen von nah und fern zusammenrufen, von den Tiefen des Ozeans und von den hintersten Winkeln der Erde, und wir werden diesen letzten, großen Kampf austragen, bevor es zu spät ist.«

»NEIN!«, schrie Hicks, völlig außer sich. »NEIN, NEIN, NEIN, NEIN, NEIN!«

Der Drache Wildwut schwang sich in einem großen Bogen noch weiter hinauf, und als er den Scheitelpunkt des Bogens erreicht hatte, rollte er sich blitzschnell auf den Rücken.

Hicks stürzte in die Tiefe.

Tiefer, immer tiefer.

Und der Drache Wildwut breitete die mächtigen Flügel aus und flog davon, bis hin zum in ewigem Eis erstarrten Norden.

Tiefer, tiefer, tiefer stürzte Hicks und schrie immerzu: »NEIN! NEIN! NEIN! NEIN! NEIN!«

Aber da war niemand mehr, dem er sein NEIN! hätte zurufen können – was immer das Nein auch bedeuten mochte: Nein zu dem Gedanken, dass Drachen und Menschen nicht zusammenleben konnten; Nein zum Schicksal oder einfach Nein zu der Schwerkraft, die ihn mit unerbittlicher Macht nach unten zog.

20. EINE ECHT SCHLIMME NACHT ...

Als die Flammen an den Bäumen ringsum hochloderten, hörte sogar Kamikazzi auf, die Berserker zu ärgern.

»FEUER!!!«, schrie sie. »FEUER!«

»ALLE ZUM HAFEN!«, brüllte der Häuptling.

Gefangene, Berserker, Verlobte – alle stürmten in wilder Flucht über die Seilbrücken zum Berserkerhafen. Weg, nur weg!

Währenddessen fiel Hicks haltlos aus dem Himmel. Zahnlos schoss verzweifelt im Sturzflug hinter ihm her.

Immer tiefer und tiefer fiel Hicks, von sehr hoch oben, wo ihn der Drache Wildwut abgeworfen hatte, und er wäre mit Sicherheit zu Tode gestürzt, wenn nicht der Espenlaubler den Sturz beobachtet hätte und nun in die Höhe schoss, dem Fallenden entgegen.

Drachen sind absolut wunderbare Flugkünstler. Ihre gesamte Entwicklung war darauf ausgerichtet, ihre Beute mitten im Flug fangen zu können, und auch der Espenlaubler war keine Ausnahme. Vier starke Schläge mit den großen Flügeln brachten ihn auf die richtige Höhe, sodass er Hicks mitten im Sturz am Kragen packen konnte. Instinktiv hatte er Flugbahn, Geschwindigkeit und Zeit vollkommen richtig eingeschätzt.

Na ja, nicht *ganz* vollkommen richtig.

Um Hicks' Kragen packen zu können, musste er für

einen Sekundenbruchteil in eine Schräglage gehen, und damit befand er sich momentan im Ungleichgewicht. Hicks' Gewicht riss ihn in eine Abwärtsspirale; Junge und Drache stürzten geradewegs in das Inferno, das unter ihnen tobte. Sie prallten auf einen starken Ast, von dem sie abfederten, und – durch reinen Zufall, echt! – wurden sie auf eine der Seilbrücken katapultiert, die noch nicht in Flammen stand, aber unter dem Aufprall heftig erbebte und ächzte und zu reißen schien … aber dann doch hielt.

Hicks prallte so hart mit dem Kopf auf, dass er bewusstlos liegen blieb. Und der Espenlaubler hatte sich mit einem Flügel in einem Seil der Brücke verfangen und konnte sich nicht mehr befreien.

Zahnlos quiekte vor Entsetzen, landete auf der Brust seines Meisters und leckte ihm das Gesicht, um ihn aufzuwecken. Inzwischen stand praktisch der gesamte Wald in Flammen und Bäume, die Hunderte Jahre gebraucht hatten, um so groß zu werden, verwandelten sich in Minuten von Holz zu Holzkohle.

Hicks schlug die Augen auf. Benommen rappelte er sich auf die Beine.

»Ich … äh … brauche Hilfe …«, stotterte der Espenlaubler. Hicks machte sich sofort daran, seinen Flügel von den Lianen und Seilen zu befreien, in die er sich verwickelt hatte. Und er hatte es beinahe auch geschafft, als eine humpelnde Gestalt am Ende der Brücke auftauchte.

Es ist zu keinem Zeitpunkt eine gute Idee zu vergessen, dass auch Alwin der Verräter noch in der Gegend war.

Und jetzt erst recht nicht.

Du solltest dir immer darüber im Klaren sein, dass Alwin irgendwo lauern könnte und versteckt in den Büschen seine üblen Pläne ausheckt oder mit wehendem Umhang wie ein bösartiger Vampir hinter dir herschleicht. Und in diesem Augenblick schlich er tatsächlich hinter Hicks heran, schlich auf Zehenspitzen so vorsichtig über die Seilbrücke, dass sein Elfenbein-Bein kaum ein Geräusch verursachte. Das Schwert Sturmklinge hatte er fest in die Metallhalterung am Armstumpf geschraubt und auf dem, was von seinem Gesicht noch übrig war, lag ein irres, wütendes Grinsen.

Man hätte denken können, dass Alwin das allgemeine Chaos dazu genutzt hätte, sich selbst zu retten und still und heimlich zu fliehen. Schließlich war Alwin genauso ein Gefangener der Berserker wie die armen Seelen, die seit Jahren und Jahrzehnten in den Baumhöhlen vor sich hin vegetiert hatten. Alwin war seit fast einem Jahr gezwungen gewesen, die gesamte Berserkerarmee zu bekochen. In Ketten gelegt musste er ihnen dienen und, was ihm am schwersten fiel: dabei immer höflich bleiben. Ganz bestimmt hätte ihm niemand jemals die Erlaubnis gegeben, sich vom Acker zu machen. Warum also nutzte Alwin die Gunst der Stunde nicht dazu, in die Freiheit zu entkommen? Warum floh er nicht wie alle anderen vor dem Feuer in Richtung Hafen?

Die Antwort lautet: weil Alwin Hicks hasste. So sehr hasste, dass sein Hass im Laufe der Jahre in seinem Kopf wie ein Krebsgeschwür gewachsen war. Ein Geschwür, das wie Unkraut immer neue Triebe und Wurzeln ausgebildet hatte, bis es jede Nische und jede Ecke seines Gehirns vollständig ausfüllte. Sein Hicks-Hass war so giftig, so rasend, rot glühend und so wahnsinnig betäubend geworden, dass er ihn völlig beherrschte und jeden Gedanken an das Leben restlos vertrieb. Selbst sein eigener Selbsterhaltungstrieb – der früher Alwins stärkster Instinkt gewesen war – war nun weitaus schwächer als sein Hass auf Hicks.

(Liebe Leser und Leserinnen, glaubt bloß nicht, dass so etwas niemandem außer Alwin passieren könne. Er ist bei Weitem nicht der erste und nicht der einzige Mensch, der sich von seinem Hass so blenden lässt, dass er lieber SELBST sterben würde, als seinen Erzfeind auch nur einen Tag länger am Leben zu lassen.)

Und so schlich Alwin hinter Hicks' Rücken heran und Zahnlos hatte gerade noch Zeit, »Hinter dir!« zu schreien, sodass Hicks herumwirbelte und Alwins Schwert auf sich niedersausen sah.

Hicks riss sein Schwert heraus und parierte den Angriff in allerletzter Sekunde. Metall klirrte hell und klar gegen Metall: Grimmbarts bestes Schwert Sturmklinge und Grimmbarts zweitbestes Schwert Wagemut trafen aufeinander und Mann und Junge begannen ihren entscheidenden Kampf.

Es war ihr dritter Kampf, aber noch nie zuvor hatte ein Kampf unter derart hoffnungslosen Umständen stattgefunden, auf einer Brücke aus Holzplanken und Seilen, die an beiden Seiten Feuer gefangen hatte, und mitten in einem Wald, der lichterloh brannte und früher einmal der Ewig Jammernde Wald genannt worden war.

Alwin griff an, fluchend, und stürzte sich auf den Jungen. Und Hicks, der erkundigte sich zwischen jeder Parade besorgt bei dem Espenlaubler, wie es ihm gehe und ob er sich schon restlos habe befreien können.

Hicks' Schwertkampftechnik hatte sich im vergangenen Jahr so sehr verbessert, dass er allmählich die Oberhand gewann, so müde und erschöpft und von unzähligen Brandwunden übersät er auch sein mochte. Alwins Angriffe wirkten immer verzweifelter – doch ausgerechnet in diesem Augenblick brannte eines der Brückenseile durch, die Brücke sackte nach unten und Hicks verlor den Halt unter den Füßen. Er fiel durch die restlichen Seile, verzweifelt um sich schlagend suchte er nach Halt und bekam tatsächlich geraaade noch den Rand der Brücke zu fassen, sodass er nun über der flammenden Hölle hing ... an einer einzigen Hand.

Mit bitter-triumphierendem Grinsen im Gesicht kam Alwin auf ihn zu.

»Jetzt kriege ich dich endlich, Hicks der Hartnäckige vom Hauenstein der Dritte!«, schrie Alwin der Verräter siegessicher. Er schraubte sein Schwert ab, setzte den Eisenhaken in die Halterung und hielt den Haken in die flammenden Seile der Brücke, bis er glühend heiß war. Dann hob er ihn hoch über den Kopf, um ihn als letzten Akt feierlich auf Hicks' Hand zu drücken, die sich verzweifelt an die Brücke klammerte.

»AAALWIIIIIIIIIIINNNNNN!«, kreischte plötzlich eine durchdringend grelle Stimme, die aus der Feuer- und Rauchhölle hinter ihm hervorscholl. Und gleich noch einmal: »AAALWIIIIIIIIIIINNNNNN!«

Der glühende Haken blieb in der Luft stehen, sodass Hicks die Zeit fand, das Schwert in die Scheide zu stecken, sich auch mit der anderen Hand festzuhalten und dann einen Ellbogen auf die Brückenplanken zu schieben.

Hicks konnte es nicht sehen, aber der alte Schurke Alwin der Verräter war bei diesem Schrei so kreideweiß wie der leibhaftige Tod geworden.

Und wenn Hicks nicht so damit beschäftigt gewesen wäre, sich müüüüühsaaaaam auf die Brücke zu hieven, hätte er eine höchst ungewöhnliche Gestalt gesehen, die durch Rauch und Feuer auf sie zuritt.

Die Gestalt war Alwins Mutter und sie saß auf einem Windpockler.

21. ALWIN IST ZIEMLICH ÜBERRASCHT

Unter anderen, weniger brandgefährlichen Umständen wäre einem die Situation vielleicht sogar ziemlich komisch vorgekommen.

Auf jeden Fall war es ein bizarrer Anblick.

Zwanzig Jahre ohne jeden Lichtstrahl hatten der Hexe jede noch so geringe Spur von Farbe aus dem Körper gesaugt. Jetzt war sie so weiß wie Knochen, die jahrhundertelang in der Wüstensonne gelegen hatten. Ihr schlohweißer Haarschopf wehte mehrere Fuß lang wie ein Brautschleier hinter ihr her. Ihre verblassten Augen waren immer noch halb blind, aber alle anderen Sinne waren so scharf, dass sie sich so sicher bewegen konnte wie eine Fledermaus mit ihrem Echoortungssystem.

Der Windpockler bockte wie verrückt und versuchte ständig, sie abzuwerfen, aber die Hexe war hartgesotten und viel eigenwilliger als Fischbein; für sie war es kein Problem, sich festzuhalten und den Drachen durch Rauch und Flammen zu den beiden Gestalten auf der Brücke zu treiben.

Alwins Gesichtsreste hatten sich inzwischen geisterhaft grün verfärbt.

Und wer hätte dafür kein Verständnis?

Schließlich hatte er seine Mutter seit zwanzig Jahren nicht mehr gesehen.

Und sie war ja nun wirklich eine besonders furchteinflößende Erscheinung.

»Mama???«, flüsterte Alwin der Verräter im jammernden Tonfall. »Bi-bist du das, Mama?«

»Hilf ihm rauf, IDIOT!«, keifte die alte Dame los, während sie den Windpockler über Alwins Kopf lenkte. Sie schien sich nicht sonderlich darüber zu freuen, ihren Sohn wiederzusehen, vor allem, wenn man bedenkt, wie lange sie ihn nicht mehr gesehen hatte.

»Was ist denn mit dir passiert?«, schimpfte sie auf ihn hinab, als sie ihn näher betrachtete und sah, was ihm alles fehlte – ein Bein, ein Auge, die Nase und ein halber Arm. »Wie siehst du denn wieder aus!? Schau dich doch nur mal an! Da schicke ich dich los mit dem klaren Befehl, König von Wilderwest zu werden, und was machst du? Du schaffst es nicht mal, deine eigenen Glieder beisammenzuhalten! Siehst du denn nicht, du Dummkopf, dass wir die kleine Ratte nicht ins Feuer hinunterfallen lassen dürfen? Er hat das SCHWERT!«

In Sekunden hatte sich Alwin von einem triumphierenden, prächtigen Bösewicht, der gerade den grandiosesten Sieg seiner Übeltäterkarriere errungen hatte, in einen kleinen Jungen verwandelt, der etwas grauenhaft Dummes angestellt hatte.

»Nein – ich habe das Schwert ...«, sagte Alwin kläglich und hielt die Sturmklinge in die Höhe, als könne er sie damit beeindrucken.

»IDIOOOOT!!!«, kreischte Alwins Mutter und riss den Windpockler direkt über Alwins Kopf so heftig an den Ohren, dass er quiekend vor Schmerzen zum Stillstand kam. »Es ist das ANDERE SCHWERT! Hilf ihm rauf, hilf ihm rauf! Und nimm ihm sofort das Schwert ab!«

Alwin drehte sich zu Hicks um und zischte wütend: »Ich kann's nicht glauben ... du hast sie freigelassen ... das ist das Allerschlimmste, was du mir jemals angetan hast ...«

Aber es war schon zu spät.

Hicks hatte sich bereits selbst mit beiden Ellbogen auf die Brücke geschoben und war dann hinaufgeklettert. Der Espenlaubler hatte inzwischen seinen Flügel befreit; Hicks schwang sich sofort auf seinen Rücken und der Drache stieg in die Luft ...

... und die Brückenseile, die an beiden Enden lichterloh brannten, gaben endlich nach und die gesamte Brücke fiel in den flammenden Abgrund.

Alwin kreischte vor Entsetzen, aber seine Mutter beugte sich von ihrem Windpockler herab und erwischte ihn am Haken, gerade in dem Augenblick, in dem die Brücke unter ihm wegbrach.

Aber kaum hatte die Hexe den Haken zu fassen bekommen, da stieß sie auch schon einen grauenhaften Schmerzensschrei aus.

Denn Alwin hatte den Haken erst vor wenigen Sekunden in die lodernden Flammen gehalten. Und das

bedeutete, dass der Haken glühend heiß war und alles verbrannte und versengte, was ihn berührte.

»Auuuuuaaaaaaahhhh!!!!!«, schrie sie, wie von Sinnen vor Schmerzen. »AUUUUUAAAAAAAHHHH!!!!!«

Das rührende Wiedersehen von Mutter und Sohn nach so langer Trennung hatte genau eine Minute gedauert. Dann verbreitete sich ein grauenhafter Gestank wie von faulen Eiern und es stank nach verbranntem Fleisch. Alwins Mutter ließ den Haken los.

Und Alwin stürzte in die Tiefe, in die flammende Hölle des Abgrunds.

Einen Augenblick später war er verschwunden.

Die Hexe zögerte keine Sekunde.

Mit einem Satz sprang sie vom Windpockler und stürzte sich selbst in den feurigen Abgrund.

Keine Ahnung, warum sie das machte. Ein Anfall von

Mutterliebe? Wer weiß, was sie plante. Vielleicht hatte sie gar keinen Plan.

Und die Flammen verschlangen auch sie, mit einem einzigen, gierigen Auflodern. Ich könnte nun behaupten, dass Alwin und seine Mutter dieses Mal auf gar keinen Fall den Brand des Heulenden Waldes überleben konnten.

Aber das werde ich nicht behaupten, weil ich mich schon ein paarmal geirrt habe.

22. DIE KINDER WERDEN GEFUNDEN

Bärbeißer der Gewaltige hatte in der letzten Nacht nicht viel Schlaf gefunden. Ständig hatte er sich krank vor Sorgen um seinen Sohn Hicks hin und her gewälzt. Denn Hicks war nicht nach Hause gekommen.

Beim ersten Licht der Morgendämmerung brach ein Suchtrupp auf. Natürlich hatten sie sofort Fischbeins Nachricht für Hicks gefunden und deshalb waren sie schon auf halbem Weg zur Berserker-Insel, als sie bemerkten, dass die Insel in Flammen stand.

»FEUER! BERSERK BRENNT!«

Aber bis sie das Ufer erreichten, waren die meisten Berserker bereits mit ihren Schiffen geflohen – wer weiß schon, wohin.

Ein paar Gefangene waren aus Angst vor den Flammen bis in die höchsten Wipfel der Bäume hinaufgeklettert, hatten ihre Hosen oder Hemden ausgezogen und winkten damit, um auf sich aufmerksam zu machen.

Bald verwandelte sich die Insel in ein einziges Chaos von Schreien, als die Retter einander Befehle zubrüllten, während sie versuchten, die im Flammenmeer gefangenen Wikinger herauszuholen. »Hier ist einer!« oder »Zwei hocken hier unten in einer Baumhöhle!«. Und allmählich konnten sie alle in Sicherheit bringen.

»Was für ein PRÄCHTIGES Feuerchen«, grinste Rotznase, als er am Schauplatz der dramatischen Ereignisse ankam. »Wäre es zu viel verlangt, dass sich Hicks der Nutzlose mittendrin befand und zu einem kleinen nutzlosen Schnitzelchen gebraten wurde?«

Ja, das war *eindeutig* zu viel verlangt.

Zu Bärbeißers unendlicher Erleichterung hockte die Gruppe von Verlobten im Halbkreis am Strand, alle mit versengten Haaren und Bärten, rußgeschwärzt, erschöpft und müde, und mitten im Kreis saßen Hicks, Fischbein, Kamikazzi und Torben der Teufelskerl.

»Torben der Teufelskerl!«, brüllte Bärbeißer, ausnahmsweise unendlich froh, den so aufreizend perfekten Heldenkrieger zu sehen. »Du hast meinem Sohn das Leben gerettet! WIEDER EINMAL!«

»Nein«, schüttelte Torben den Kopf und legte Hicks die Hand auf die Schulter. »Dieses Mal war es andersherum – er hat *mir* das Leben gerettet …«

»*Und* wir haben die Unmögliche Aufgabe geschafft!«, rief Fischbein, öffnete seinen Hummerreusen-Rucksack und zeigte Bärbeißer die fünf vollen Honigtöpfe.

»*Und* ich habe elf weitere Männer gefunden, die Prinzessin Tussinella gern heiraten möchten«, ergänzte Hicks und deutete auf die Verlobten.

Fischbein betrachtete nachdenklich seinen Rucksack mit den Honigtöpfen darin. Und dann reichte er ihn Torben dem Teufelskerl.

»Bist du sicher?«, fragte Torben.

»Ja«, nickte Fischbein. »Der Vorvorletzte Verlobte ist der Mann, den sie wirklich liebt, und der seid Ihr.«

Die anderen Verlobten protestierten nicht dagegen, denn sie hatten festgestellt, dass ihre Liebe zu Tussinella stark zusammengeschmolzen war, während sie auf der Berserker-Insel gefangen gewesen waren.

Zumindest in ihren Fällen konnte es also doch nicht die Einzig Wahre Liebe des Lebens gewesen sein.

Verlobter#1: »Wir stehen geschlossen hinter Euch, Torben der Teufelskerl, wenn Ihr die Hand Eurer Braut fordert! Mich deucht, dass mir ein kleines Scharmützel mit UG Ugglitugg dem Hassschläger ganz gut zusagen würde!«

»Oooh«, sagte Kamikazzi und fuchtelte mit ihrem Schwert herum, »ich auch! Jippieeee! Kann es KAUM ERWARTEN, den alten Ugglitugg ein bisschen Blut verspritzen zu lassen!«

»Kommt nicht infrage«, sagte Bärbeißer streng. »Du wirst sofort zu deiner Mutter zurückgebracht!«

»Bist du mein Häuptling?«, schrie Kamikazzi spitz. »Bist du nicht!«

Aber Bärbeißer gab nicht nach. Schließlich war das alles nur deswegen passiert, weil sich die Raufbolde auf die Suche nach Kamikazzi gemacht hatten. Er wollte unter keinen Umständen das Risiko eingehen, dass sie noch einmal verloren ging.

»Keine Sorge, wir werden deine Sturmfliege für dich

retten«, versprach ihr Torben der Teufelskerl. »Mein Wort als Held.«

»Das hier werdet Ihr dabei vielleicht brauchen«, sagte Hicks, fischte etwas aus seiner Tasche und gab es Torben.

Es war ein Schlüssel.

Der Schlüssel, der alle Schlösser öffnet und den Zahnlos verschluckt hatte.

23. WIE UG UGGLITUGG ENDLICH SEINE TOCHTER LOSWURDE

Die Sage erzählt, dass Torben der Teufelskerl am nächsten Tag, völlig in Schwarz gekleidet, durch Thors Donnerbalkenschlucht geradewegs in das Herz des Gebietes segelte, das UG Ugglitugg dem Hassschläger gehörte. Er fuhr direkt unter den Nasen der laut schnarchenden Kreischdrachen vorbei und schaffte es sogar irgendwie, die überall herumschweifenden Raptorenzungendrachen nicht auf sich aufmerksam zu machen.

Und die Sage erzählt weiter, dass dieser unerschrockene, wagemutige Tausendsassa, Torben der Teufelskerl, sich mitten in der Nacht in UG Ugglituggs Burg schlich. Niemand weiß, wie er unbemerkt hineingelangen konnte, denn UGs Burg war angeblich unangreifbar und unbezwinglich. Sie hatte nicht weniger als ZWANZIG schwere, eisenbeschlagene Tore, die man aufschließen musste, bevor man auch nur in die Innere Burg gelangen konnte.

Aber Torben der Teufelskerl überwand sämtliche Tore und schlich weiter auf Zehenspitzen durch die Burg, bis er schließlich UG Ugglituggs Schlafkammer entdeckte (wahrscheinlich folgte er einfach dessen Schnarchgeräuschen). Irgendwie gelang es ihm, in die Kammer einzudringen, ohne von den zwar schwer bewaffneten, aber jetzt im Chor schnarchenden Wärtern bemerkt zu werden. Leise, oh, so leise stellte er die vier Töpfe mit dem Honig, der von den fleißigen Berserkerbienen stammte, neben UG Ugglituggs Bett auf den Boden.

Den fünften Honigtopf leerte er sanft und sorgfältig in UGs Lieblingsfilzpantoffeln aus.

Als UG am nächsten Morgen erwachte, war seine Tochter verschwunden.

Ihr Kammerfenster stand weit offen. Die Vorhänge flatterten im Wind. Das Bett war leer.

Der Vogel war ausgeflogen.

Ein paar ziemlich wertvolle Gegenstände waren ebenfalls verschwunden.

Zum Beispiel ein sehr seltener Goldener Kapriziösdrache, den UG in einem eigenen Käfig in seinen Drachenställen eingesperrt hatte, um ihm bessere Manieren beizubringen und ihm klarzumachen, wer sein richtiger Meister war, damit er in Zukunft nicht mehr davonflog. Aus irgendeinem Grund schien der Drache aber immer noch zu glauben, dass er dieser verfluchten kleinen Sumpfdiebin gehörte, die den Drachen ihm, UG, vor einiger Zeit geklaut hatte.

Außerdem fehlte ein riesiger, sehr schwerer Thron, den UG erst vor Kurzem unter beträchtlichen Schwierigkeiten den ganzen langen Weg von den Weststränden hierher hatte schaffen lassen, damit seine Steinmetze das Wappen der Hassschläger auf der Lehne einmeißelten.

Die anderen Verlobten hatten beim Abtransport des Throns kräftig mit angepackt.

UG Ugglitugg der Hassschläger schickte sofort seine gesamte Flotte zum Archipel, um nach dem durchgebrannten Töchterchen, ihrem Verlobten und den fehlenden Wertsachen suchen zu lassen.

Aber ein Held wie Torben der Teufelskerl segelt keine lahmen Enten. Sein Schiff *Pilgerfalke* war der schnellste Rennsegler im ganzen Archipel.

Und die *Pilgerfalke* segelte schneller als jeder Falke und jedes Glühwürmchen durch die nebelverhangene Donnerbalkenschlucht auf das offene Meer hinaus.

Einen oder zwei Tage später fand Bärbeißer der Gewaltige ein Geschenk, das jemand am Strand für ihn zurückgelassen hatte.

Das Geschenk war ganz ungewöhnlich schwer.

Plattfuß der Denkschwache entdeckte es, als er frühmorgens zum Fischen hinausfahren wollte. Sofort paddelte er, so schnell er konnte, wieder zum Dorf zurück und läutete Sturm, um das ganze Dorf aus dem Schlaf zu reißen.

Halb verschlafen krochen die Raufbolde und Sumpfdiebe (welche bei den Raufbolden übernachtet hatten, um die Nachwirkungen der feuchtfröhlichen, ausgelassenen Willkommensfeier für Kamikazzi auszukurieren) unter ihren Decken hervor und stolperten zum Hafen hinunter.

Und dort, mitten auf dem Strand, als hätte er schon immer dort gestanden, stand ein riesiger, sehr schöner THRON, der selbst Götter vor Neid hätte erblassen lassen.

Und auf dem Sitz des Throns lag eine Hummerreuse und in der Hummerreuse schlummerte ein wunderschöner Kapriziösdrache von der Farbe einer Goldmünze. Um den schlanken Drachenhals hing ein Brief.

»Sturmfliege!«, jauchzte Kamikazzi auf, öffnete die Reuse und nahm ihren schönen Drachen auf die Arme. Sturmfliege gähnte ausgiebig und wachte endgültig auf. »Geht es dir gut? Bist du verletzt?«, fragte Kamikazzi besorgt.

»Ich hab den hässlichen Ugglitugg in die Nase gebissen«, sagte der Kapriziösdrache in lupenreinem Nordisch und lächelte voller Stolz. »Viele, viele Male …«

»Oh, gut gemacht, mein cleveres, cleveres Mädchen!«, seufzte Kamikazzi hingerissen und drückte Sturmfliege noch enger an sich.

Die Raufbolde und Sumpfdiebe hatten sich rings um den Thron versammelt und starrten ihn voller Bewunderung an. Die meisten von ihnen hatten noch nie etwas so Schönes gesehen.

»Ich wusste doch, dass er uns gehört«, verkündete Bärbeißer der Gewaltige und deutete auf das Wappen des Raufbold-Stammes auf der Rückenlehne. »Aber jetzt möchte ich gerne wissen, wie er hierherkommt?«

»Setz dich auf keinen Fall darauf!!!«, rief Hicks warnend. »Irgendetwas stimmt nicht mit diesem Thron, niemand sollte sich auf ihn setzen.«

»Ein Thron nützt doch nur dann was, wenn man sich draufsetzen kann! Was meinst du, was wir mit dem Thron machen sollen, Alt Faltl?«, wandte sich Bärbeißer an den Ältesten des Stammes, Hicks' Großvater, einen steinalten Mann mit einer Haut, die so trocken und runzelig und rissig war, dass man ihn leicht mit einem Stück Treibholz hätte verwechseln können.

»Ein Thron, der an einem verhexten Strand gefunden wurde«, meinte Alt Faltl mit nachdenklicher Stimme, »könnte vielleicht kein gutes Omen sein. Ich meine, Hicks hat recht … ich hab ein ganz schlechtes Gefühl dabei. Aber irgendetwas sagt mir, dass wir ihn nicht zerstören sollten.«

Alt Faltl dachte eine Weile nach. »Ich denke, wir sollten ihn im Hafen versenken. Es schadet ihm bestimmt nicht, wenn er noch eine Zeit lang unter Wasser liegt. Dann kann sich niemand daraufsetzen und womöglich einen Fluch auf sich ziehen … und wir wissen immer, wo der Thron ist … falls wir ihn eines Tages doch noch brauchen sollten.«

»Na gut. Wir lassen ihn für heute noch hier und schaffen ihn morgen zum Hafen«, entschied Bärbeißer. »ABER JETZT«, rief er, »müssen wir erst einmal an etwas Wichtigeres denken: Frühstück!«

»Ohhh prima«, bellte Berta die Prallbusige und klatschte kräftig die fleischigen Hände zusammen. »Eine extragroße Portion Rostbraten und drei zart gegrillte Flossen des Großen Weißen Hais für mich!«

»Der Brief hier ist an dich adressiert, Hicks«, sagte Bärbeißer und händigte den Brief seinem Sohn aus, wobei er ihm liebevoll das struwwelige Haar zauste. »Mach dir nichts draus, mein Sohn«, fügte er verlegen hinzu, als ihm klar wurde, dass der Brief für Hicks vielleicht eine enttäuschende Nachricht enthielt. Daher glaubte er, noch etwas Tröstendes sagen zu müssen: »Du wärst eh ein bisschen jung gewesen, um sie zu heiraten, meinst du nicht auch? Nächstes Mal hast du vielleicht mehr Glück, he?«

»Aber Vater, ich WOLLTE doch gar nicht heiraten, es war doch so, dass …«

Aber das alles war viel zu kompliziert für Bärbeißers Verstand, der schon unter besten Bedingungen ein bisschen lahm arbeitete und erst recht, wenn er noch keinen Morgenkaffee bekommen hatte. Deshalb gab Hicks den Versuch auf, seinem Vater die Sache genauer zu erklären. Bärbeißer war ohnehin schon durch den Sand davongestapft.

Kamikazzi und Fischbein drängten sich nahe an Hicks heran und schauten ihm neugierig über die Schultern, als er den Briefumschlag öffnete.

Ein Stück Papier fiel heraus. Und ein Schlüssel.

Lieber Higgs, Fischbeihn und Kamigassi,

wir sin nu unnerwegs zu unser Honikmond. Un sin nur kurtz hergefarrn, um das hir zurr rück zubringen. Dankscheen für alles was du für uns gethan has, und fur 'n Schlüssl, der war nemlich ser nützlig. Die annern Verlobdn senden irre bestn Grüse. Un Winsche.

Hochachdungsvoll,
Torpen Deufelskerl un Dussinella O'UGerli-Deufelskerl

PeEs: Hir iss noch, wi du unns erreichn können tust:
(Miet-ein-Held@wikings.com)

wenn ich
Meine Liebe zu
Ach! Dürft' ich doch sitzen
Schoß!
In still rostender Liebe
?
Lieber Fischbein,
Danke für die Sumpfrose.
Ich hab sie bei meiner Hochzeit
getragen.
Alles Liebe, Tussinella
PS: Nettes Gedicht! Hast du jemals überlegt,
ob du nicht MINNESÄNGER werden willst?

Der Brief war auf die Rückseite von Fischbeins Liebesgedicht an Tussinella geschrieben worden.

»Ist Z-z-zahnlos' Schlüssel!«, quiekte Zahnlos erfreut. »Kann Zahnlos ihn b-b-behalten?«

»Das darfst du, Zahnlos«, sagte Hicks und hängte Zahnlos den Schlüssel um den Hals. »Ich muss zugeben: Wenn du den Schlüssel nicht verschluckt hättest, wären wir alle verloren gewesen. Du hast die ganze Sache wieder einmal gerettet, Zahnlos. Aber in Zukunft frisst du keine unfressbaren Sachen mehr, ist das klar?«

Zahnlos schüttelte ernst den Kopf, dann reckte er die Brust heraus, als wäre der Schlüssel ein großer Barbaren-Orden, und klapperte ein bisschen damit, um vor Sturmfliege anzugeben.

»Ooooh, Zaaahnlos«, seufzte Sturmfliege hingerissen und klapperte mit den goldenen Wimpern, »du siehst so wichtig und offiziell aus …«

»Hört mal«, sagte Kamikazzi und deutete auf das Meer hinaus. »Ich glaube, Torben und Tussinella singen …«

Alle strengten ihr Gehör und ihre Augen an und tatsächlich konnten sie gerade noch das winzige Dreiecksegel der *Pilgerfalke* am Horizont erkennen. Düstere Sturmwolken zogen sich drohend am Himmel zusammen und die Wellen bildeten weiße Kronen und schlugen immer höher auf das Ufer, zuverlässige Anzeichen für einen aufziehenden Orkan. Es begann zu regnen.

Aber trotzdem konnten sie die Stimmen hören, die voll wilder Freude über den pfeifenden Wind und das Rauschen des Meeres herüberschallten.

Torben der Teufelskerl war absolut unmusikalisch, traf nie den richtigen Ton und verlor immer die Kontrolle über seine leider stark lädierten Stimmbänder, sodass seine Stimme über die gesamte Tonleiter auf und ab lief, ohne sich jemals an eine wirkliche Melodie zu halten:

Die Liebe hat mich einmal berührt
und damals brach mir das Herz.
Doch Thor hat mich zu dir geführt,
neue Liebe vertreibt alten Schmerz.

Und dann fiel eine andere, eine weibliche Stimme ein, Tussinellas Stimme, die ein altes Barbaren-Lied sang, das den schönen Titel *Die Schatzsucherin* trug:

Nicht gelüsten mich Schlösser noch Kronen,
Nicht Reichtum, Juwelen und Geld!
Lasst mich unter den Sternen wohnen,
denn ich weiss, auf mich wartet ein Held!
Auch ich bin zur Heldin geboren
und schwinge mein Schwert wie ein Mann!
Einen Helden hat mein Herz erkoren
und den hole ich mir, wenn ich kann!

Ich segle hinaus auf die Meere,
auf der Suche nach meinem Schatz.
Er ist alles, was ich begehre,
an meiner Seite ist sein richtiger Platz.

Und wieder fiel Torben ein:

Meine erste Liebe erlosch wie die Kerze,
deren Flamme im Winde verweht.
Doch Thor heilt mein gebrochenes Herze
und eine neue Liebe entsteht.

Bildete Hicks sich das nur ein oder sang die weibliche Stimme genauso falsch wie die männliche?

»Ich werde mich niemals mehr verlieben«, sagte Fischbein düster und steckte sein Liebesgedicht in die Tasche.

»Na ja, die Leute sagen, erst eine unglückliche Liebe macht aus dem Dichter einen richtigen Dichter«, antwortete Hicks. »Schau dir doch nur mal Torben an. Bei *dem* hat es am Ende doch ganz gut funktioniert. Vielleicht kriegst auch du eines Tages eine zweite Chance, Fischbein. Vergiss nicht, du bist erst dreizehn.«

Die drei Freunde und die zwei kleinen Drachen schlenderten am Strand entlang zu dem steilen, windumtosten Pfad zurück, der durch die Klippen zum Dorf der Raufbolde hinaufführte. Geistesabwesend warf Hicks einen kleinen Stein über die Schulter auf den Strand.

Der Stein landete ein kleines Stück vom Thron entfernt, der still und stumm im Sand stand. Schon leckten die ersten Wellen der neuen Flut an den Füßen des Throns, und einen Augenblick lang bildete sich Hicks ein, einen riesigen, unsichtbaren Geist auf dem Thron sitzen zu sehen. Vergeblich befahl er den Wellen, innezuhalten und zurückzuweichen, genau wie Grimmbart der Abscheuliche versucht hatte, die Zeit zurückzudrehen, vor langer, langer Zeit.

Aber natürlich konnte kein Mensch die Zeit aufhalten oder zurückdrehen oder der Flut befehlen umzukehren.

Und Hicks dachte an den Schwur des großen Drachen Wildwut, ein wahrhaft furchtbares Versprechen, wenn es denn eines Tages wahr werden sollte:

»Ich werde zurückkehren und DANN wird es einen neuen Drachenaufstand geben und er wird erfolgreich sein. Wir werden diese Welt mit unserem Drachenfeuer vollkommen einäschern. Kein elendes Menschenwesen wird am Leben bleiben, nicht ein einziges.«

Das Herz des Drachen war vor langer, langer Zeit gebrochen worden und es war eine Tragödie, die zu grauenhaft war, als dass Hicks sie sich auch nur vorstellen konnte. Eine Tragödie mit furchtbaren Folgen. Eine Tragödie, die Geister hervorbrachte, welche bis auf den heutigen Tag an den Stränden des Archipels spukten. Herzen wie das des Drachens waren verhärtet, waren zu düsteren, unheilvollen, blutrünstigen Gebilden verkrüppelt.

Aber Hicks war jung und noch immer optimistisch und lebensfroh.

Menschenherzen konnten brechen, aber sie konnten auch wieder heil werden und kraftvoll weiterschlagen … Vielleicht galt das auch für *Drachenherzen*.

Weit, weit entfernt auf dem Meer glaubte er, Torben den Teufelskerl noch immer singen zu hören:

Die Liebe hat mich einmal berührt
und damals brach mir das Herz.
Doch Thor hat mich zu dir geführt,
neue Liebe vertreibt alten Schmerz.

Bestimmt kommt am Ende alles wieder in Ordnung, dachte Hicks.

Wie hatte der Drache gesagt? »Wenn ich dich, DICH, Hicks, nicht aufhalte, wirst du unser Ende besiegeln. Denn DU wirst es sein, der uns endgültig in die Vergessenheit führt …«

Aber das konnte doch nun wirklich nicht sein, oder? Hicks liebte die Drachen! Einige von Hicks' besten Freunden waren Drachen!

»Ko-ko-komm schon!« Zahnlos schwang sich ungeduldig auf Hicks herab, schlug seine kleinen scharfen Krallen in Hicks' Wams und versuchte mit aller Kraft, ihn schneller den Klippenpfad hinaufzuzerren. »W-w-wir verpassen sonst das F-f-frühstück! Und Zahnlos kann schon Sp-sp-speck und Ei riechen!!!«

Hicks schüttelte die düsteren Gedanken und Ahnungen ab und kehrte dem Thron den Rücken zu.

Sein Vater hatte recht. Morgen war schließlich auch noch ein Tag – dann würde er gründlicher über die Sache nachdenken.

Zwar mochten sich im Süden Sturmwolken zusammenbrauen – dort, wo Torben und Tussinella ihrer Zukunft entgegensegelten – und Sturmwolken im Westen, über der Insel des Neuen Tages, wo sich in der Vergangenheit eine Tragödie abgespielt hatte.

Aber hier und jetzt, *genau hier und jetzt,* schien die helle, freundliche Morgensonne auf die kleine Insel Wattnbengel. Alle waren in Sicherheit und das Frühstück stand schon auf dem Tisch.

Zahnlos landete auf Hicks' Schulter und Hicks lief schneller, um seine Freunde einzuholen. Speck und Ei war schließlich auch Hicks' Lieblingsfrühstück, und was *morgen* sein mochte …

… nun, was *morgen* sein mochte, musste eben warten, um Thors willen.

EPILOG

Ist es wirklich erst fünfundsechzig Jahre her, seit ich im düsteren Wald von Berserk mein Schicksal herausfand?

Es war eine andere Welt, eine verschwundene Welt, die Welt der Drachen, der Hexen, der Stürme, der Schwertkämpfe und der Schiffbrüche ... die Welt meiner Kindheit.

Der Junge, der ich damals war, ist heute weit weg und ist mir fremd. Doch manchmal träume ich denselben Traum, der mich vor langer Zeit immer wieder heimsuchte, den Traum von der Geisterfrau, vom Schiff, vom Jungen auf seinem Drachen. Der Geist ist natürlich Kinnhilde, die Mutter von Hicks dem Zweiten, die noch immer in der Bucht des Gebrochenen Herzens spukt, noch immer vergeblich nach ihrem verlorenen Kindlein ruft, das ihr vom eigenen Ehemann weggenommen wurde.

Und der alte Traum rüttelt mich immer wieder wach, selbst jetzt, fünfundsechzig Jahre später, bis ich die dunkelsten Stunden der Nacht zitternd und bebend verbringe.

Aber im Laufe der Jahre hat sich der Traum ein klein wenig verändert.

Wenn ich diesen Traum heute träume, bin ich der Geist am Strand, bin ich es, der mit hohler Stimme nach dem verlorenen Kind ruft.

»Hicks!«, rufe ich voller Sehnsucht. »Hicks! Komm zurück zu mir, Hicks!«

Und ich breite voll freudiger Erwartung die Arme aus.

Aber der Junge auf dem Drachen verschwindet in den Wolken, verblasst in der luftigen Herrlichkeit der kommenden Welt, und es gibt absolut nichts, was ich tun kann, um ihn aufzuhalten.

Doch der Junge blickt zurück.

Aus der Ferne kann ich sein Gesicht nicht klar erkennen, aber ich weiß, dass er herzzerbrechend jung ist.

Und ich höre seine Stimme, ganz, ganz schwach.

»Keine Sorge«, ruft er mir zu. »Ich komme wieder, ich verspreche es dir …«

Und schon ist er wieder da.

KONNTE ALWINS HAKEN DIE FEUERSBRUNST ÜBERSTEHEN?

KANN der Seedragonus Wildwut wirklich einen zweiten Drachenaufstand anzetteln, durch den das gesamte Menschengeschlecht ausgelöscht wird?

Und wenn ja: Auf welcher Seite wird dann Zahnlos kämpfen?

WELCHE furchtbare Entscheidung wird Hicks treffen müssen?

Und WANN werden alle entdecken, dass er das Sklavenmal trägt?

Und schließlich und endlich:
GANZ BESTIMMT hat dieser einarmige, einäugige, einhändige, total wahnsinnige Bösewicht **Alwin der Verräter** die Flammenhölle nicht überlebt, das Inferno, das die Insel Berserk völlig verwüstete ... VÖLLIG UNMÖGLICH, dass er auch nur einen weiteren Tag am Leben blieb ... oder???

Halte Ausschau nach dem nächsten Band von Hicks' Memoiren:

Drachenzähmen leicht gemacht. Jagd um das Drachenerbe

Cressida Cowell

Drachenzähmen leicht gemacht

Strenggeheimes Drachenflüstern

Hilfe! Die Römer haben Hicks und seinen Freund Fischbein ins weit entfernte Fort Finstericum entführt! Und das Schlimmste: Auch Hicks' Drache Zahnlos befindet sich in ihrer Gewalt. Doch die Römer haben ein ernsthaftes Problem, denn im Gegensatz zu Hicks beherrschen sie die Drachensprache kaum. Das kann im Umgang mit Drachen schnell zu schmerzhaften Missverständnissen führen. Deswegen sind sie jetzt ausgerechnet auf Hicks angewiesen. Wird er ihnen helfen?

Mörderische Drachenflüche

Hicks ist verzweifelt! Sein bester Freund Fischbein schwebt in Lebensgefahr, denn er wurde vergiftet vom Stich des Stacheldrachen. Hicks und seine unerschrockene Freundin Kamikazzi haben nur wenige Stunden, um das Gegengift zu beschaffen. Doch dieses befindet sich ausgerechnet in der Hand der Tobsüchtigen, einem feindlichen Wikingerstamm. Wird Hicks der Hartnäckige auch diesmal als siegreicher Held heimkehren?

Band 3
216 Seiten • Gebunden
ISBN 978-3-401-60053-6
Beide Bände auch als Hörbücher
bei Arena audio erhältlich.

Arena

Band 4
240 Seiten • Gebunden
ISBN 978-3-401-60054-3
www.drachenzaehmen.de
www.arena-verlag.de

Cressida Cowell

Drachenzähmen leicht gemacht

Im Auge des Drachensturms

Hicks hat genau drei Monate, fünf Tage und sechs Stunden Zeit, den neuen Kontinent Amerika zu entdecken, seinen Vater zu retten, ein Dutzend Polarschlangen zu besiegen UND das alljährliche Stammes-Wettschwimmen zu gewinnen. All das wäre für ihn und seinen Drachen kein Problem – wenn in den Tiefen des Meeres nicht noch eine viel größere Gefahr lauern würde ...

Arena

Band 7
256 Seiten • Gebunden
ISBN 978-3-401-60123-6
www.drachenzaehmen.de
www.arena-verlag.de

Cressida Cowell

Drachenzähmen leicht gemacht

Drachenzähmen leicht gemacht (1)
978-3-401-25035-9

Wilde Piraten voraus! (2)
978-3-401-24015-2

Strenggeheimes Drachenflüstern (3)
978-3-401-24731-1

Mörderische Drachenflüche (4)
978-3-401-24016-9